林希 著

梧桐庭院

天津出版传媒集团
百花文艺出版社

图书在版编目（CIP）数据

梧桐庭院 / 林希著. -- 天津：百花文艺出版社，
2025.8. -- ISBN 978-7-5306-9119-9

Ⅰ. I247.5

中国国家版本馆 CIP 数据核字第 2025BX6451 号

梧桐庭院
WUTONG TINGYUAN

林希　著

出　版　人：薛印胜
选题策划：汪惠仁　　　　编辑统筹：徐福伟
责任编辑：王亚爽　　　　装帧设计：任　彦
出版发行：百花文艺出版社
地址：天津市和平区西康路 35 号　邮编：300051
电话传真：+86-22-23332651（发行部）
　　　　　+86-22-23332656（总编室）
　　　　　+86-22-23332478（邮购部）
网址：http://www.baihuawenyi.com
印刷：天津联城印刷有限公司
开本：900 毫米×1300 毫米　　1/32
字数：194 千字
印张：8.125
版次：2025 年 8 月第 1 版
印次：2025 年 8 月第 1 次印刷
定价：58.00元

如有印装质量问题,请与天津联城印刷有限公司联系调换
地址:天津市宝坻区新安镇工业园区 3 号路 2 号
电话:(022)29937958　邮编:301800

大块赋形，皇览揆予，俾尔昌而寿。嗟壮游。岁月老征裘。向秋来、顿如蒲柳。桂开又。鲈莼蟹橙正美，故人应忆传杯手。想薜荔岩峦，梧桐庭院，当时风景依旧。对斜阳、极目倚危楼。问一舸、何时过吴头。乘下泽车，戴华阳巾，锦衣游昼。

——〔宋〕李曾伯

目　录

上

第一章　星移斗转

公元一九一二年,皇帝退位,民国建立,孙中山在南京就任中华民国大总统,没过多少日子,又听说袁世凯在北京接替孙中山成了中华民国大总统。

对于日出而作、日落而息的中国老百姓来说,这一年除了种粮吃饭、生儿育女,也感觉着似是发生了一桩什么大事。

天塌下来了。

新历二月十二日,皇帝退位。大清朝寿终正寝,改朝换代了。

天津人见多识广,听到皇帝退位的消息,没有人捶胸顿足,没有人投河悬梁,更没有人问,皇上没有了,这日后的日子可咋过呀?皇帝退位就退位吧,不就是把黄龙旗摘下来,换上红黄蓝白黑的五色旗吗?花花旗子见得多了,海河大光明码头停靠的万国大轮船,挂什么旗子的都有,哪个旗子都比黄龙旗花哨。

清帝退位,民国肇始,对于刚刚经历拳民之乱和联军之祸的天津人来说,这和吃一套煎饼馃子一样,小事一桩。只有子牙河一带的天津百姓,竟发觉今年春节将至和往年春节将至的气氛大不一样了。

子牙河从天津西南方向的大王庙流入天津，与海河汇合，在南运河与大清河交汇的地方拐了个小弯，出现了一处叫大红桥的地方。天津人依水而居，有水就有码头，有码头就有舟船，日日夜夜，子牙河、大运河将河北、山东的粮食、蔬菜、瓜果运到天津。一类河船有一类的码头，运粮食来的，停靠在义和斗店；运河鲜的停靠在鲜鱼码头；运蔬菜瓜果的，停靠在双庙码头。每天天时未明，各处码头人头攒动，成千上万的天津苦力一起走下河堤，把舟船运来的货物搬下来。初次见识这阵仗的，立时眼睛就什么也看不见了。

　　越过这一片码头，子牙河畔开发出一片堂皇的民居大院。那里原来就是几处码头老头子的宅院，河霸坐镇自家码头，坐吃钱财，你舟船停靠我家码头，卸下一件货物，缴纳一份税银，土地爷开饭馆，吃饭不吃饭都得掏钱。正是这几十位河霸，在距离码头不远的地方，建起了堂皇的民居。因是子牙河风水好，随后不久，许多名门大户想建宅，也都来子牙河边圈地。

　　日本三井洋行中国掌柜余隆泰家的恢宏大院，就建在子牙河畔一处叫五槐桥的地界。余家大院规模不亚于租界地的庆王府，正院、南院、东院，院连着院，房套着房，在余家大院转一圈，至少得一个时辰。

　　余家大院建成之后，日本三井洋行中国掌柜余隆泰老爷子发现门外子牙河上只有一座窄窄的老木桥，也就是天津人说的大红桥——子牙河两岸百姓，过来过去，都挤在这座老木桥上，老木桥年久失修，几十个人拉着一辆地牛从桥上过，老木桥吱呀吱呀直摇晃。余隆泰大人一想：自己办了几年洋行，钱财不计其数，何不修路筑桥，做下一桩善事？于是余隆泰大人请来德国工程师，雇来几千名劳工，用一年多时间，筑成了一座大铁桥。桥建成，子牙河两岸民众在余家大院门前燃放烟火，唱戏致谢，更有人发动捐款为余姓人家建了一座善人牌坊。善人牌坊上面有一块匾额，上面写着"明德惟馨"

四个大字。

大桥建成,善人牌坊也立了起来,择定吉日开通。只是大桥要有个名字呀。余隆泰大人将几个儿子唤来,让儿子们集思广益,给即将通行的大桥起个好名字。

大儿子余子鸥有学问,当即就说,修路筑桥,千古留名,桥是余姓人家老太爷捐建的,就按老太爷的名字起名,叫隆泰桥。老爷子一听,摇了摇头,不好不好,桥上来往行人,老弱妇孺,赶个阴雨天,什么人不小心跌倒了爬起来大骂,这座倒霉的隆泰桥,没留下美名,反倒遗臭万年了。二儿子余子鹏猴精猴灵,说筑桥造福民众,就叫积善桥吧。老爷子一听,更是摇了摇头,圣贤遗训,世间一切善事,多是无意之举,你筑了一座桥,让万民颂扬,明明就是伪善。老三余子鹤不通文墨,想了半天,想出一个挨老爷子一通臭骂的名字——筑桥方便出行,造福民众,起名叫幸福桥。结果,老爹冲着老三余子鹤骂了一声"滚蛋"。老四余子鹣半吊子,而且越是半吊子就越自视甚高,一拍脑袋,极是得意地想出了一个好名字,要不就叫礼义桥吧。老爷子听罢又摇了摇头,"礼义"二字虽好,下面还有"廉耻"二字,只说是礼义桥,难道就不要廉耻了吗?余子鹣一听,瘪词了,坐在一旁再不说话。五儿子余子鹬,年纪尚幼,未上小学,信口就说,叫太平桥。老爷子哈哈一笑,让家人把他领走了。

自视为诗书传家的余姓人家,五个儿子连给一座大桥起名字都诌不出来,老爷子一气之下,把四个儿子骂了一通,留下惩罚——明天背诵《史记》的一篇列传。四个儿子傻了,一篇列传,几千字,今天晚上说了明天早晨就要背诵出来,跑吧,呼啦啦,大儿子说是去居士林听经,二儿子说是见洋人谈事业,三儿子学校补习功课,四儿子年幼,去外婆家找表哥咬蛐蛐。五儿子只有八岁,在新式小学读书,老师带着学生一起念"小猫叫、小狗跳",《史记》里没有阿猫列传、阿狗列传,自然也就不在惩罚之列了。第二天一早,余氏府邸只剩下老爷子老奶奶老两口。唉，不成器的东西，家道无望也。

眼看着大桥就要通行，筑桥的余姓人家还没给大桥命名，老爷子余隆泰又气又急，气的是儿子们不成器。你看人家贾宝玉，一个十四岁的孩子，大观园建成随老爹巡视，一路走，一路命名亭台楼阁，最后把老爹醋得大骂儿子滚蛋，怎么余姓人家就出不来一个如此天资聪颖的神童呢？

急！再过几天大桥通行，子牙河两岸盛会庆祝，老爷子余隆泰要宣布大桥通行，可大桥连个名都没有，到时候难道就喊一嗓子"通行啦"，然后呼啦啦万人拥上桥来，盛典结束？真是贻笑大方了。

一连好几天，老爷子倒在床上辗转不得入睡，只听日本东洋大时钟，嘀嗒嘀嗒作响，听一声嘀嗒，老爷子心里就震一下，好像日本东洋大时钟正在骂自己一样。

大桥明天就要通行了，子牙河两岸民众组好高跷队，练好小车会，备好了鞭炮、花灯。眼看着天将放亮，余姓人家还没给大桥想出名来。

"老太爷，老太爷，老太爷。"窗外传来老家人吴三代轻轻呼唤的声音。吴三代是余氏府邸的老仆人，他爷爷那辈就在余氏府邸当差，辈辈相沿，到他这辈已经是第三代了。余家大院上上下下把他当自家人看待，孩子们尊称他为"吴三爷爷"。

听到窗外的呼唤声，老爷子知道一定是发生了什么大事。失火了，强人撞门了，平平常常，吴三代是不会夜里唤老爷子的。

老爷子余隆泰立即披衣坐起来，凑到窗前，小声地问着："是三代吗？"

"老太爷，老太爷，您老快出来看看吧，天降吉象了。"

"你说什么？"余隆泰在房里问道。

"天降吉象，天降吉象。积善人家，必有余庆呀！"说着，窗外的吴三代已经抽噎地带出哭腔了。老爷子余隆泰听过，估摸一定是发生什么意外了,立即披衣走出房门。吴三代忙过来搀住老爷子,哆哆嗦嗦地往门外走。走过二道门,走到门厅,吴三代取下大门门闩,吱呀呀拉开院门,余隆泰正猜着可能出现什么异常,举目向院门外一看,哎呀,不得了呀,就在余家大院门外,突兀地立起来五棵大槐树。哎呀哎呀,昨晚关院门时,门外还是一片平地,怎么一夜时间就长出五棵槐树来了呢?

天降吉象,天降吉象呀!修路筑桥,造福万民;天降吉象,赐福慈善人家呀。

摆案,敬香,老爷子吩咐吴三代回院唤醒举家男子,齐聚子牙河边,叩拜天地,叩拜天地的祭文也没有时间写了,磕头吧,磕头吧。

夜半三更,余家大院门外,一场叩谢天地的盛典惊天动地。叩拜之后,众儿孙起身,几个儿子正要回房睡大觉,老爷子余隆泰如神灵附体,突然说道:"既然天降吉象,这座明天就通行的大桥,就叫五槐桥吧。"

谁也别想睡回笼觉了。吴三代回院,摆好香案,燃烛,敬香,祭拜列祖列宗。老爷子余隆泰跪在前面,五个儿子睡意蒙眬地一个个跪在后面,一叩首,再叩首,三叩首,起身,敬拜,肃立。余隆泰老爷子面向列祖列宗牌位,口中念念有词:"列祖列宗在上,不肖男隆泰偶于子牙河上搭了几块木板,承蒙父老乡亲错爱,恭祝不肖男筑桥积善,今于大桥通行之日,天降吉象,竟于家门外赐下槐树五棵。不肖男隆泰感恩天意,命名大桥为五槐桥,不肖男隆泰不敢贪天之功,专此,跪禀列祖列宗在天之灵,子牙河五槐桥实乃我余姓人家列祖列宗功德,隆泰蒙受列祖列宗阴德,固守祖训,弘扬礼教,恪守家规,兼济天下,唯唯此训。"

一番礼拜完成,一家人又摆酒庆贺,一直闹到大桥通行。感恩的民众散去,老爷子老奶奶,一家人个个精疲力竭,这才各自回房睡觉去了。

这一桩余家大院五槐桥通行的故事,后来被载入一部《沽上方志》,书云,清光绪某年,沽上乡绅余太公讳隆泰于子牙河兴土木,筑成大桥一座,大桥通行之日天降吉象,余氏府邸门外突现槐树五棵,由是,子牙河新桥定名为五槐桥……

可惜,这部《沽上方志》年久失传,再也找不到了。

转瞬间,清帝退位,余隆泰大人去世,子牙河畔余家风光不再了。俗话说"瘦死的骆驼比马大",老爷子余隆泰大人不在了,余家大院总不至于一蹶不振,沦为寻常百姓人家吧?

此言极是。老爷子走了,余氏府邸威风还在,虽然门前车马稀了,但门庭并未冷落,在子牙河两岸依然是首屈一指的大户人家。如果一定要说余氏府邸今非昔比的话,那就是到了一九一四年的春节,子牙河两岸民众发现情形不再了。

上一个春节前夕,清帝宣统退位,改朝换代,虽然与百姓无关,市面上到底冷落了许多。往年一进腊月,天津市面就热闹起来了,偏偏一九一二年腊月二十五,清帝退位,人们居然没有心思过年了。前朝寿终正寝,新年万象更新,人们不庆贺清帝退位,也应该祝贺革命成功呀。

只有子牙河畔的余氏府邸,就在清帝退位的前不久,老爷子余隆泰大人过世,余家大院一片白,连余家大院门外的善人牌坊都披上了蓝纱,更莫说张灯结彩燃放鞭炮了。

时过一年,一九一四年春节又快要到了,余氏府邸依然服孝默哀。余家大院没有喜气,子牙河两岸也没有一点生气了。

老太爷余隆泰大人在世时,余氏府邸过大年,绝对是城里城外万众聚集的一件盛事。腊月初八,余家大院施舍腊八粥,这就成了子牙河两岸的盛大节日。余家大院的腊八粥,绝对是子牙河两岸第一的腊八粥,许多城里人,到这一天也早早跑到五槐桥来,到余家大院

梧桐庭院

盛一碗腊八粥回去,余家大院的腊八粥,豆粮齐全,除了家家都有的数十种粮食,更有江南的菱角、山西的黏黄米、新疆的大枣、南洋的玫瑰,天南地北的好东西都齐全了,那真是天下第一的腊八粥了。一九一〇年腊八,余隆泰老爷子还在世;一九一一年腊八,老爷子去世满一周年,余氏府邸不舍腊八粥了。

老爷子余隆泰于宣统三年(一九一一年)十二月二十五日去世,如今已经是公历一九一三年二月十二日了,今年一进腊月,余家大院就开始准备祭祀了,腊月二十,五六十辆长长的轿子、马车恭候在余氏府邸门外,第二天,天未明,一阵马蹄声,惊醒了子牙河两岸居民,余家大院所有人奔赴余氏茔园祭祀去了。

余家老祖坟在清朝皇陵东陵一带,马车要走一天才能到达。祭祀吉辰定在巳时三刻,马车队从前一天下午出发,一路奔跑,要到第二天天明才能抵达余氏茔园。沿途一切事务都由操办祭祀的"大了"安排好了——在哪里歇脚,在哪里给牲口上料,在路上哪座庙宇敬香、在哪座庙宇备茶恭候——一切一切万无一失,辛苦的只是余家大院里的几位爷爷奶奶小哥小姐了。

在余氏茔园祭祀先父大人,一切都遵旧章。先鸣鞭炮,敬香燃烛,长子余子鸥读祭文,弟弟跪在大哥后面,一叩首,再叩首,三叩首,礼毕,起身再拜,礼成,好在新坟三年不培土,此外没事要做了。以娄素云为首的女眷,顺便看看农村景象;年幼的孩子们看看树上的乌鸦窝,听听乡野的鸟叫,休息一阵,举家回城。一场隆重的祭祀大典,就结束了。

为了这一场祭祀大典,余氏府邸成员除了五弟余子鹓出走日本回不来,其他都来了。老大余子鸥、老三余子鹤一直住在余家大院;老四余子鹔入学北洋海军高等工科大学,也请假回来了;只有二爷余子鹏,成了余氏府邸的稀客。

余氏府邸的余二爷余子鹏为什么不住在余家大院?他住到哪里

去了？

　　早在老太爷余隆泰在世的时候，余子鹏就在天津打开局面，成了商界一位名流。余家大院那个吃喝嫖赌的"二奸细"，已经变成天津名流了。

　　余子鹏的老爹——余隆泰去世时，余子鹏正在经营一家纱厂。说起余子鹏的这家纱厂，还有一段离奇的故事。

　　余子鹏好赌，是天津有名的"四大牌王"之一。"四大牌王"玩牌，规规矩矩，绝对不动手脚。牌王牌王，"王"，就"王"在不动声色之间，把你兜里的钱全赢过来，还让你输得服服帖帖。本事，不做手脚，不动眼色，出一圈牌，你手里还有什么牌、你多什么牌、你等什么牌，牌王心里一清二楚。还玩吗？再玩你就乖乖把钱掏出来吧。

　　偏偏有个傻蛋，天津卫有名的傻大头，铁公子——前朝驻俄罗斯国公使铁公使的宝贝儿子——就是不服这个气，偏要和余子鹏斗法，一连玩了几个月，把他老爹替朝廷卖国得的回扣全输光了。钱输光了，铁公子还不罢休，还有什么可往赌桌上输的呢？输房子，输地，都输光了；输老婆？对不起，天津人赌桌上不输老婆。你输光了钱财，说是要赌上老婆，又糊弄人了，出去领来一个丑八怪，坑人了，说是明媒正娶，还摆出婚书，可水旱码头天津卫，什么把戏造不出来，莫说是婚书，就是大总统就任书都造得出来，还是玩"现"的吧。

　　余子鹏是天津"四大牌王"之一，铁公子是赌桌上的大傻帽儿，偏偏铁公子就爱和余子鹏耍，一来二去，铁公子把身边的一切都输给余子鹏了，最后还欠下了一大笔赌债。余子鹏不讲情面，不还钱要你小命。雇来索命的黑手，刀子亮出来，逼得铁公子一跺脚，就这点东西了——他用老爹名下的一处工厂抵债了。

　　余子鹏在牌桌上赢到一处工厂，喜出望外，正准备开张营业，债主找上门来了。铁公使哪里是经营工厂的人呀？说是一家工厂，里面没有机器，没有原料，没有工人，只是指着工厂的名号从外国银行借钱,这一下,余子鹏到手一块烫手的山芋,推又推不出去,转让文书中明明写着一切动产、不动产,皆由余子鹏接手。上当了,余子鹏聪明一世,糊涂一时。你想想,那铁公子能是什么好鸟,他乖乖把老爹名下的一处工厂给了你,他老爹就那么好糊弄?傻小子,你不是赌王吗?你一介平头赌王哪里斗得过正黄旗的正根正叶老亲王?

余子鹏犯难了:逃跑吧,逃到哪里去呀;不跑吧,这千万百万的债怎么还呀?

三井洋行中国买办余隆泰大人,也不知道从哪里得到消息,说是自家的二儿子欠下外国银行一大笔钱。儿子不还钱不要紧,余隆泰大人的名声重要呀。回到家里,他唤来二儿子余子鹏,骂道:"好一个大胆的小混账,你在外边做了什么孽事,就算你吃喝嫖赌,也欠不下这么一大笔账呀。"

二儿子余子鹏只得一五一十地向老爸吐露实情了。哎呀,铁公使,那是什么好鸟呀!从穿开裆裤开始,他就顶着名做上了驻俄罗斯国的公使。清廷本来选他做皇储,领进宫里,一看,不是那料,到俄罗斯国做公使去吧。

到了俄罗斯,露才学了,俄罗斯要吗给吗,咱们大清朝有的是金山银山,不就是要片地皮吗?由他们划,说哪片就是哪片。人家俄罗斯厚道,得一块地,就往铁公使名下划一笔钱。铁公使的差事被顶下来之后,他拉着一列火车的金银财宝回到天朝。有人劝铁公使,开办工厂吧,留钱没用,他就买下地皮办起了工厂。办工厂干什么呢?铁公使不知道。过了二年,铁公使去工厂收银子,一看,还是一片荒地。去他的吧,从此就把这片地皮忘记了。

余子鹏发财心切,本以为白捡到手一家工厂,原来是个大窟窿,幸亏老爸从三井洋行中国账户调出一笔巨款,帮助他补清了原来铁公子欠下的洋债。原想,余子鹏就此罢休了,没想到他还清债务后又对老爸说,他还是要留下那处工厂,原地办实业。

老爷子余隆泰听说二儿子要办实业，又是没想到，吃喝嫖赌的二奸细要做点正经事了，好，再帮他一把。老爷子余隆泰又从三井洋行中国账户调出一笔资金，交给儿子去开工厂。可吃喝嫖赌的二奸细哪里会开工厂呀，老爹给他请来一位高人，为他打理办工厂的事，此人，就是天津有名的精明人——马富财。

马富财山西人，善理财，原来操持着一家当铺，几年时间把一家赔得精光的当铺打理得有条有理，没多少时间，赚了大钱。从此马富财在天津落下好名声，谁家的生意做不下去了，把他请来，三下五除二，保你立即翻身。

最重要的是，马富财人品好。山西人忠诚老实，你派他看粮仓，他即使饿死在粮仓门外，也绝不会抓一把粮仓里的粮食。一家当铺，一年出出进进上万两黄金白银，在马富财手里，一分钱不差，这样的人，谁不用？

看在三井洋行中国掌柜余隆泰大人的面子上，马富财屈尊帮一个小毛孩子开办工厂。好在马富财说什么，董事长余子鹏就同意什么，买了日本纺纱机器，买了非洲的上等棉花，果然旗开得胜，第二年，就打开了华北地区棉纱市场，余子鹏也成了天津商界名人。

马富财出山，帮助余子鹏开工厂，马富财精细严谨，余子鹏精明胆大，两个人配成一双，真是珠联璧合、如虎添翼，天津卫就成他二人的天下了。

从此余子鹏忙于开工厂，做实业，在余氏府邸就很难见到他的身影了。老爹余隆泰在二奸细身边安插了一个马富财，相信马富财绝对不会往坏道上引他的二儿子，在余氏府邸看不见余子鹏的身影，老爷子也就不追问了。

…………

余子鹏在牌桌上赢到一处负债累累的破工厂，老爷子余隆泰帮他还清欠债，又请来山西人马富财帮他开办工厂，没有多少时间，一家恒昌纱厂出现在天津商界。如今，恒昌纱厂有工人上千名，全套的日本机器，生产的棉纱畅销全中国，近来更打开了南洋市场。身为恒昌纱厂的董事长，余子鹏不仅成了腰缠万贯的天津巨贾，还成了天津商界的显赫人物。

有了钱，有了地位，再加上他老爹在世时的人情面子，恒昌纱厂在余子鹏手里一天天成了气候。这一下，余子鹏出息成了人物。早先那些吃喝嫖赌的恶习已被人们忘记了，惩恶扬善，再加上他又出面做了几桩有德行的好事，摇身一变，余子鹏就从花花公子变成了社会贤达。这时候，再说余子鹏妍女人，在牌桌上做手脚，坑害前朝重臣铁公使的傻蛋儿子铁公子，那就是造谣污蔑，侵害社会贤达的名声了。

有了钱，有了势，成了人物，他再不肯在那套老宅院里住着，久居人下做他的余家二先生了。那套老宅院有什么好留恋的？不就是有他一套院子吗？

最重要的是，一回到余家大院，他就会想起那个离家出走的妻子——宁婉儿。宁婉儿出身名门，老爹是前清的秀才，膝下无子，只一个宝贝女儿。宁婉儿自幼娇生惯养，家里请来先生，专为她办了学馆，待到宁婉儿嫁到余氏府邸，不仅容貌出众，而且经史子集、琴棋书画无所不能。你想想，一个胸无点墨、吃喝嫖赌的花花公子和宁婉儿住在一个院里，用余子鹏的话说，他就像是宁婉儿手里那把小团扇上画着的小花猫。

无论春夏秋冬，余子鹏一走进他的小南院，立即就感觉有一股凉气侵遍全身，有时候真冷得人全身哆嗦。抬头看看，院里倒也是鸟语花香，往窗里一看，他的妻子宁婉儿不是读书，就是写字作画，再走进房间，四面墙壁上挂满了宁婉儿的字幅、画卷，满屋的翠竹、荷花，你说说，心烦不心烦？

走，回头就走，听戏去，找相好的去，听听小心肝唱段"玉堂春跪至在督察院",嗑着瓜子,品着香茶,那什么感觉?骨头都酥呀。

只在院里待了一会儿,余子鹏转身就走,一走就是一整夜,反正老爹不问家里事,老娘又糊涂。虽然有人看见余子鹏每天晚上都归家,可是谁看得见他在余家大院里逛一会儿又偷偷地溜出去了呢?

而且当时还出了这样一桩丑事。五弟余子鹂,思想维新,不知道和什么人勾连上了,竟然离家出走,远去东洋寻求救国救民之革命真理。你要救国救民,由你去,只是,就在五弟余子鹂离家出走的第二天,余子鹏的妻子宁婉儿没到公婆房来问安。二媳妇怎么了?老太太说若是有点什么不舒服,快去请贺大夫来看诊开处方。仆人去后面问候,说是院里安安静静,唤了几声少奶奶,屋里没人应答。

这就不对了,宁婉儿是个大门不出、二门不迈的女子,怎么大清早就一个人出门了呢?就算是出去买针线,商号也不到开门的时间呀,余家赶紧派人去宁府询问。宁府老秀才一听女儿不见了,一口气没上来,险些没憋过去,众人又急忙请医生抢救老秀才。直到中午回来,仆人禀告二老宁婉儿没回娘家,这时候大家觉得有点不对劲了。

宁婉儿离家的第三天,正好是大嫂娄素云的生日。娄素云想起二弟媳宁婉儿前几天送给自己一幅手卷,说是请她到过生日时再打开看。娄素云感觉这不过就是小女孩的一点点撒娇,倒也没往别处想。今天过生日,娄素云想看看宁婉儿这幅手卷到底写的是什么内容,这一看,她惊了,立即跑到公婆房来禀告。

宁婉儿留给娄素云的手卷,写着一首七言古诗,娄素云自然能够明白宁婉儿诗的寓意,但她还是要等公公余隆泰说明白,才能说出自己对宁婉儿的理解。

宁婉儿在手卷上写道:

> 凭楼怅望春何处,
> 古槐桥头动新帆。

莫伴孤灯守残月，

惊涛波里披甲还。

老太爷余隆泰哆哆嗦嗦地看过宁婉儿留下的手卷，猛地一拍桌子，突然站起身来，大声喝道："好一个奇女子也！"

"素云早就看出婉儿胸怀鸿鹄之志，没想到竟有这般的志向，也是五弟追寻救国救民真理，对婉儿产生了影响。她远去寻求真理，正是余姓人家之大幸呀。"看到老太爷赞赏二儿媳妇，娄素云才说出自己心中对宁婉儿的钦佩。

老大余子鹇听说弟媳妇宁婉儿留下一首诗不辞而别，摇了摇头，深深地叹息了一声："大厦之将倾也，何必何必！"余子鹇很早就心灰意懒，他少年时仰慕的奇女子，就是最终因救国救民无望而落发为尼，最后去峨眉山敬香途中灭度。少年余子鹇沿途寻觅无果，回来后精神萎靡，从此不问红尘烟火，一心修学佛事，活活成了一个不问天下兴亡的老居士。

宁婉儿的丈夫余子鹏看过妻子留下的手卷，闹不懂字里行间说的是什么意思，只是把妻子的手卷狠狠地往地上一扔，骂了一句："呸，走就走吧，犯什么酸！"

宁婉儿不辞而别，丈夫余子鹏无动于衷。天高任鸟飞，既然飞了，你就别回来了。

宁婉儿"飞"了，余子鹏也从余家大院搬出来了。

最初，他想在租界地建一片房产，再一想，他余子鹏如今为什么在天津还有人缘？就是因为天津商界希望他代表天津商界和外国势力抗争。在洋势力面前，天津商界毫无反抗之力，洋人想办工厂，要钱有钱，要地有地，可着天津卫，随手一指，立即就能拿下地盘。祖祖辈辈住在那里的天津人，立即就被洋人赶了出来。老房被洋人的推土机铲平，他们立即运来钢筋水泥，一片新房就立起来了。

天津人呢？好不容易凑齐了资金，想找块地方建个厂房，求爷爷告奶奶，拜见父母官，这里不行，那里洋人早就看中了，费了九牛二虎之力，好不容易找到一块水洼地，先要垫土，又要夯实，夯到一半，通知下来，这地界被一位下野的老军阀买下了，白干了。

只有余子鹏，他就是要在华界建宅院，办实业。他看中的一片地界，天津政府二话没说，地契就拿下来了。余子鹏怎么这么牛？知道他老爹是谁吗？若你老爹比他老爹还横，你比他还好办事。

余子鹏给自己建新宅院，地点选在老城里的南城，也就是天津人说的鼓楼南大街。天津老城，东门贵，西门贱，南门富，北门穷。

东门贵，孔庙就在东门脸，鼓楼东一带，住的大多是读书人，宁婉儿老爹，老秀才，就住在孔庙旁边。西门贱，鼓楼西一带，住的大多是平常百姓，做小生意的，开小布铺的，再有一些干粗活的手艺人。南门富，鼓楼南一带，深宅大院，住的都是有钱人，还不是一般的有钱人，是有很多钱的有钱人家。天津人在外面说，家住鼓楼南，人人敬重，进了戏院都往前排坐。北门穷，那就别说了，鼓楼西的普通人家，说穷，也不是很穷，真穷，住老地道外边去了。北门外，一片小工厂作坊，一家一台捣子机、一台皮带车床，几个手艺人，生产的东西有洗脸盆、麻袋、马蹄铁，等等。

天津老城区，从南到北，二里，中间一座鼓楼；从鼓楼到南门，一里地，人称鼓楼南大街，余子鹏就是选在鼓楼南大街的中间，筑起了自己的新宅院。余子鹏新宅，左邻袁世凯十一姨太一座院落，右舍为北洋政府财务部长靳大爷家大少爷的别院。几座豪宅连在一起，筑成天津一道威严肃穆的风景。

鼓楼南大街，几处豪宅，一家家大门紧闭，轻易不见有人进出，院里更是悄无声息，一年四季，只听见树上的鸟在嘤嘤地啼，没有人说话，没有人咳嗽，自然也没有人放屁。所以，这天津鼓楼南大街，终年冷气森森，外乡人走进天津城，到了鼓楼南，不敢迈步。

余子鹏为什么一定要住在天津城里？他要做天津商界的主心骨。你余子鹏搬到租界地去住，在天津商界同仁的眼里，你身上的民族气节就不那么强了，大家也就不推你做代表了。所以，租界地虽好，还不是他余子鹏的去处，他要想立身，就得有十足的大津人气派——身穿长衫，家住中国地，说中国话，吃中国饭，开中国工厂，这样，不仅中国人拿他当人看，连外国人也不敢小看他。别以为披一身洋皮，学一身洋症候，就能讨洋人的欢心了；越是那样，洋人越不拿你当回事，以为这个人已经归顺了，无所谓了，不拿你当对手了。要想唬住洋人，就得有十足的中国气概，说句大白话，就是老子不买你的账，他闹不清楚你葫芦里卖的什么药，才不敢小看你。

如此，余子鹏立下志气，他要在老天津卫的地界上，建起一处豪宅——别光看新贵们搬租界地去了，我余子鹏住在鼓楼南大街，余氏府邸的威风，从子牙河五槐桥搬到南门里大街来了。

这一下，余子鹏的名声更响了，满天津卫的老少爷们儿没有一个不给余子鹏竖大拇指的："好一个余二爷，发财不忘家乡父老！人家余二爷不穿洋服，不进租界，不住洋楼，不吃洋饭，不打洋腔，不放洋屁，余二爷是天津卫一条好汉！"中国人不是爱好个骨气吗？他余子鹏看准了这步棋：往洋人圈里挤，挤进去了，至高混个小马仔，没有你的香饽饽吃，倒不如在洋人面前充好汉，这样倒能从洋人嘴里抢出一块肉来。唉！中国人在中国的土地上做中国人，也实在是太不容易了。

鼓楼至南门之间，城里人称鼓楼南大街，城外人称为南门里大街，反正就是一条南北向的大街，南北向街道，两侧宅院，阳面的坐东向西，阴面的坐西向东，在这条大街上建一座坐北向南的宅院，必须先开一条宽宽的大胡同。好办！余子鹏建宅之前，真就开了一条大胡同，只比鼓楼南大街窄六尺，可以面对面过两辆大马车，够气派吧！这条大街自然是东西向，如此就建起了坐北向南的大宅院。

选好地址，土木依然不可擅动，余子鹏建宅院，要先说命理，看风水。

天津卫说命理，看风水，第一人，学富五车的老乡贤，贺瑜声。

贺瑜声，非凡人也，经史子集、诗词歌赋，无所不通，天津建卫以来，没出过状元，眼看着一个博学少年就要为天津争光露脸，只等来年赴京赶考，也眼看着就要中状元了，偏偏一个昏着儿下来，废除科举，泡汤了。

也是这位少年英俊，除了考状元，什么也不会，不知经济，不肯放下身段去洋行做高级员司。据说蔡元培先生来天津给燕京大学请教授，第一人选就是大学问家贺瑜声，聘书都送出来了。偏偏那一年天津发大水，贺瑜声家的老宅院被大水淹了，蔡先生回到北京恭候贺夫子到任，可一直等到学期终了，也没见贺夫子到京。蔡校长叹息一声，只说是天津人架子大，不肯屈尊就任，只好另请高明了。

多少年后，贺瑜声先生知道了这件事，莞尔一笑，只是说了一句"吾不与时争也"，拉倒，也就一笑置之了。

世上的事情也怪，一步赶不上，步步赶不上，多少好事贺瑜声先生总是差一步。贺瑜声先生字写得好，津沽第一人也。创办劝业场的大老板高渤海先生，在创办劝业场时请来津沽书法大家华世奎先生写下了"劝业场"三个字，万世流芳。有人估价，只那三个字，市值一吨黄金。

后来贺瑜声先生逛街，恰逢劝业场开业，他看到"劝业场"三个字，又是莞尔一笑，齿间流出三个字："招骂呀。"

再后来的一次饭局上，劝业场老板偶遇贺瑜声先生，请贺瑜声先生留墨。贺瑜声先生拾笔一挥，劝业场老板被吓得几乎晕过去："哎呀哎呀，早请贺老夫子赏墨宝，何必何必。"贺瑜声又是莞尔一笑："吾不与人争也。"

反正贺瑜声不与时争、不与人争，最后连饭都没有争出来，混到去水西村蹭饭做食客去了。

沽上景仰贺老夫子的书法，但是满天津卫多少字号，没有一家的匾额是他写的。贺老夫子不卖字，墨之所以被尊为宝，只能珍存于书斋，待价而沽，对于市井俗人，多好的字也不值钱了。

贺老夫子精通子平学、命理学，从来不为人合阴阳，看命相。方术不可为术，沦为术，则糊弄人了。贺老夫子精通医学，对中医宝典如数家珍，对于名家名方更是倒背如流，但他不行医。行医谋生，不入儒门，治好了，人家说他的命大；没治好，人家拉你去抬棺材。

就是这位贺老夫子，满腹经纶，怀才不遇，年过半百，落魄沽上，成了人人敬重又人人回避的晦气鬼了。

贺瑜声先生半生不走运，自己治了一方闲章，四个篆字，自嘲"天恨我生"。天恨我生先生一家和余家是世交，余隆泰大人在世时，家里无论大事小事都要先听听天恨我生先生说命理，余隆泰的五个儿子都是贺瑜声给起的名字。

"鹓鹏展翅"，本来应该是鲲鹏展翅，但余姓人家命中犯水，只能将"鲲"字换成"鹓"字，倒也赶上展翅的威风了；再接着，是一只鸟不如一只鸟，就鹤呀，鹌呀，鹈呀地排下来了。

余子鹓、余子鹏兄弟应该是天恨我生先生的晚辈人，但多年相处，三人是兄弟。余子鹏常和贺瑜声喝两口小酒，在小饭馆要几碟小菜，两人海阔天空无所不谈，那才是家事国事天下事，事事关心了。

如今余子鹏建新宅院，自然要找贺瑜声老哥看看风水，说说命理。贺瑜声来到余子鹏新宅选定的地点，围着这一片地方转了几圈，说："好，五行属土，积土便是子孙山，蓄水便是财源河。"

"去你的吧"，余子鹏挥手打断贺瑜声的话，"别拿我开心了，什么子孙山，娶了宁婉儿，五年时间，只生了一个女儿，虽然外面有另室,但那女人就是不怀胎,我命里无子呀。可惜。"

"快了,快了,新业宅落成,续妻进门,当年必得贵子。"

"财源河,不必为我唱吉祥歌……"

"子鹏贤弟如今已经腰缠万贯,红运当头,来日更是万里前程,但是,子鹏贤弟呀,恕我直言,吾弟火土还胜,金水尚轻,水气不足,焉能运登黄阁?命中虽有禄位,只怕也要失之交臂,惜为水中月镜中花了。"

"一派胡言,你呀,今天小酒喝美了,等一会儿让你付账,别骂我了,我还荣登黄阁呀?一部《古文观止》,我连《陋室铭》都没背下来,胸无点墨,我还做官呀。"

"哎呀呀,子鹏贤弟,你以为做官都要有学问吗?目不识丁的大官多着呢,哪个官位不是花钱买来的?我的先父大人,二十岁的秀才,什么差事也没恩赐下来,多少年花了上千两白银,才买到了一个候补道的虚名,一辈子没当上官,直到我这辈,还穷困潦倒,一蹶不振。有钱当不上官,一点没用,钱,是罪呀,只有买个官位,才能尽享荣华富贵呀。"

"我身无一技之长,就会吃喝嫖赌,谁请我做官去呀!"

"你那叫吃喝嫖赌吗?你那是'造'。当上官,才有吃喝嫖赌;不当官,花钱下馆子,你能吃上什么?红烧鲤鱼、扒海参。当上官,法国的海味、英国的美酒,那都是大轮船或炮舰运过来的。到底,平头百姓一个,往上奔吧,来日方长、前程似锦呀。"

"别给我灌迷魂汤了,当官,至少你得进过学校,留过洋,写过书……"

"哎呀,哎呀,留洋还不好办吗?听说过吧,袁世凯的大儿子袁克定,德国留学,从天津登上轮船,直奔大沽口,过海关停船,人家宝贝从轮船走下来,汽车停在码头,他坐进去,一直开到塘沽,距离天津六十里,早有人买好了宅院,选下了美女,优哉游哉地住了半年。再一艘德国轮船开来,进海关,人家宝贝从塘沽登船,半个钟头在大光明码头靠岸。码头上人山人海,打着旗子,欢迎袁克定博士学成归国,码头上的人又是唱歌,又是照相,第二天大报、小报登出消息,袁博士风光无限。行了,只等老爹登极称帝,他袁克定就是大太子,来日,继承大位,袁二世了。"

"说他留学德国,你有证据吗?"

"怎么能没证据呢?不光是证据,德意志帝国大学的教授还派人到天津向大太子问好呢。信不信,我亲眼看见的。"

"哦,还有这事?"

"那一天,我在马路上走,远远就看见大太子的汽车驶过来了,想着看看威风吧,就站在马路边上,看大太子的汽车过去。眼看着汽车开过来了,突然一个人走到马路中间,一扬手,把汽车拦下了。大太子车上有保镖呀,保镖正要拉扯那个人,那个人凑到汽车窗前,冲着车里的大太子就大声喊,克定,你好呀,德意志帝国大学克鲁德教授特意派我到天津来,向你问好。我到你们袁家大院去了好几趟,都说你不在家,哎呀哎呀,没想到,咱哥儿俩有缘,今天就碰上了。

"你是谁呀?

"哎呀,哎呀,您真是贵人多忘事,柏林帝国大学,咱俩同桌呀。

"汽车里的大太子眨巴眨巴眼,还要想自己什么时候去的德意志帝国大学,坐在他身边的随从立即摇下汽车窗子,随手递了一沓钞票出来,随后立即向开车的师傅说了一声,走,嗖地一下,汽车就开得没影了。哈哈,哈哈。"

"你别瞎掰了,我没有心思听你耍贫嘴。你是大闲人一个,我可是有多少烦心的事。"

"你开着大工厂,建着大宅院,还有烦心事?"

"你不知道呀,我的烦心事,你没办法呀。"

"说说,说说看,三个臭皮匠,顶个诸葛亮。咱两个诸葛亮,还顶不了一个臭皮匠吗?"

"我房里的宁婉儿走了……"

"好办好办,离婚。"

"离婚?"

"请律师。"

"请律师事小,离婚书好办,我懂点《六法全书》,夫妻离婚,全部财产视为共有,我好不容易干起的恒昌纱厂,有她一半?"

"那、那、那……"天恨我生也想不出法来了,"一定能有高人,天津卫,没有没辙的事。"

"你有什么主意,只要你帮助我渡这道难关……"

"后话,后话,我是想呀,给没辙的事想办法,就得找读书人,读子曰、诗云的人不行,得请洋派大学问。哎哟,哎哟,有了,我认识一个办报的,天津卫有名的报棍子,《维新时报》主笔——刘洞门,你说公鸡能下蛋,给了钱,他立即就说亲眼所见。对对对,就是这个主意,告辞告辞,我现在就去找他,三天之内,必有妙计。"

说着,还有半杯酒没有喝完,天恨我生哧溜一声,跑了。

"买报瞧,买报瞧,怪事出在五槐桥。小叔嫂子设暗计,两人一起逃跑了。买报瞧,买报瞧……"

余子鹏拿着刚刚出版的《维新时报》,坐上车子,一阵风,跑到五槐桥畔余家大院,一脚踹开大门,三步两步闯进大哥余子鸥的住房,狠狠地把《维新时报》往大哥余子鸥面前一拍:"大哥,你看怎么办吧!"

"什么事?"

大哥余子鸥懒懒地抬头看了二弟一眼:"今天你闲在。"

余子鸥是说二弟怎么突然回家了。

余子鹏不说话,气呼呼地坐在大哥对面,把一张《维新时报》推到大哥面前,等着大哥余子鸥发怒。

大哥余子鸥看看二弟放到自己面前的那张报纸，轻轻伸出两根手指，立即把那张报纸推了出去。

"没有实话。"

"大哥，这报上有咱家的事。"

"咱家的事？这些年报上编造咱家的事还少呀，一会儿是卖国，一会儿又是津沽首善，编报的，就是靠编造天下奇谈骗钱，糊弄平民百姓。"

"近闻……"

余子鹏看大哥对于世间的事情没有兴趣，索性把报纸拉过去，大声地给余子鸥读起那条关乎五槐桥余氏府邸的奇闻。

"无耻！"才听了一个标题，余子鸥突然一拍书案，猛地站起身来，怒不可遏，气得全身哆嗦。余子鹏看大哥满脸通红，忙过去扶大哥坐下，在一旁劝说："大哥，大哥，不要生气，咱们想办法。"

"想什么办法？他编的是报纸，你能给他报馆封门吗？"

啊，大哥不为这桩丑闻生气，是对这家造谣的报纸大怒。

"一群无赖，民国了，民国了，天下为公，什么也没'公'出来，先'公'出一群无耻的禽兽，编造谣言，栽赃污蔑，真是，尔辈岂无后乎！"

出乎余子鹏意料，大哥不对这桩丑闻动怒，反而骂起这家报纸来了。

"我家弟媳宁婉儿随五弟一起东渡留学，一切光明磊落，你等如此下作，编造风言恶语，中伤良家女子，无耻之尤，无耻之尤！"

"大哥，大哥，无风不起浪呀。"余子鹏还是要把大哥的怒火往余家大院领，挑动大哥不容宁婉儿的出走。

"你去请律师，告这家报馆编造谣言、诬陷我沽上首善人家……"

"打官司呀，告人家报馆，您知道吗？没有大后台，开得了报馆吗？老爹在世时，三井洋行这么大的势力，也办不起一家报馆呀。大哥您只知道学佛诵经,民国了,和有皇帝的时候不一样了。"

余子鸥气馁了,端起茶盅抿了一口峨眉佛茶,再也不说话了。

"事情已经闹到这般地步,我们只能想办法息事宁人。"

"你说怎么办?"

"我、我、我想立一纸休书,和宁婉儿一刀两断。"

"胡说!"

余子鸥又是一拍桌子,打断了二弟的话。

"我家和宁府是世交,先父大人和宁老秀才是忘年的交情,咱们余氏府邸门外善人牌坊上面'明德惟馨'四个大字,还是宁老秀才的墨宝呢。你敢以一纸休书羞辱宁氏门庭,余氏府邸就敢以一纸声明断绝你和余姓人家的血脉,岂有此理,岂有此理。"

余子鸥把茶盅往书案上一蹾,跟他的二弟翻脸了。

"大哥息怒,大哥息怒,咱们不是商量事情吗?"

余子鹏虽然不拿余子鸥当回事,可到底他是家里老大,余氏府邸的威风还附在他的身上,只能和声细语地和余子鸥商量。

"大哥,大哥,如今不能再想什么和宁老爷子世交不世交的了,我房里的婉儿不辞而别,你以为她还会回来吗?从一进余家大院,她就看不起我。什么胸无点墨呀、目不识丁呀,骂人不吐核的话,都骂遍了,再一出去,还进了日本学校,回来她还跟我过?"

"无论怎么说,休书的事,绝对不可以。"

"不立休书,名义上我总是一个有家室的人,可是……我在外面经营着一家大工厂,应酬着各方衙门,身边总得有个人照应我呀。立偏室吧,名不正言不顺,场面上摆不出去,人家各界人等带着正室太太见我,我带着小老婆见人家,还不得被人家踢出来呀。"

"家务事,家务事。"

余子鸥没办法了。

"你找大嫂说去吧。"

无可奈何,余子鹧带着二弟,来到娄素云房里,请她帮忙想个万全之策。

娄素云有什么好办法呀,反正不能做伤害宁老太爷的事……反正也得给余子鹏想个办法……

"这样吧,"娄素云思忖了许久,这才犹豫地慢慢说道,"休书是万万不可以的,我们可以先到宁府去一趟,向老太爷透透口风,反正婉儿走了,什么时候回来,不知道,回来能不能还和子鹏维持夫妻关系,谁也说不清。若是给子鹏立个二房呢,门不当户不对的,大家也看不下去;明媒正娶吧,子鹏又是有妻室的人了,倒不如,不如……"

"哎呀,大嫂,有什么话您就直说吧。"

"琪心这孩子自从母亲走后,一直闷闷不乐,我早想带她去外公家看看。这样吧,明天我就带着琪心去宁家,一来给宁家老太爷问安,二来若是看着老太爷心情好,就说说咱们的打算。"

"什么打算?"

"反正委婉着说吧,就说婉儿自从嫁进余家大院和子鹏一直感情不和,如今走了。为了让婉儿在外面安心读书,就以夫妻感情失和为由,双方自愿解除婚约。"

这虽于理不通吧,毕竟已经嫁进余姓人家了,怎么还"解约"呢?嗜,就别较真了。

"大嫂圣明,大嫂圣明。"

"试着看吧。"

事情果然被大嫂娄素云办成了。

宁家老爷子,天津难得在数的几位秀才之一,不知世间冷暖,最根本的底线,就是不要伤害宁家的名声,一不是休妻,二不是离婚,只是"解约"二字,世间解约的事情多了,主动解约的一方和被解约的一方都有面子。原来说的合伙做生意,后来合不来了,解约吧,没有胜负之别。到底是自己的女儿不辞而别，情理上说不过去；到底余姓人家是名门望族，人家更不愿意家丑闹出去，解约就解约了。

不立休书，不办离婚，不打官司，不惊动报界，不上新闻，事情蔫蔫巴巴地办得非常圆满，只是，祖宗祠堂备案，还是必不可少的程序。

为什么要在祖宗祠堂备案？余子鹏一旦两娶，全族人该如何称这位新娘子，这关乎新娘子的名分。或者说，来日余子鹏西去了，余氏茔园固然有他的穴位，这是从他一出生就定下了的位置，但是，在余子鹏棺材的上侧，则是他正室夫人的穴位。如今他和宁婉儿的婚约解除了，余氏茔园里就没有宁婉儿的穴位了，余子鹏将来再娶，那位续娶的新夫人，名正言顺，就是余子鹏的正室夫人。

如此顺理成章的事，依据是什么，就是祖宗祠堂里的文书。

如今解除余子鹏和宁婉儿的婚约，文书要被送到祖宗祠堂备案；定下日子后，兄长余子鸥、长嫂娄素云要陪着余子鹏来到祖宗祠堂，敬拜列祖列宗，呈上解除婚约文书；老族长接过文书，敬香，燃烛，这一约文书，就被宗族承认，谁也不能反悔了。

开祖宗祠堂，有时候是非常隆重的大事，事前要通知各门各户。到日子，各家各户全体男子身着正装，袍子马褂，齐刷刷跪在列祖列宗灵位前；老族长肃立正位诵读族规，然后，该奖的奖，该罚的罚。奖的未必很多，罚的时候，动用家法，一张牛皮手套，家人扇起来，兜起一阵黑风，据说一巴掌可以活活拍死一个壮汉。

办理日常事务，没那么隆重，只要老族长和几位长辈到场，当事人到场。譬如谁家生了男孩，一定要到祖宗祠堂列名，几位族人一到随便说几句话，然后当事人家定一桌酒席，你好我好哈哈一笑，就算礼成，名正言顺了。

开祖宗祠堂，绝非等闲小事，响大器，大锣大号，敬香燃烛，有专业师傅唱礼，仪式隆重，气氛严肃。祖宗祠堂里可以革除祖籍，可以把人活活打死,还可以把活人装进棺材,棺材里铺上生石灰,钉上棺材板,还要往棺材里泼水,看的是上百斤的棺材在地面上蹦。老祖宗留下的缺德绝活多着呢,但有一条规矩,不许杀头。家法和国法的区别:国法可以杀头,可以凌迟处死;家法不许见血,活活打死也不能见血,其中秘密,绝对是祖传绝技。余氏宗族长门余隆泰家的二儿子余子鹏解除婚约,按理,也是一桩大事了,但是大事可以化小,小事也可能放大。解除婚约,不是什么光宗耀祖的事,祖宗祠堂走走过场也就罢了。

当然,这要买通老族长。出任族长的,多是败落门系,或者是满嘴没有一颗牙的老糊涂。买通族长,不用重金,两瓶老酒,一只蹄髈绝对是重礼了,于是余子鹏派出三弟余子鹤,带上酒肉送到族长家里,请老族长择日开祖宗祠堂:"一桩小事,不必惊扰族人,我家大哥带上当事人磕个头就是了。"

于是,一桩重写历史的大事,就如嗑瓜子般地办成了。

余子鸥无精打采地从祖宗祠堂回到家来,一句话没说,回到自己房里,关上房门,倒在床上,再也不出一点声音。娄素云不知道开祖宗祠堂什么结果,便忙着到他书房来询问,只是,无论她如何敲门,余子鸥在屋里就是一声不吭,像是房里没人一般。多年相处,娄素云自然知道丈夫的德行,无可奈何,她也就只好暂时不理他了。倒是在用晚饭的时候,经娄素云再三询问,余子鸥才自言自语地说了一句:"完喽,家门不幸呀!出了个孽障,自毁家门,我们对不起宁老秀才呀!"

第二章　天作良缘

南门里大街,余子鹏新宅院落成;开祖宗祠堂,余子鹏和宁婉儿解除婚约。

恰在此时,余家大院上上下下、男男女女从来没听说过的一位住在日租界的女子杨艳容,却一个人从大饭店要了几样大菜,摆上一瓶好酒,为她那即将到来的好日子暗自庆贺。

半路上杀出个程咬金,杨艳容何方神圣?

非凡人也。

天津是一个歌舞升平的大世界,从茶楼到大戏院,每家间距不超过一里地,最近几年更出现了真光电影,引得北京八旗子弟天天往天津跑,大开眼界来看真光电影。真光电影,无声,银幕上演员嘴巴嚅动一会儿,便出现几行文字,就是刚才演员说的话。无声电影,什么都有,中国电影最火的《火烧红莲寺》,场场爆满,有人买一张票,进去看一天,这叫循环放映。电影看一遍不就行了吗?《火烧红莲寺》好看,里面老和尚洗澡,好几个女子侍候;陪老和尚洗澡的女子,光着身子,一对大奶子晃晃荡荡,看得人们唇干舌燥。这样的电影,绝对百看不厌。

天津卫,戏院多到连天津人自己也说不清有多少家,其中天津人引以为傲的中国大戏院，气势恢宏到令人目瞪口呆。中国大戏院位于天津最繁华的十字路口，往西是劝业场，往东是渤海大楼，天津人一天不逛劝业场，这一天就过得没滋味。来中国大戏院听戏的，全是有钱人，一张戏票需一袋白面，赶上大名角，梅老板、马老板，黑票能卖到十袋白面。中国大戏院有名角的时候，有警察站岗，梅老板的汽车开过来，警察吹哨戒严；梅老板坐在汽车里，四名保镖把着汽车门站在两侧。汽车开过来，一排警察跑过去，冲散戏院门外的行人，挡住来往行人，给梅老板开出一条通道。

不是每一家戏院都如此威风，比如中国大戏院对面马路上的天华景，就乱哄哄地人进人出，一张票只需二斤棒子面。天壤之别呀。再等而下之，到了南市三不管地界，一毛钱进一个人，小孩免票，当然玩意儿不一样。

再到了演蹦蹦戏的天宫、春和、下权仙，这类小戏院，没有人把门收票。看蹦蹦是不光彩的事，正经商家不许同仁看蹦蹦，演蹦蹦戏的戏院门外也不贴戏报。看蹦蹦戏的人，都像做贼一般，蔫溜地低头往里走，进去之后，找个座位，会有人端着小簸箕过来敛钱。

杨艳容随余子鹏来到天津，京剧班不肯收，说年岁过了。京剧班收孩子，不过七岁，杨艳容已经十八岁，学戏晚了。

戏班进不去，就近的捷径，是学唱玩意儿。"玩意儿"就是"什样杂耍"，小梨园是专门演玩意儿的剧场，下午一场，晚上一场。晚上场，一张票三毛钱，下午场不卖票，随便进，找座位坐下，每十几分钟，有人端着小簸箕敛钱，给多少，看爷们儿高兴。捧角的，听的就是她，一段《探晴雯》，若不爱听这段，往小簸箕里放一分钱；听的就是这段，捧的就是这个人，往小簸箕里放五毛钱。看见捧人的爷们儿来了，敛钱的伙计放声大喊一个字：谢。声音拉得很长，分明就是让台上的演员听见。刚刚唱过一曲大鼓的演员，听见这声谢，赶忙走到台口，向这位爷鞠躬致谢。这位爷随后向台上挥一挥手，观众发出一片喝彩声,剧场沸腾起来。

唱玩意儿的演员,没有固定的份钱,看的就是小簸箕收上来的钱——捧你的人多,收入就多。最惊人的故事,也出在小梨园剧场,一曲《黛玉葬花》,小簸箕里居然捡上来一枚金戒指,轰动天津,几家小报争先发了新闻。

演员在台上表演,伙计在下面托着簸箕敛钱,虽说是众目睽睽之下吧,可走回后台的路上,他若是偷偷往口袋里掖几毛钱怎么办呢?这叫吃小钱。

休想!莫看台上演员又是打鼓,又是击板,台下乱哄哄、黑压压一大片,这一趟,伙计收了多少钱,他看得一清二楚。伙计把小簸箕送回来,眼睛一扫:"小子,把那张大票给姐姐拿出来。"完了,偷鸡不着蚀把米,不光要把钱交回去,饭碗也丢了。别等掌柜说话,自己抱紧脑袋瓜子走人,让你走人还便宜你了,这一路人不知道要挨多少拳脚。

杨艳容初登舞台,毛儿嫩,唱了几个月,也听见了台下的喝彩声,更一次次返台,加唱了好几段,只是小簸箕送上来的只有稀稀拉拉一堆钢镚儿,一张大票没有,明知道是伙计吃了小钱,但是无凭无据,也不敢冒犯。

好心的姐姐教给她:"眼睛往下看时,往簸箕里放钢镚儿的知道自己小气,都蔫巴巴把钢镚儿放到簸箕里;放大票的爷们儿,牛,都是先把大票举起来,向台上晃晃,然后才把大票放到簸箕里。"杨艳容心里虽然明白,可是捉贼要抓手,光眼睛盯着还不够,他不会认账。吃戏子,是世上最肮脏的行当,敛钱的伙计一个个比猴还精,他能被你逮着吗?

好心的姐姐又给她出主意了:"你预备一张大票,我让我老娘坐在台下,等你登台,敛钱的过来,我老娘就把那张大票放在小簸箕里。"

梧桐庭院

好，就是这主意。

这一天，又是杨艳容登台献艺。玩意儿是真好，满堂喝彩，敛钱的端着小簸箕回来，全是钢镚儿。杨艳容一板脸："哥哥，把那张带画的给妹子拿出来。"

"吗带画的？"

敛钱的伙计撒谎："得了姐姐，这就不错了，唱一段，一大堆钢镚儿，抵拉洋车跑一天……"

"你掏不掏？我可翻啦。"她一伸手，就掏出一张大票。

"这是掌柜刚刚发我的赏钱。"

"放你奶奶个屁，这张大票上我做了记号。"

果然，一张大票上面写着三个字：花艳容。杨艳容登台的艺名。

捉贼抓到手了。正赶上一家小报记者在后台找女演员吃豆腐，咔嚓一下，罪证在手，这一下闹大了。

《花艳容捉赃在手，小梨园暗吃小钱》

新闻发出来，梨园行闹开了，连梨园行老祖宗都挺身而出要砸小梨园。吃小钱，不厚道，梨园行最肮脏的行为，不齿于人。社会局更发文惩戒，要小梨园停演十天，以示惩罚。小梨园掌柜慌了，一连三天登报致歉，开除那名伙计，摆宴席请梨园大佬赏脸就餐，热热闹闹半个月，才被袁世凯十三太保怒砸《直言报》一桩大事遮下去了。

一桩小事，让杨艳容大出风头，大名远扬，不光是小梨园，连天华景、大乐天都请花艳容女士登台献艺了。

花艳容，扮相惊艳，玩意儿好，居天津人"四大鼓王"之首。只是，两年前，人人见喜的花艳容，突然销声匿迹不见踪影了。天津天天泡小梨园听玩意儿的爷们儿四下打听，请出大侦探寻访杨艳容的下落，一无所获——名角花艳容不见了。

怎样的诱惑，能让当红大鼓王舍弃梨园行的锦绣前程，安于寂窦,跟着恒昌纱厂老板余子鹏隐身日租界,过平常日子去了呢?再说,不演戏吃什么呀?嘿嘿,其中自有奥妙。鼓王杨艳容隐身,由余子鹏在日租界买了一处日式庭院,退出江湖,贪图的是一个名分。

什么名分?余氏府邸二少奶奶的正位。

余子鹏和杨艳容两个人好,已经不是一天两天的事了,就在杨艳容随余子鹏来到天津的当天,两个人就好上了。

那时候,余子鹏刚刚二十来岁,余氏府邸也正在鼎盛时期,每天锦衣玉食,日子过得有滋有味。媒妁之言,他又娶下了学富五车、满腹经纶的宁婉儿为妻。宁婉儿自幼受家学熏陶,经史子集、诗词歌赋,无所不能。偏偏余子鹏自幼不喜读书,一肚子坏水。他老娘知道这个二儿子不是好鸟,称他是二奸细,二奸细不负老妈的厚望,果然越学越坏,明着暗着做下了许多坏事。

余子鹏玩鸟,其实他不懂鸟,就是有钱,经常和玩伴儿结伙四处寻鸟,什么红脖百灵呀,珍奇名鸟很是买了几只。卖鸟的人也不是好鸟,好几次,余子鹏花重金买到手的红脖百灵,放进笼子没几天,鸟脖子下面那一点艳红就变黑了。打眼了,红脖百灵变成黑麻雀了,一气之下,余子鹏把鸟摔死。正好玩伴儿又传来消息,说什么什么地方又有人进山,捉住一只珍禽——红嘴玉,俗称红嘴画眉。史书上说,这种鸟几百年才出一只,千载难逢,前一只出于宋徽宗年间,现在这只红嘴玉落到丰润县一户杨姓人家手里,走,带上钱,非把这只红嘴玉买到手不可。于是,一干人等到了丰润县城,找到这户杨姓人家,主人不在,说上五台山进香去了。过了几天,算着杨大爷应该回来了,一行人再去丰润县,这次,杨大爷在家了,但红嘴玉不给看,哎呀,好大的架子。等吧,把杨大爷请出来,摆大宴、喝酒、盘道、套近乎,有门儿,投机。只是现在不行,杨大爷说红嘴玉刚从林子里带出来,这一带气候干燥,暂时送到树林里调养去了。什么时候能接回来？至少十天。"别回去了，住下吧。"这位爱鸟的杨大爷在当地有点财势，家里有几间房，"委屈余二爷了，先住几天吧。"

到底是有钱人家，每天好酒好肉，最后红嘴玉被接回来，讨价还价，一切商量妥帖，付款接鸟，这只千载难逢的红嘴玉就归余子鹏所有了。应该打道回府了吧，可余子鹏不走了。丰润县有什么好留恋的？比起天津卫，土县城一处，连家像样的饭店都没有。宴请红嘴玉主人喝酒，把钱拍在桌子上，上菜，好不容易凑出四盘菜，酱牛肉、大拉皮、花生米、酸不拉唧的小豆腐。至于风景，山也不高，水也不清，无竹无梅，无青山秀水。既然啥都没有，余二爷怎么舍不得回天津呢？

住在丰润县杨大爷家里，等着接鸟的那段日子，杨大爷好客，每天陪着余子鹏唠嗑说话，更时有人送茶送水。杨大爷在丰润县虽然也算得上是一户中等人家，但到底比不得余氏府邸，余氏府邸大花厅送茶送水的有仆人，就是家里的皓首仆人吴三代。

丰润县杨姓人家没有那么大势派，给老爹送茶送水的就是杨大爷家的大闺女，杨艳容。这个杨艳容好大方，十八岁的年纪，好身材，好容貌，生在丰润县城，既有城里人的文雅——丰润县到底是乡下县城——还有一点乡野丫头的泼辣，说话声音洪亮，音色甜美，就和唱歌一般。余子鹏玩笑地说："这姑娘若是去唱大鼓，一定能成名角。"杨大爷家的大丫头杨艳容一听，唱大鼓？丰润县人谁不会唱两口丰润大鼓呀。

说着，杨艳容放开歌喉就唱起来了。

哎呀，余子鹏惊呆了，陪同余子鹏一起来的几个玩伴儿也惊呆了，这若是请到天津小梨园，不出三天保证能挂头牌。"杨大爷，别耽误孩子前程了，聚宝盆里栽茄子，您老真是暴殄天物呀。让闺女去天津吧，天津唱京韵大鼓的名角是子鹏的好朋友，请名角调教半年，下海挂牌。杨大爷，上天津买房去吧。"

果然，杨艳容不负余子鹏厚望，到天津下海学艺，学京剧。过年岁了，京剧戏班拜师收徒，不超过七岁，杨艳容十八岁了，身段、容貌虽然国色天香，但做艺，祖师爷不认了。

没关系，下海从艺，条条大道通罗马。唱大鼓，多大岁数都可以入门，请位琴师调教，孩子精灵，半年工夫出息了；再拜位名角，带着上台，一炮打响，第二天，大报小报头版登的全是花艳容小姐玉照。一时之间，天津爷们儿鬼迷心窍，砸锅卖铁天天往小梨园跑，争先恐后地去听花艳容唱大鼓。

报上说，花艳容一出场，小梨园立即像爆炸一颗炮弹，看客们的喊声、掌声，经久不息。即使小梨园掌柜出来，向台下观众连连鞠躬，台下观众依然不依不饶，花艳容也知道台下爷们儿心里想什么，走到台口，四下里微笑，那才是"回眸一笑百媚生"呀。这一元钱的票钱，值了。

你以为花艳容只是笑笑，天津爷们儿就心满意足了吗？好戏还在后面呢。一曲大鼓唱罢，花艳容鞠躬下场，这一转身，台下又喊起来了，加唱一曲，没完没了，再唱，再鞠躬，还是没完没了。怎么一回事？花艳容只得再出来，再鞠躬，再转回身，喊声又起。啊，聪明的花艳容明白了，台下爷们儿要看的是自己转回身往退场口走时的身段。哎呀，天津爷们儿真是好品位呀，台下爷们儿要看小细腰，更是看一扭一扭、一左一右、摇摇摆摆、哆哆嗦嗦、颤颤巍巍的迷人姿态。

花艳容迷倒了一大片天津爷们儿，天津良家女子不干了，强烈要求天津市议会将这个来路不明的乡下丫头、小妖精轰出天津。

不行了，民国啦，实行立宪，没有十足的理由，不能随便驱逐外乡人。

几千年前，有人举报美女妲己是狐狸精，官府立案派人去跟踪，不多时间，跟踪的人报知官府，说是夜间发现美女妲己离开皇宫，一人走到郊外。有人潜于后面继续跟踪，只看见美女妲己走到一处洞口，似是出了一点声音，从洞里出来一只小狐狸。随之，妲己随小狐狸潜入洞内。铁证如山，不是狐狸精能钻进洞去吗？由是，确认妲己身为狐狸精一说，就被写进历史了。

"你们举报花艳容是狐狸精，谁看见她夜间钻进土洞了？"

"笑话，笑话罢了。"

花艳容迷倒了一大片天津爷们儿，难道余二爷会无动于衷吗？

余二爷在日租界买下一套房，把花艳容藏起来了。

…………

杨艳容在日租界里住了一年，听余子鹏说，他的正室夫人宁婉儿跑了。余子鹏暗示杨艳容等个时机，他把老族长买通，再打个马虎眼将她领进家门，这余家二少奶奶的位子，名正言顺就是她杨艳容的了。

余子鹏已经把杨艳容藏到日租界一年了，两个人又好得如胶似漆，余子鹏在宁婉儿身上得不到的享受，杨艳容都给他补偿够了。余子鹏也知道，世上再找不到杨艳容这样可心的人了，如今和宁婉儿解除婚约，不正是把杨艳容领进家门的好时机吗？

不行，杨艳容虽然是出身于丰润县一个普通人家的良家女子，但现在呢？现在她是一个唱玩意儿的戏子，艺名叫花艳容，津门首富、沽上首善的余家二少奶奶何以是一名戏子呢？即使余子鹏将杨艳容悄悄领进家门，一旦族里有人举报，那就要开祖宗祠堂大兴问罪了。天津县志上有记载，一户人家，也好歹有点名分，一个后辈偷偷将一名戏子领进家门，结果族里兴师问罪，开祖宗祠堂，用牛皮手套将那个不肖后辈打得血肉模糊，革出族籍。这还不能罢休，最后族人将一口六块板的薄木棺材搬进祠堂，在棺材里撒上生石灰，将那个女子活活装进棺材，钉上棺材板，全族男子每人一桶生水，排着队往棺材上泼，大家一起听棺材里的女子撕心裂肺的喊叫，再看那口棺材在地面上蹦跳。

杨艳容自然不知道这些事，只傻兮兮的在日租界等着即将到来的那一天。

就在余子鹏来到日租界杨艳容把他侍候得舒舒服服之后，杨艳容向余子鹏问道："子鹏，你外边的事也该忙出个头绪了吧？我也不能总在这里住着呀，你新建起的大宅院，不也得有个人照应吗？"

"这儿不是挺好的吗？"余子鹏随口说着，还是只顾和杨艳容磨缠。这时，杨艳容有点烦了，她一把将余子鹏推开，坐到一旁撒娇地说道："你建了新宅院，我不去住，空着腌咸菜呀。"

余子鹏无言以对，只是支支吾吾地应付杨艳容。

杨艳容是个何等细心的人，她立即觉出事情有点不对劲了；当即她就站在余子鹏的对面，沉下面孔，厉声地向余子鹏问道："这样说，你是不打算把我接进新宅院去了？"

"冤枉，冤枉！"余子鹏还要和杨艳容磨缠，杨艳容一把将他推到了一边。这时，杨艳容双手往腰间一叉，一副天不怕地不怕的神态，向着余子鹏说道："咱们可是把话说在前面，姑奶奶也不是好惹的，我可不是那种出身书香门第的大家闺秀，我也不像原来的宁婉儿那么好对付，惹翻了我，我可是对你不客气。明说了吧，你到底什么时候接我进新宅院？"真刀真枪，杨艳容和余子鹏翻脸了。余子鹏当然知道杨艳容的厉害，再不敢说玩笑话，只得嬉皮笑脸地对杨艳容说道："下个月，下个月。"

"不行！"杨艳容又是恶狠狠地对余子鹏说道，"我看你是跟我绕鬼肠子呀！我说个日子，五天，到了第六天，你再不把我接进新宅院，我自己先去五槐桥余家大院，到了五槐桥，站在余家大院门口，对着来来往往的老少乡亲，我就大声地对他们说，我就是余姓人家的二少奶奶，就是余子鹏的正室夫人，你余子鹏如今的天下，是我帮助打下来的，你们谁不认我是二少奶奶，我就给谁点颜色看看……"

杨艳容说得好不吓人，余子鹏再不敢和她说玩笑话了。过了一会儿，到余子鹏要走的时候，他才对杨艳容说："你等着吧，不出五天，我一定派人来接你。"

果然，就在第五天的下午，余子鹏派一部车子，到日租界接杨艳容来了。派来的人是余子鹏新宅院的用人夏有柱，原先老太爷在世时将他收进府里，是给三少爷拉车的；如今余二爷自立门户，余子鹏看夏有柱有一把子力气，就把夏有柱要了过来。这夏有柱如今已成余子鹏的一员亲信，余子鹏好多的事，都是夏有柱帮他办成的。

夏有柱向杨艳容请过安好之后，毕恭毕敬地对杨艳容道："余二爷说他太忙，派小的来接二奶奶过去。"

杨艳容见余子鹏没有亲自来接自己，心里还有好大的不高兴，但一听夏有柱称自己是二奶奶，心里的气消了一半，再又听夏有柱说接她过去，那就更得意了。当即，杨艳容就把早已收拾好的东西让夏有柱搬到车上，然后坐上车子得意扬扬地随夏有柱走了。

出了日租界，杨艳容只顾着看沿街的繁华景象，又忙着在心里盘算到了新宅院应该如何收拾，以显示她的干练。她越想越高兴，光抿着嘴笑，没心思看夏有柱拉着车子走的哪条路。只听车下的夏有柱说了一声"到了"，杨艳容就一阵风一样从车上走了下来。

杨艳容太高兴了，也没仔细看看新宅院外面的景象，只由着夏有柱在前面引路，走进了一座院落。若说呢，这套宅院是够气派的，进大门，过门洞，一道木隔门，里面是四面的青砖大瓦房，走进屋里一看，早就布置好了家具，真是看出了余子鹏的一番用心。只是，待杨艳容要向夏有柱吩咐什么事情的时候，倒是夏有柱先向杨艳容说的一句话，把杨艳容给说呆了。

"二奶奶若是没有什么吩咐，有柱就先回去了。"夏有柱说罢，就向杨艳容请了一个大安，转身要离开这里。

"你回哪里？"杨艳容眨眨眼睛问道。

"回余二爷那里呀！"夏有柱回答说，接着又向杨艳容打了一个千儿。

"怎么，这里不就是余二爷的家吗？"杨艳容万分惊讶地向夏有柱问道，随之又打量了一下这个新住处，好像、好像……是有点什么不对劲的地方。这宅院有点旧呀，新起的宅院得有股"生性"味，毕竟新起的房子潮湿味未退，新铺的地砖砖缝间也不可能长草，院里新栽的槐树上也不可能有乌鸦窠，而且，拉车的夏有柱还说回余二爷那里去。

杨艳容非凡人也，她立即觉出此中有诡了。

"你说回余二爷那里，这里不是余二爷的新宅院吗？"

"回二奶奶的示问，这里不是余二爷的新宅院。余二爷吩咐奴才把二奶奶先送到这里来，余二爷还让奴才转告二奶奶，有什么不称心的地方，要等余二爷来时再说，最好别自己一个人出去。二道门外的小房里有人侍候二奶奶，也不让二奶奶出去走动，怕二奶奶人生地不熟，天津这地方乱。别的事，奴才就不知道了。"说罢，夏有柱再不说话，转身急匆匆跑出去了。

杨艳容还有话要问夏有柱，大步追出来，果然门房里匆匆出来一位老人，伸手拦住杨艳容："二奶奶留步，余二爷吩咐，请二奶奶在家里安适。"

这分明是把杨艳容看住了。

杨艳容慌了：好一个余子鹏，你把我从日租界接出来，又把我扔到另一个地方，看来你是不想把我接进新宅院去了。杨艳容一时没了主意，发疯般往外跑，无可奈何，只跑到二道门处，就见二道门外的大院门紧紧地关上了。

杨艳容正不知道如何是好，就听见门外有一队人拉着一件重东西，唱着号子，一步一步地走着。

梧桐庭院

不对,这不是南门里大街! 南门里大街清静,脚行拉板车的不会走南门里大街。

杨艳容来到天津不过三年,何以她一听见院外传来脚行拉地牛的号子声,就断定这里不是南门里大街呢? 莫忘,杨艳容头年进天津,两年学艺,三年下海小梨园唱玩意儿。梨园一天,寒窗十年,小梨园唱玩意儿的姐妹常念叨,大街上脚行拉地牛唱号子,闹得人一宿没睡。脚行拉地牛,一个大件十几吨,大马路不让走,怕轧坏了电车道,只能绕着石板路走。什么地方是石板路? 老地道,贫民区。

杨艳容何等精明的人。立即她就明白,余子鹏南门里大街的新宅院,不是给自己建的。

余子鹏建新宅院,自立门户,怎么会把一个唱玩意儿的花艳容堂堂正正地迎进他的新宅院去呢?

这还用问吗? 余二爷与宁婉儿解约之后,还要娶妻续室呀。立正室,讲究明媒正娶,门当户对;找外室,挑的是风骚。如今的余二爷,正在高攀一户高门楼呢。

谁家?

美孚侯家。

美孚,即美国壳牌石油公司,天津人称“美孚公司”;美孚侯家,自然就是出任美孚油大佬的侯姓人家了。

怎么早先没有听说过这么一户人家呢? 对了,那时候侯家还默默无闻呢。

早前,日本国在天津的势力最大,五槐桥余家是天津的首富,余家代表日本国的利益,日本国有事情要和中国打交道,余家就是中间人。如今美国人随着列强也挤进了中国,而且来势凶猛,大有独霸中国之势,这样代表美国在华利益的侯家,就声势剧增,一跃成为天津的又一霸主了。

天津的美孚油行设在英租界,天津压根没有美租界。庚子战乱,八国联军入侵,清朝政府割地赔款,各国势力都来天津跑马圈地,开设租界,美国人没设租界,不光没设租界,还把清朝政府的战争赔款退给中国。美国不占中国便宜,战祸是你们惹的,把你们打服了,人家回家了。至于做生意,大家都有份,你大清朝不是也有买卖开在美国吗?比如那些茶叶公司、瓷器公司,丝绸公司卖的真丝睡衣,海货公司卖的干海米,不是很受美国人欢迎吗?

侯姓人家在天津给美孚油行做生意,早在八国联军进天津之前就开始了,只是那时候中国人和石油还没有任何关系。庚子之乱平息,美孚油行往天津运来了一批煤油灯,这批煤油灯,就是由美孚侯家收下的。美孚侯家收下这批煤油灯,又花钱雇了一批闲杂人等,派这些人把煤油灯送到各家各户,分文不取,而且还白送一小瓶煤油请大家白用。最先天津人不敢收下这种东西,谁知道洋鬼子安的什么心?说不定这种煤油灯有一种魔力,一点上这种灯,人的元气就伤了,洋鬼子顺势把你身上的精血吸走,过不了多少日子,你就一命呜呼了。

当然有人胆大,也有人贪便宜,白给的东西,为什么不要呢?要了,晚上也点着了,这一点,事情就不一样了。哎呀,煤油灯这个亮呀!比豆油灯、比蜡烛不知要亮多少倍。女人可以在煤油灯下面纫针,学生可以在煤油灯下面写小字,这个西洋玩意儿可是真好呀!不到半个月的时间,天津人就再不用豆油灯,也不点蜡烛了。只是,这时候,你再找那个给你送煤油灯的人,找不到了。找不到,怎么办呢?成百上千推着小车卖煤油的人出现了,专门进胡同:“卖煤油呀!”一下子,美孚油行在天津的市场打开了。什么人的功劳?侯大人。

如今的侯大人已经飞黄腾达了,那时候的侯大人只是一个小商人,他家的那个洋行只代销石油;如今的侯大人和美国壳牌石油公司搭上了关系,他已经是天津的一位洋行霸主了。

美孚侯家的当家人大名叫侯介甫,如今已经是老大一把年纪了。说到侯家的财势呢,自然不在余家之下,过去的余家是日本势力,如今的侯家是美国势力。余子鹏自然知道,中国商人要想在中国立足,背后没有外国势力的支撑,就是没有根基,一有风吹草动,必有灭顶之灾。所以余子鹏自立足社会以来,一直想找一个硬靠山,如此,他才能在天津大码头坐牢商界龙头的头把金交椅。

事有巧合,余子鹏和侯介甫是一个偶然机会相识的。说起来也是一点天意吧,本来那次聚会余子鹏是不想去的,是他的四弟余子鹩撺掇他说:"这件事二哥还是要去的,如今南方政府势力很大,说不定过不了多少时间,北洋政府就要让位了。二哥只知经商,我们这些袁世凯海军大学的学生们知道此中道理。如今清帝退位,袁大人就任中华民国大总统,来日改变中国政体,南方势力不可小觑。侯大人代表美国在华利益,还是要去见一面的,免得日后大家不好相处。"

听了四弟的劝告,余子鹏才应邀出席了侯大人的这次宴请。

美孚油行出钱,侯介甫设宴,席间,绝对不谈政治、军事、经济,大家就是彼此寒暄,只说今天天气之类的事。出席当天宴请的,有天津几大洋行经理,有天津几大外国银行代办,还有日本三友会馆、英国私人俱乐部、意大利回力球社、法国娱乐厅的诸位老板,堪称云集了天津各界的头面人物。侯介甫将这些人请来,目的是沟通感情,做生意,赚钱。

余子鹏身为恒昌纱厂的老板,被安排坐在侯介甫大人的上座,例行的客套话说过去,侯介甫大人和坐在身边的这位年轻人随意说话。余子鹏出身名门,自幼受严格教育,和那些说话指手画脚的暴发户不同,极是高雅,再加上余子鹏对侯介甫大人格外敬重,使侯介甫对余子鹏产生了好印象。谈话间,侯介甫又问起余子鹏家里的情形,再听说余子鹏是三井洋行前任中国掌柜余隆泰的二公子,这一下,侯介甫来了精神。

"哎呀,令尊大人在世时,我们常有交往,令尊大人在商界的品格,更为我所敬重。令尊大人过世时,我还到灵堂祭奠,只是那时子鹏重孝在身,不可能有什么印象。"

"先父一堂后事,都是大哥出面接待,事后也是大哥去各家谢拜的。"余子鹏略带歉疚地向侯介甫解释着。

"子鹏出身名门望族,果然风采非凡。"侯介甫夸奖着余子鹏说。

"不敢,不敢。"余子鹏谦恭地对侯介甫说着。

"子鹏这样年轻,就于经济上有所建树,佩服佩服。"侯介甫连连地夸奖余子鹏。

"子鹏年轻,于经济所知甚浅,一切尚望前辈引导。"余子鹏毕恭毕敬地对侯介甫说。不等侯介甫说话,余子鹏又说了下去:"子鹏只是以为,经商之道,不可背离儒家教诲,贫当洁身自好,达则兼济天下。当今之时,百业兴旺,东洋、西洋经济进入中国,中国商人更当自强不息,万万不可只图眼前的蝇头小利,而忘记了水火之中的同胞呀!"

"高见,高见!"听完余子鹏这一番慷慨陈词,侯介甫的眼睛亮了一下。生意上和商人们交往,张口闭口只说"利润"二字,今天听一个年轻人居然说到中国商人应该自强不息,侯介甫开始钦佩起余子鹏来了。

三巡老酒下肚,侯介甫和余子鹏越说越投机,余子鹏更是大言不惭地对侯介甫表述了他的做人准则和人生信仰。自然,他不会对侯介甫说他如何在麻将牌桌上从一个败家子手里赢过来了一家工厂,更不会说他如今还养着一个不正经的女人,只拣好的说,越说越好。酒席未散,在侯介甫眼里,余子鹏已经是青年楷模了。

立即,余子鹏就和侯介甫成了莫逆之交,两个人相见恨晚,越说越意气相投,没多久,两个人就好得和一个人一样了,而且从此之后,侯介甫和余子鹏隔三岔五就要见上一面。今天你请我,明天我请你,一说起来,就要到深更半夜,哪怕到不得不分手的时候,两个人还是难舍难分,那才真是亲得不能再亲了。

侯介甫虽然长余子鹏将近二十岁,到底是吃洋饭出身的,侯介甫思想维新,脑子里没有长尊幼卑的陈腐观念,也是和美国人打交道时间太久了,熏出来一身的美国症候。而所谓的美国症候,最大的特点,就是没大没小,大家一律平等,不光是老幼平等、男女平等,连人和小猫小狗都要讲平等。牵着小狗出来遛弯,小狗往东走,你就不许强迫小狗往西走,非得你拿上等牛肉引得小狗知道往西走有肉吃,掉过头跟着你往西走,你才能牵着小狗往西走,这就是美国文明——平等。

那么,侯介甫和余子鹏又是如何讲平等的呢?也就是不分老幼呗。侯介甫虽长余子鹏将近二十岁,可是两个人一起喝酒的时候,那就和兄弟两个一样,有时候侯老爷子再出点美国洋相,譬如唱个歌呀什么的,他简直比余子鹏还要年轻,再多喝两杯,侯介甫借着酒劲,那就什么丑德行都可能出的了。有一次在登瀛楼饭庄,余子鹏请侯大人吃饭,也是多喝了两盅,侯介甫大人一高兴,竟然跳起了踢踏舞,踢踢踏踏,可着登瀛楼饭庄大餐厅蹦,还唱起外国歌,叽里咕噜地唱得满饭庄的人捂着肚子笑。许多老派人物当即就骂道:"伤风败俗!"可是,再一打听,这位唱洋歌的爷是美孚侯大人,立即,那几个人一吐舌头,一溜烟全跑走了。侯大人只顾唱得高兴,跳得得意,没想到将食客们全吓跑了。最后登瀛楼饭庄掌柜跑过来,一个劲地给侯大人作揖,又叫来一部车子,这才把他老人家早早地送回家休息去了。

这一天,又是侯介甫大人和余子鹏一起喝酒,怎么他两人总是一起喝酒?很简单,侯大人没事做。美孚油行的事,根本就不用他过问,他只是一个代办,美国方面有什么事只找他一个人,事情一到了天津,就再不用他管了。好大的一个美孚油行,里面有一百多名先生,一个人一摊事,那是绝对万无一失的,他只管好好喝酒就是。只知喝酒,美国人为什么还只认他一个人呢? 说不清,美国人就是这么个洋脾气,他们只要认了一个人,就再也不想认第二个人了,而且从此只和这一个人打交道。无论是多大的生意,只要是拿侯介甫大人的图章来,美国人就敢和他做,且无论是多大数目的生意,只要拿侯介甫大人的图章来,美国人就照付无误,换了别人,就不管用,美国人就不信他。说句难听的话,侯大人若是没有了,那怎么办呢? 照旧,美国人还是只信他,只要你把侯大人的图章拿来,美国人还是什么事都给你办。你说这个人没有了,美国人说这个人没有了,这个人的继承人还有。他们就是这样傻,把继承人看得和本人一样,都有法律价值,他们就认法律。

这一天,侯介甫又多喝了几杯,只是这次他没有唱歌,也没有跳舞,他喝着喝着竟然簌簌地掉下了眼泪。余子鹏一看侯大人今天掉了眼泪,心里就想:他会有什么伤心事呢? 立即,余子鹏就对侯介甫说:"侯大人这是乐极而生悲呀!"那意思是说,侯介甫本来没有伤心的事,只是他今天太高兴了,所以才掉了两滴眼泪。

"子鹏,你是不知道呀,人人都有为难的事!"说着,侯介甫抽泣得更厉害了,看来,他还真有点为难的事。

"侯大人,你老的事,就是我余子鹏的事,只要你信得过我,无论什么事,我余子鹏一定赴汤蹈火,这天津卫还有咱办不成的事吗? "余子鹏大包大揽地向侯介甫说着,他真想帮侯大人一回忙,也算是报答侯大人的知遇之恩了。

"办不到,办不到。"侯介甫一边说着,一边摇头。这一摇头,竟把老泪摇得四处飞溅,几乎就溅到了余子鹏的脸上。

"侯大人,你也太看不起我余子鹏了。这里没有外人,你莫以为我们余姓人家只是天津的首富首善,只能办些积德行善的事,其实就算是黑道上的事，我也能找到人的，当然，有时候也办点不那么体面的事。有事，你只管吩咐是了。"余子鹏说着，一再地拍胸脯，表示在天津卫，没有他余子鹏办不成的事。

只是，无论余子鹏如何大包大揽，侯介甫还是止不住伤心。最后，他抓着余子鹏的手，极是知心地说着："子鹏，实话对你说吧，我本来没有犯难的事，只是我有一个女儿，如今已经三十岁了，这许多年就是找不上人家，高不成低不就，就这样耽误到如今，这如何是好呀！祖训不可违，家中留长女，要被人笑话的呀。"

"哎呀，侯大人，你老人家要想给女儿找婆家，那还不容易吗？"余子鹏说着，舒了一口长气，他万没想到今天侯介甫掉泪，竟会是为了这种事。"您老是天津赫赫有名的贤达，美孚侯家的女儿还会找不到婆家？皇帝的女儿不愁嫁嘛。"

"话是这样讲呀，"侯介甫掉了几滴眼泪之后，心情也平静了一些，这才对余子鹏说了下去，"若说呢，凭我侯姓人家要想给女儿找婆家，无论说到谁家，那不是赏给谁家一只金凤凰吗？只是，唉，这事，你可让我做父亲的，如何说呢？当然，我侯姓人家的女儿，论学识，论人品，那是没的说了，只是、只是……我这女儿，就是容貌嘛……"再往下，侯介甫就说不下去了。

余子鹏当然明白，这位侯家的千金小姐，一切都没的挑，只是这位小姐之所以至今还待字闺中，就是因为相貌不敢恭维而已。这可是太不好办了，若是在平常人家呢，倒也无所谓，屈尊些就是了，找一户平常人家嫁出去，不就是男婚女嫁吗？可是，人家是美孚侯家的千金小姐，不够门第的人家，侯家看不上眼；够门第的人家，人家的小爷都要挑个天仙般的人物，谁也不肯娶一个丑女子。莫说她老爹是美孚代办，就算她老爹是美国总统，她自己其貌不扬，也是没人愿意娶的，人家要的是个"本人"。

这一下，余子鹏可是为难了：大包大揽地包在自己身上吧，自己去哪里给这位女士找一个门当户对的人家？按说呢，谁家若是能攀上这门亲，这户人家就算有好日子过了，凭美孚的势力，那是世世代代永享荣华富贵的，只是人们就是想不开，有了荣华富贵，就算媳妇丑有钱花就是了嘛。一时想不出办法，余子鹏也只能对侯介甫说些安慰的话，再敬侯介甫几盅酒，然后，也就送他回家了。

和侯介甫分手之后，余子鹏一直盘算着这件事，他把他自己认识的人全想到了，最后也没想出一个合适的人来，不是这个门第不对，就是那个人品不相当；好不容易想到一个合适的人，可是又一想，男方一定不会同意，上次就有人给这家提过亲，人家就是挑容貌，这次就更没商量了。

余子鹏心里老盘算着这件事，进了纱厂，正看见他的好帮手、总办马富财在办事房里闲坐。如今的马富财已经五十多岁了，在恒昌纱厂，他就是余子鹏的全权代表，纱厂里的事，全是他一个人说了算，连余子鹏有什么事，都要先和马富财商量，他一个人是不能做主的。由于马富财的才干，这些年，余子鹏已经离不开他了，两个人也成了好朋友，平时什么话都说。

"马掌柜，"这天，余子鹏和马富财说闲话，无意间就说到了美孚侯家的事，"你看，真是家家有本难念的经，谁想到美孚侯家那么大的声势，竟然有一个嫁不出去的女儿。"

"哦！天底下还有这种事？我们山西人真是不明白了。"马富财大吃一惊地说着，"人生一世，图的是个啥？不就是'钱财'二字吗？娶过门的媳妇，带过来万贯的钱财，莫说只是个丑妇，哎呀呀，这话，可是只有我们山西人才说得出口的，您老也就不必问了。美孚油行，那是世世代代的财势呀，谁家迎进来这样的女子，谁家就是迎进来一位财神呀。余二爷，马富财又是多嘴了，这不是眼看您老的财运就要到手了吗？"

"你说什么？"余子鹏眨眨眼睛向马富财问。

"我什么话也没说呀！"马富财回答余子鹏的问话，"我只是说，一个人怎么会眼望着财神爷从自家门外走过去呢？余二爷，又是我马富财多嘴了，这些年我给余二爷操持纱厂，余二爷也是看出我的一片忠心来了，我可是一心盼着余二爷发旺呀！我就是不明白这天津人是个啥想法，他们娶妻生子，干吗还要先看女人相貌，俊又如何，丑又如何？想看俊的，买张画自己挂在家里，可着心地看，那不就是一张画吗？娶妻就是过日子的，真是的。"说罢，马富财还生气地摇了摇头，然后，转身就要走开。

"你等等，"余子鹏一把将马富财抓住，立即又向他说道，"你的话好像没有说完。"

"说完了，我咋没说完呢？说完了，没的说了。"说着，马富财又要向外走。余子鹏用力把马富财抓住了。

"不对，你刚才把我和这件事连在了一起，还说什么我的好运气来了，这和我有什么关系？"余子鹏向马富财问道。

"我是说，哎呀，我的余二爷，这话你咋非得叫我说透呢？我就是说你余二爷眼看着财神老爷从你面前走过去了。俺们是没有这份造化的呀，做梦都想攀门高亲，但就是攀不上。若是换成我，美孚油行的老爷说，他家门口的那只狮子狗要和我拜干亲，不等他把香烧上，我当即就跪下给他老人家磕头认亲了，这是多大的财势呀！我的余二爷。"说着，马富财的眼睛都亮了，看来，他是太为这个不可能实现的梦想激动了。

"马掌柜，有话你就明说，咱俩已经是这么多年的交情了，有我的，也少不了你的。"余子鹏逼马富财把话说清楚，只是马富财就是不肯说。

过了好长时间，马富财被余子鹏逼得没了办法，这才对余子鹏说道："余二爷，这可是你逼我说的，若有个顺听不顺听的，你可不能见怪。"

"嗐！有什么话你就说吧，这屋里也没有第三个人，天知地知，你知我知，无论说什么话，都传不出去。"

"既然余二爷逼我说，我可就说了。"马富财见余子鹏确实是想听听他的高见，这才对余子鹏说下去，"余二爷想想，余二爷的正室夫人，出身名门，论学识、人品，那该是没的说了吧？可是，最后呢？还不是逼得余二爷和她断了？不和这个妇人断了，余二爷就没有办法在天津卫立足。那么，余二爷不是还有一个相好的女子吗？只是，那个女子出身寒微，上不了高台面，在场面上，余二爷何以能够带一个唱玩意儿的女子出来呢？这样说吧，俊女子、青楼女子，余二爷都经历过了，她们都不能帮余二爷成大业。如今美孚的财势就在眼前，余二爷可是要知道，人家美孚后边的美国人和三井身后的日本人不一样呀。三井身后的日本人，只认三井，不认余家老太爷，余老太爷一过世，余家的后人再去三井，人家三井连大门都不让进。日本人嘛，就是这么点交情，可是，美国人呢？人家认侯介甫大人，那可是世世代代的事，侯介甫大人膝下又只有一个女儿，来日谁是侯家的女婿，人家美孚就认谁，人家美国人不是讲男女平等吗？儿子女婿一律平等，给侯姓人家做女婿，就是继承了侯姓人家的财势，那咋还挑什么丑俊呢？哎呀，我的余二爷，这话，你还要我往哪里说呢？"

"你是说……"余子鹏还要向马富财问话，这时，马富财一下子从余子鹏的手里挣脱出来，一阵风就跑开了，临出门，马富财还对余子鹏说："我说啥了？我啥也没说。"

…………

前世的情分，三个月之后，美孚侯家的大小姐侯怡君就嫁到了五槐桥，做了余子鹏的正室夫人。从此，余家和侯家永结姻亲，他两家在天津卫就成了一家人。

有人猜想，余二爷续娶新夫人一定是在南门里大街的新宅院里叩拜天地。但因家规森严，无论你余二爷在外面有多大的威风，五槐桥余氏府邸的正宅正院、正室妻子,一定要在老宅院叩拜先人牌位。如今余氏家族正位上还坐着大哥余子鸥,余二爷还要借余氏府邸的威望,壮自己的威风。

这一场喜事办得好大排场,五槐桥大摆宴席,天津卫各界贤达,凡是够身份的全都来了,能够凑上前向新人贺喜的,成了一种身份的象征,没有点身份的人,也就是到五槐桥来送上一份大礼罢了。你想呀,光是美国公使馆的汽车就来了十几辆,不三不四的汽车压根就进不了五槐桥,再至于坐胶皮车来的商界同仁,远远在子牙河边就停下车子,乖乖地步行到五槐桥。傻兮兮觉着自己怪不错的,以为已经是坐自己的专用胶皮车,够体面了吧?对不起,你看错了地方,你坐着自家的胶皮车在马路上风光,百姓拿你当爷看,但到了五槐桥,胶皮车和老牛车一样,那就没有身份了。所以,体面的人最在乎车,汽车是身份的象征,这就和后来的世间风习一样,一个什么场合,冠盖云集,高级汽车流水般往里钻,你若开辆破车,压根不让你靠前。

余子鹏第二次做新郎,依然是青缎长衫、棕色马褂,十字披红,头戴纱翅,活脱脱一位驸马爷。和第一次做新郎不同的是,余子鹏脑袋瓜子后面的那条辫子没有了。余子鹏迎娶宁婉儿的时候,清帝在位,辫子是中国人的身份象征,余姓人家是名门望族,没有辫子,没资格姓余,更没有资格做中国人。如今余子鹏第二次做新郎官,清帝早已退位,民国维新,余子鹏西装裤子外面穿长衫马褂,中西合璧,俨然一位新潮人士。

第一次做新郎,余子鹏只知道娶媳妇是一桩很好玩的事,至于娶了媳妇之后自己的生活会发生什么变化,他根本没想。娶媳妇嘛,就是变成男子汉了。这次余子鹏第二次做新郎,心里明白多了,他不仅明白从今天开始一个女人又做了他的妻子,他还知道这位新的妻子将要给他的一生带来重大的变化,他更知道因为有了这位妻子,他自己又变成一个什么人物。所以，这次做新郎，余子鹏没有激情，他就是完成一项使命，做一件一定要做的事。

到底，一个女子和你的未来连在了一起，从新娘子一下轿，余子鹏就觉得自己全身的肌肉紧绷绷的，一双眼睛总是往新娘身上瞟。当然，他已经有了思想准备，他劝解自己，一个女人，再丑，还能丑到哪里去呢？不都是一个鼻子、两只眼睛吗？还能是个大花脸吗？女人无论美丑，只要打扮得体，有神韵，丑也有丑的好看之处。再说，马富财说得对，俊有什么用？想看俊的，买张画挂屋墙上，不就是了吗？

就这样，余子鹏心里只想着这位女子对自己的重要之处，无论什么样的丑女子都因其门第非凡而身价非凡，她对自己就又有了一番诱惑。于是，拜天地，入洞房，余子鹏就在八名童子的簇拥下，走进了一片属于自己的红光灿烂的五槐桥新房。新房里布置得好不讲究，一切的一切都显示出主人的万贯财势，金银细软、古玩字画，看着就是一片富贵景象。

一阵鞭炮声过后，洞房的大门被人从外面关上了。按照成婚的习俗，这时候新郎官要给新娘子把盖头揭下来，只是，这时，余子鹏的手有点发颤了，他拿着一根红檀木棍，在新娘的盖头上晃了几次，实在没有勇气把那方红盖头揭下来。他不知道揭下红盖头之后，自己将会看到一位怎样的女子，而这位女子又是自己的妻子，要和自己过一辈子的日月。

谁料，就在余子鹏犹豫的时候，在炕头上坐着的新娘子一抬手，一阵风一样就自己把头上的红盖头扯下来了："哎呀，可把我闷死了。"

闻声，余子鹏一抬头，一口凉气吸进肚里，他立时打了一个冷战。老天爷，这女子比自己想象中的丑女子还要丑三分。和侯介甫大人说定亲事之后，侯介甫大人也安排女儿和余子鹏见过面，据上次的印象，相貌也还看得过去，只是何以如今就变成这个样子了呢？再一想，明白了，那次看见这位女子的时候，她是素装，如今不是盛装了嘛，那就看不得了。

　　也许是余子鹏的目光中流露出了一种什么表情，这一下，被新娘子看出来了。立时，新娘子沉下了脸，压低着声音对余子鹏说道："打什么鬼主意了？告诉你，我可是在美国长大的，中国的那套老规矩，我概不承认。你以前的事，什么也瞒不住我，你散过一位妻子，如今外边还养着一个女人，我没进这家门之前，你的事与我无关，尽管放心，现在还是一切和我无关，该说的话都说了。按你们老式人家的规矩，现在把门开开，让大家看新娘来吧。我说不戴这些花的，他们非要我戴，真难看。"

第三章　国事家事

公元一九一五年，清帝退位已经三年，中华大地一桩大事连着一桩大事。本来清帝在北京退位，孙中山先生在南京就任中华民国大总统，随后不久，孙中山先生让位，推举人在北京的袁世凯就任中华民国大总统，并且邀请袁世凯到南京。袁世凯先生是何等精明的人呀，心想：邀请我去南京，谁知道你安的什么花花肠子，南京是你的地盘，就算我带上千军万马，到了你的地界，也没有我的好果子吃呀。

不去。

不去，什么理由？

维持北方秩序。

袁世凯原本在小站练兵，清帝退位之后，他离开小站到北京接管朝政，于是北洋各派大小军头招兵买马，放手扩大自己的势力。过去有袁世凯在，谁也不敢出头占山为王；一旦袁世凯到了南方，北方群龙无首，岂不就要天下大乱了吗？

果然，就在袁世凯答应孙中山去南京就任中华民国大总统的时候，一夜之间，天津兵变。各派军头拉出人马，拥上街头，抢商家，吓百姓，朝天放枪，随地方便，天津百姓只听天上乒乒乓乓，又见地上

梧桐庭院

稀里哗啦,此时此刻百姓才知道,袁世凯对于中国是何等重要的人。

既然袁世凯不能南下,孙中山先生就北上吧,于是,南方政府进京,诚心让权,袁世凯也就泰然受之了。

袁世凯虽荣登大总统宝座,但国运不济,一桩一桩的动乱事,让袁大总统无力对付。幕僚中一群兵痞,一个个草包,一不懂政治,二不懂经济,说起天下大事,就知道一个字:杀。偏偏这时就出了一桩让大总统不知道如何应对的大事——日本趁欧战各方胜负未分之时,陈兵中国山东,要把由德国人霸占的胶济铁路抢到手;德国也不是好欺侮的,谁也不含糊谁,两边就打起来了。

德国和日本两国打仗,中国怎么办?可爱的中华民国大总统做出了一个令天下人笑掉下巴的决定:保持中立。耶,天方夜谭了,人家两家在你院里打架,又放火又拆房,你居然保持中立,这等于告诉交战双方:你们打吧,烧了房,算我的,炮弹炸死我家人,我自己负责收拾;没有你们双方的事,你们只管好好打仗,预祝二位大获全胜。

中华民国大总统的"英明决策",不仅让全世界看了笑话,更让交战双方看透了大总统的智商和中国的本事。最先觉得此国不欺实无天理的是日本国,日本军方一挤眼,耶,天下还有这等昏君,此时不伸手,更待何时呀!

于是日本国代表晋见中华民国大总统,先行大礼,让大总统享受一国之君的威仪,然后呈上来一份照会,洋洋二十一条,请大总统恩准,比如中国政府承认日后日本继承德国在山东的一切权益,中国东北地区允许日本人经营开发,中国政府要聘用日本人为政治、军事、财政顾问,等等。

如此如此这般这般,限大总统给予令日本国满意之答复。

袁世凯拿到"二十一条",闹不清日本国想做什么,也不清楚这究竟是好事还是坏事。袁世凯找到他的幕僚商量,各位爱卿,这件事,可是如何是好呀。

各位爱卿自然各有高见。有人说，既然日本国提出了"二十一条"，你不答应，他一定不高兴。日本国不高兴会怎么样？刚刚咱们看见了，他在山东把德国人打败了。咱们跟德国人比怎么样，打不过吧。咱把日本国惹翻了，能有咱的好果子吃吗？

中国人不再听话了。

消息传出，北洋政府准备答应日本"二十一条"的要求，北京、天津的青年学生纷纷走上街头，游行示威，反对北洋政府签署卖国条约。

五槐桥余氏府邸老宅院里，人们发现余子鹬长子余宏铭早早出去，一天没有回来。

"这孩子能到什么地方去呢？"外面又传来消息，说游行的学生被警察冲散，更遭到了警察的毒打。学生们被冲散，逃进英租界躲避，英租界又和北洋政府串通一气，将学生关进英租界巡捕房。得知消息后，母亲娄素云坐不住了，等了一夜，余宏铭都没有回来，第二天一早，她坐上胶皮车，匆匆赶到英租界去打听儿子的下落。

余宏铭如今已经是一个翩翩少年，这孩子天性聪颖，从小就在读书上十分努力，再加上母亲娄素云对他的宠爱，在刚刚成立不久的敬业学堂，他很得校长张伯苓的喜爱。每次有学富五车的大师到敬业学堂"巡阅"，张校长总是把余宏铭找来，让他接受前辈大学问家们的考试，无论是国文、历史，还是新学的种种科目，余宏铭都能对答如流，他才真是敬业学堂的才子呢。

家里出了一个小才子，按道理说做母亲的应该高兴才是，可是这孩子最让母亲放心不下的，就是他家事国事天下事，事事关心。余宏铭思想维新，反对帝制，主张共和，时不时就发表一番感慨，反对列强鲸吞中国，至死不做亡国奴。

对于儿子以天下为己任，余宏铭的老爹余子鹬不说一句话。在余子鹂看来,中国早就没有希望了,立宪也好,帝制也罢,到最后中国都免不了要被列强鲸吞,中国人谁也逃不脱做亡国奴的命运。儿子年幼无知,一心救国,阻拦他救国救民,儿子不会顺从,看着他奋斗献身,最后也必是落个和自己一样的下场。

母亲娄素云绝对不会看着儿子思想激进而不闻不问,当年,她最疼爱的五弟,就是一个铁血青年,如今一去竟没了消息,真是让人为他担心。家里出了一个激进的五弟余子鹂,他带着他的二嫂宁婉儿去了日本,娄素云只盼着家里不要再出激进的下一代了。谁料,就在自己的身边,眼前又出了一个忧国忧民的儿子,你说娄素云如何会不担心呢?

最后,儿子还是惹出了麻烦。因参加反对"二十一条"的游行,敬业学堂的学生队伍走进英租界,英租界以破坏交通秩序为名,将学生队伍冲散,乱哄哄之中,英租界巡捕房抓走了带队的学生,将其扣在巡捕房。人们都知道英租界巡捕房比华界的警察局还野蛮,真不知道孩子要受到怎样的虐待。

昨天早晨,余宏铭吃过早点,和每天一样背着书包上学去了。母亲娄素云虽然也觉察当天儿子的神色好像非常兴奋,但她无论如何也想不到天津学生要上街游行,反对"二十一条"卖国条约。中午外面传来消息,说是天津满城空巷,市民们走上街头看学生游行,娄素云就有了不祥的预感,立即派吴三代去外面看看游行队伍中有没有自己的儿子。待到下午,吴三代匆匆从外面跑回来,气喘吁吁地向娄素云禀报说,游行的学生进了英租界被警察冲散,一些学生还被抓进了巡捕房。吴三代向被赶出英租界的学生询问余宏铭的情况,同学太多,没有人认识余宏铭。吴三代没有带回来儿子的消息,娄素云急得直想自己出去看个究竟。

"这可怎么办呀!"娄素云急得不知如何是好,余家大院里空空荡荡,连个可以商量的人都没有。二弟余子鹏早已搬出去了,三弟余子鹤也搬出五槐桥了,但就是找到二弟、三弟,他们也不会管这件事。至于四弟余子鹩,哦,娄素云心中一动,只有去找余子鹩了,他现在就住在英租界。

四弟余子鹩离开海军大学,一不经商,二不从政,除了向家里要钱,一连几个月不见人影,天知道他在外面做什么事。偶尔回家,他倒是安安静静,眼睛里没有凶光,没有荒唐症候,在大哥大嫂面前也有礼貌,看着绝对是正人君子。有时候大嫂娄素云也婉转地询问余子鹩在外面的情形,余子鹩只说住在英租界,好像也说是读书吧,再详细的情形就不说了。如今,余宏铭被扣在英租界,四弟子鹩也许在英租界有些朋友,现在只有这一个办法了。

娄素云吩咐吴三代备好车子,便和吴三代匆匆赶往英租界了。

余子鹩在英租界的住处,只有吴三代知道——这几年余子鹩向家里要钱,都是吴三代送到格林威路18号的一幢小洋楼。格林威路18号是处什么地方,吴三代不会知道,一不是商号,二不是洋行,三不是衙门,就是一幢普普通通的小洋楼。他也从来没有看见过什么人和余子鹩住在一起,好像一幢小洋楼里就住着他一个人似的。

在天津英租界,类若格林威路18号这样的小洋楼,为数不少。小洋楼里不知道住着什么人,也不知道偶尔从楼里出来的人做什么事情,楼里更没有任何声音,有的连个用人也没有,似是也没有厨房,天知道住在里面的人吃饭不吃饭。

娄素云虽然只知家政,但她也看出四弟余子鹩行动诡秘,更听孩子说过,当今许多政治、军事交易,就是在英租界、德租界里成交的。日租界,赌场、会馆,特务横行,动不动就是一桩血案,光天化日之下,不知什么人就遭杀害了。法租界,舞厅、妓院,吃喝嫖赌花花世界,北京迁过来的八旗子弟和天津几个阔少,每天都沉浸在法租界的声色犬马之中。俄租界,一片穷困潦倒颓败景象,许多俄国侨民衣食无着,在马路边倚墙站着,伸手向中国人乞讨。

余子鹞住在格林威路18号做什么？娄素云自然不得而知。她只知当今中国许多重大事件，都是在英租界策划的。袁世凯坐天下，重大的人事安排就是在英租界小洋楼里麻将桌上讨价还价定下来的。

十年前，身为大嫂，娄素云有责任规劝弟弟们的行为，如今民国维新，弟弟不再把大哥大嫂放在眼里。四弟余子鹞既然住在英租界，他就一定有什么事情好干，若他干的事情伤天害理，报应落在他的头上，他有主子，海军大学的校长是袁世凯，他心甘情愿为袁世凯效力，大哥大嫂怎么能劝得了呢？

娄素云坐在胶皮车上，前面吴三代也坐着一辆胶皮车带路，一前一后，进了英租界。英租界里好安静，都说是上午学生游行和巡捕发生冲突，英国巡捕将学生打散，还扣押学生，引起了一场混乱。时至中午，娄素云坐着车子进入了英租界，宽宽的英租界马路，已经过一番打扫，到底这场骚乱规模太过庞大，匆匆地一番打扫，也还处处残留着乱乱的迹象。街角处还没有收走的鞋子，高压水冲在街道墙壁上的印迹，家家户户紧闭的院门、窗子，一片不安定的景象。

娄素云乘坐的胶皮车在英租界宽宽的大马路上划出黑黑的影子，更凸显出一派恐怖气氛。

胶皮车从大马路拐进一条僻静的马路，街角聚集着一小群年轻人，他们穿着黑色的学生服，人人都似刚刚经过一阵奔跑。看得出来，这群被冲散的学生似是猜到娄素云一定是匆匆到英租界来寻找自家孩子的，娄素云更不等孩子们问话，就挥手让胶皮车停下，侧身向他们说："孩子们，你们怎么还不快回家？租界地栅栏口没有站岗的巡捕了。"

学生们听见娄素云的话，站在马路边上向娄素云回答说："同学们回校组织大家来租界向工部局抗议，要求他们立即释放被扣押的学生。"

孩子们看出娄素云是来找她家孩子的，有人走过去对娄素云说道："伯母,您一个人不要去工部局,更不要去巡捕房,他们不会出来见您的。等一会儿大队抗议的同学们来了,我们和您一起去工部局。"

"你们认识敬业学堂的余宏铭吗？"

学生们互相看看,向娄素云摇了摇头。

娄素云自然知道一个人去工部局、巡捕房不会有任何结果,还是要找到四弟,也许那个神通广大、不务正业的余子鹪,还能给她一线希望。

娄素云没有再和学生说什么,吩咐前面的吴三代该催促胶皮车去找四弟余子鹪住的地方了。

胶皮车终于在一幢小洋楼门前停了下来,吴三代上去敲门,大铁门从里面拨开一个小窗口,一个中国人从里面向吴三代说了几句话,这才把大门旁边的小旁门拉开,让娄素云和吴三代走进院去。

格林威路 18 号,一座小洋楼,几乎没有院子,就是楼房外围着铁栏杆。楼房里很安静,几乎没有一点声音,楼梯也非常干净,扶手栏杆上没有一丝尘土。楼房的地板踩上去还有点发颤,每间屋子都关着门,也不见有人出入。娄素云和吴三代被引进大客厅,有人送来茶,送茶的用人退去,再看不见人影了。

"这是什么地方呀？"娄素云向客厅四周看看,疑惑地问吴三代。

"只知道四先生住在这里,四先生几次向家里要钱,我就是送到这里见到子鹪先生的。"吴三代回答说。

⋯⋯⋯⋯⋯

英租界格林威路 18 号,原来是英国人的单身公寓,一些初到中国的英国青年,先投宿在这处别墅式的公寓里,前三个月,管吃管住,分文不收,白养活你三个月,三个月后还找不到门路,再把你踢出去。这年月,洋人在天津都是香饽饽,哪里有没人收留的洋人？何况还多是年轻人，无论什么洋行，公司办公室里都要坐着一个洋人，哪怕是个洋傻子、洋哑巴，只要是黄头发、蓝眼珠、大鼻子就行。屋里坐个洋人，就是洋行了，没有洋人何以是洋行呢？

天津人给这处收容英国流浪汉的洋房起了个绰号：野鸡窝。

如今，想到天津来碰运气的英国年轻人都来了，天津对于英国流浪汉的需求也饱和了，野鸡窝里纯种的英国流浪汉不见了。于是野鸡窝老板想出了一个主意，把英租界野鸡窝改成绅士俱乐部，也叫它尖特曼俱乐部，英租界格林威路18号又热闹起来了。

英国人办的尖特曼俱乐部，并不像人们所想象的那样，里面花天酒地，又是赌徒，又是妓女，一天到晚喧闹不止。天津卫有没有这样的地方？有，那是日租界的三友会馆。日租界的俱乐部，一家一家全都是"有声有色"，里面的歌伎舞伎闹得天昏地暗，从早到晚叽叽喳喳地叫个不停。英租界的尖特曼俱乐部，里面一点销魂的内容也没有，整座楼房鸦雀无声，出来进去的人，全都是斯斯文文，目光中没有一点轻浮，看着就像是刚从剑桥出来的博士一样，十足的绅士风度。

余子鹤以什么身份又是以什么资格住到格林威路18号来的呢？余子鹤不是海军大学出身吗？海军大学的校长是袁世凯，余子鹤是袁世凯的门生，一日为师，终身为父，余子鹤就是袁世凯的儿子，袁世凯就是余子鹤的亲爹。袁世凯虽然是余子鹤的亲爹，可是也不会白花钱给余子鹤包下格林威路18号，养着他吃喝玩乐。余子鹤住在格林威路18号，自然是为袁世凯卖命，干的什么勾当，外人不得而知了。

本来，袁世凯是吃日本饭的，何以他不把自己的亲信安置在日租界去住呢？人言可畏，他躲的就是日本人是他后台的议论，表面上他不和日本人来往，暗中却唯日本人的话是听。天津卫的人说，这叫"装没事人"。

住在格林威路18号里，余子鹩的日子过得蛮不错，想吃中餐也有，想吃西餐也有，白吃白喝，袁世凯就是要好好地养着他们。住在里面接二连三地还能看到许多外面看不到的西洋景。格林威路18号的主人要请一些外国艺人来这里为18号的小哥表演，18号的小哥听戏不用出门，无论是多大的角，只要是来天津演出，他就得先来格林威路18号唱堂会。小哥说唱得不错，明天再来唱一晚上，即使你早就卖出了票，也得把票退了，来这里侍候。不来，怕袁世凯不怕？不怕！袁世凯不就是大总统吗？天高皇帝远，他能把一个唱戏的怎么样？总统府管不着梨园行的事。袁世凯不能将你怎么样，天津还有人能把你怎么样。知道戏园子里飞茶壶的事是谁干的吗？每次飞茶壶之前，都得有人先到格林威路18号来送个信，问一声格林威路18号里有没有这位老板的后台，明白了吗？表面上是人物，暗中却什么不是人的事都做。

余子鹩为袁世凯做了什么事？外人不知道。但最近以来，余子鹩可真是忙得不亦乐乎，又是拜见外国人，又是约见中国人，一连半年多他都没有回过五槐桥，更不要说看见大哥大嫂了。

娄素云和吴三代赶到格林威路18号、走进大厅的时候，余子鹩的三哥、余子鸥的三弟——余子鹤，正在余子鹩的房中坐着。余姓人家大哥余子鸥不问天下事；二哥余子鹏忙着做生意、娶媳妇，建房发财；四弟住在英租界吃喝玩乐。老三没有正经事情好做，老爹去世之前，给他在大来银号安了一个闲差，他时常到格林威路18号来找他的四弟，两个人一起鬼混，天知道他们都做了些什么事。

今天娄素云来得不巧，余子鹩和他的三哥余子鹤正同一位好朋友一起说话呢。余子鹩，五兄弟中排第四，自幼人品不佳，老娘在世时，对她的每个儿子都有评价：老大余子鸥，立门长子道德楷模；老二余子鹏，余二爷，尽人皆知，满肚子坏水，老娘叫他二奸细；老三余子鹤蛮不讲理，老娘叫他"三秦桧"；老四，就是住在英租界尖特曼俱乐部里的余子鹬,老娘叫他"四土匪";如今三秦桧和四土匪在尖特曼俱乐部里私会朋友,正和败家子铁公子在一起,乱世多妖魔,他们能合计什么好事呀!

余子鹬、余子鹤和浪荡公子一起,一不说修身齐家治国平天下;二不说做正经生意赚钱的经营之道;第三呢,更不会说什么读书求学之类最被人看不起的傻事。

正在格林威路18号和余子鹬、余子鹤说话的这位爷,是天津有名的公子哥、小吃饭虫——铁公子。

铁公子,老相识,不是外人了。

铁公子的老爹在世时曾出任大清驻俄罗斯国公使,人称铁公使,一位正黄旗老王爷。这位老王爷在就任公使的五年期间,在史书上还真留下了几笔记载。第一件被史书记载下来的事,就是铁公使"谎报"圣上驾崩的笑话,那还是在这位公使大人初到任的时候,一天晚上,公使夫人按照中国的传统方式浴足,当然那是要费一番工夫的。洗过之后,公使夫人又着仆人将裹脚的长布条子一起洗出来,洗净之后,就挂在公使馆阳台的一根横杆上,然后,公使大人就和公使夫人一起睡觉了。谁料,公使大人和公使夫人正躺在床上说着闲话,就听见差人在门外禀报说,俄国外交大臣带着大花篮来到公使馆,此时正立在大厅里求见呢。铁公使一听,当即就笑出了声:果然他蛮夷之邦终于也知道我大清朝的国威了,你瞧,夜半三更他就给咱送大花篮,这是有求于天朝呀。"见!"说着,公使大人立即穿好朝服,大摇大摆地走了出来。

公使大人来到大客厅一看,俄国外交大臣正在大客厅里立着呢,而且还低着头,明明是一副知罪的样子。公使大人在心里"扑哧"笑了一声:早对你们说过,大清朝不是好惹的,如今你也琢磨过味来了吧?公使大人自然是不计前嫌的,立即走上来要安抚俄国的外交大臣;谁料,还没容公使大人说话,那外交大臣就哭丧着脸先向公使大人鞠了一个大躬,鞠躬之后,他又站直身子,以一种极其低沉的声音对公使大人说道:"对贵国皇帝的不幸逝世,本人代表本国政府表示无限悲痛的哀悼,本国政府已责成本大臣即日启程前往贵国参加葬礼。"说着,俄国外交大臣就让人将他带来的大花篮呈了上来。

这一下,这位公使大人蒙了,心想:我大清朝皇上驾崩,我还一点消息都没有,怎么倒让俄罗斯国先得到消息了呢?一时之间,这位公使大人慌了手脚,眨了半天眼睛,才向俄国外交大臣反问道:"据贵国电报房得到的消息,请问,我们圣上是什么时候驾崩的?"

俄国外交大臣一听这话有点不对劲,便又向公使大人说道:"我国政府还正想向贵公使询问,贵国皇帝龙体欠安的事,何以事先对我国政府毫无照会?而我们两国之间还有许多交涉正在磋商的呀!"

这一下,大清的公使大人有点沉不住气了,立即,他就向俄国外交大臣说道:"既然贵国并未得到我大清圣上龙体欠安的消息,本公使更未得到任何关于圣上龙体欠安的报告,怎么贵国就知道我大清的圣上驾崩了呢?"

谁料,这一下,俄国外交大臣不高兴了,立即沉下脸来,向着公使大人反问道:"你家皇上没有死,何以你在公使馆的楼台上升起白旗了呢?"

"谁在公使馆升白旗了?"当即,这位大清的公使大人就动怒了,"来人呀,去看看谁在楼台上升的白旗?"

过了不多时间,查访的人回来禀报说,公使馆的楼台上果然挂着一条白布。立时,公使大人就来到了公使馆的楼台上,抬头一看,他自己也笑了:这哪里是什么白旗呀,这是裹脚条子。少见多怪,果然蛮夷之邦也。立即,这位公使大人就对俄国外交大臣说道:"贵国人士不知我国习俗,'白'者,清白也,以白布一条悬于楼台之上,以表示本公使廉洁奉公,清白为本,不不不不……哎呀,再往下说,你就更不明白了,赶紧回家睡觉去吧,天时已经不早了。"就这样,这位

梧桐庭院

公使大人把俄国外交大臣打发走了。

这位公使大人被载入史册的第二件事，是他出席了一个酒会。当然是出席俄国皇宫的一个酒会，地点就在俄国皇宫里，是为几位即将出征的将军送行。俄国皇宫里自然是灯火辉煌，几位即将出征的将军身穿将军服，胸前佩戴着一排一排的大勋章，一个个趾高气扬的一副就要旗开得胜的神情。席间，他等又说又笑，在皇宫里走来走去，人们纷纷上前为他们祝酒。大清的公使大人自然是不能露怯，找到一个机会，就向那几位即将出征的将军走了过去。他走到那几位将军身边，举起酒杯说道："祝几位将军奋勇杀敌，百战百胜，所向披靡，早日凯旋。"说罢，公使大人一仰脖，自己先把酒喝下去了。只是，那几位将军这时还有点犹豫，他们举起酒杯之后，不无胆怯地说道："清军虽然毫无战斗力可言，但是，据说中国人是不好对付的。"

哦，闹笑话了，原来这几位将军是打中国去的，而他作为中国公使，居然还祝人家奋勇杀敌，也真是太大方了。立即，他一缩脖，吐了吐舌头，转身就往外走，只是那几位将军不知道他是中国公使，还一个劲地追在他身后说："日本国多年和中国人交战，有些事还盼贵国大力相助。"当然，那几位将军也不是凡人，不多时，他等就看出这位公使大人是中国人了，因为日本人虽和中国人长相相似，可是日本人不留辫子。立即，几位将军就笑了起来："哈哈，大清国真是礼仪之邦呀，明知我等出征去和大清国作战，大清国的公使大人还亲自来为我们祝酒送行，真是礼多人不怪呀。"

"你们的上帝不也是说要宽恕你的敌人吗？"铁公使顺水推舟胡言乱语一番，然后就匆匆地从俄国皇宫里跑出去了。

这位铁公使虽然有点糊涂，但是为官倒还"清廉"，他对于大清从皇室到大臣的贪污腐败，很是不以为然。当年，他就给皇帝呈过"绝密"奏折，举告李鸿章在出使俄国交涉时收取俄国贿赂的事。据铁公使举告,李鸿章在俄国道胜银行里有一个名为"李鸿章基金"的账户,总数为一百七十万卢布。据铁公使举报说,这笔钱是李鸿章在俄国就旅顺口谈判并与俄国签约之后,由俄国沙皇赠予的。铁公使手里有一份当时俄国经办人璞科第给沙皇的电报,这封电报说:"今天我给李鸿章五十万两,李甚为满意。"此外,这封电报还说:"我和×××机密谈判关于付他五十万两之事,据答复说,关于他的受贿,已有无数控告,他宁愿等闲话平息之后……我告诉他,所允诺款项无论如何是归他支配的。"铁公使的奏折呈上去之后,那个×××就被朝廷查处了,李鸿章却因为圣上离不开他,一动未动。倒是后来,铁公使上奏折的事传到了李鸿章的耳朵里,李鸿章一个奏折就把铁公使在俄国诅咒圣上驾崩的事给卖了出去。若不是皇上看在老皇亲的面子上,铁公使的人头早被切下来了。

铁公使被宣调回朝之后,原是说要遣他去原来纪晓岚读书的地方深造,只是铁公使一气之下生了重病,没过多长时间便一命归西,这才没死在外面。

铁公使死后没有多久,清帝退位,本来铁公子应该世袭的名分也就泡汤了。

只是,突然有一天,一笔巨额存款转到了铁公使儿子铁公子的账户上,不算多,一百七十万卢布,和李鸿章大人与俄国签订合约时得到的好处一样多。收到这笔存款,铁公子被吓了一大跳:"我爹哪儿来的这一大笔钱?真是天上掉大饼了,不是大饼,是元宝。"不过呢,铁公子聪明人,收到这笔存款,他没有声张,反正都是卖国的报酬吧,有的明着卖,有的暗着卖。俄国人够朋友,是你卖的国,钱就归到你的名下;你死了,归到你儿子的名下;没有儿子,归到侄子的名下;若连侄儿也没有,只知道在世时家里养着一只猫,那就归到老花猫的名下。

手里捏着一笔巨款,铁公子日子过得好不惬意,铁公子和余二爷一起下赌场，没多长时间，铁公子手里的那点钱，输得一干二净。最后一场，铁公子又输了，没钱了。余子鹏伸出手要钱，铁公子无路可逃，心想：罢了，我老爹在世时还办了一家工厂，这些年也没人管，顶账吧。如此余二爷到手一家倒闭的工厂，铁公子败家没落，穷困潦倒，家家户户轮流蹭，蹭饭去了。

余二爷花花世界洗手，一心经营工厂，铁公子靠着和余二爷的旧交情，渐渐和余三爷、余四爷搭上了朋友，几个人"习相近"，终于成了莫逆。余四爷余子鹓住在格林威路18号，余三爷余子鹤也成了格林威路18号的常客，铁公子终日也就泡在格林威路18号。

一天，铁公子神秘兮兮地找到余子鹤，向他问道："听说南方政府要清理前朝国库了，你说这革命军若是一到了北方，像我这样的前朝遗老儿孙，会不会被杀头呢？"

铁公子今年二十五岁，和余子鹤同岁，论心眼，在余子鹤面前，铁公子只是一个乳臭未干的小孩子。铁公子从小只知淘气，长大了吃喝嫖赌，除了吃爹，不知道天下还有别的事。铁公子对于外面的世界，只知道改朝换代，只知道城头变换霸王旗，还知道城头的霸王旗一换，就是血洗，就是屠城，就是千百万人头落地。

如今，革命了，又要人头落地了。有皇上的时候，皇上杀革命党的头；革命成事，革命党一路杀到北方，自然就杀皇上的头。皇上的脑袋瓜子只有一颗，杀着不过瘾，自然就要杀皇亲的头，还要杀前朝老臣的头，若还嫌杀得少，就连小哥的头也杀，要一连杀上三个月，杀累了，封刀，剩下的，也就活下来了。

掐指一算，铁公子算定在革命党杀到第二十天左右的时候，自己这颗脑袋瓜子就要被革命党割下来了。于是他才到处打听，这革命党事成之后到底屠城几天。

"不至于吧。"余子鹤对铁公子说道，"孙中山也没有说过要杀前朝老臣的头呀，公子只管放心就是，无论怎样改朝换代，人上人总是人上人。除非李自成，他压根就没想坐天下。当初你们老祖宗进关的时候，不也是前朝重臣一律重用了吗？被杀头的只是几个不识时务的顽固而已。"

"话虽这么说，我只怕革命军一到，像我们这样的人家，祖辈上留下的财产就保不住了。咱们弟兄是不说虚话的，我们老祖宗当初进关的时候，虽说是留下了前朝老臣们的性命，可是他们的财产，全被我们老祖宗没收了，没给他们留下一草一木，连人都收作为奴了。你没听说过吗？直到退位，凡是汉人，无论你做了多大的官，只要他的主子一死，他就要立即脱下朝服到主子的灵堂去侍候，该吹喇叭的吹喇叭，该守孝的守孝。"

"唉，你们老祖宗不是不讲理吗？"余子鹤说着。

"唉，中国哪朝哪代讲过理呀？"说着，铁公子叹息了一声。待了一会儿，铁公子似是想起了一桩事，又对余子鹤说道："不管什么革命不革命吧，反正脑袋瓜子一天不掉，就得吃饭。这几年我靠着和老爹共事的那帮前朝老臣们的关照，总算没去引车卖浆，只怕、只怕……"

"唉……"说着，余子鹤也叹息了一声，余子鹤倒不是怕挨饿，有大哥守在五槐桥，有二哥开着恒昌纱厂，余姓人家总不会看着他挨饿，他是怕铁公子今天的悲惨结局有一天会落到自己头上。

格林威路 18 号里的三个人一筹莫展地叽咕了大半天，谁也没想出好主意，还是四土匪余子鹤脑袋瓜子好用，灵机一动，对铁公子说："你老爹在世时，大清国驻俄国公使馆在瑞士银行的账户不可能全清了呀。"

"那和咱们有什么关系？"

"你打听打听，瑞士银行里好歹还剩下几个零钱，咱就可以东山再起，开洋行做生意。现在做生意，买卖什么都发财。"

"也是，也是，大清国驻俄国公使馆在瑞士银行的账户不可能一分钱不剩呀。"

"对了,对了。"

铁公子灵机一动,想起了一桩事。

那一年,黑龙江河两岸渔民群殴,俄国渔船把中国渔船打沉了,还打死了渔民。事过之后,俄国渔民发现,打架时俄国人的斧子掉江里了,于是提出交涉,最后裁定清政府赔偿俄国渔民打沉中国渔船的斧子。偏偏那把斧子是库图佐夫元帅从滑铁卢打败拿破仑得胜回朝带回来的,赔吧,清政府知道,国宝无价呀,自然是出了一笔重金。

铁公使老爷子气不忿,认为对方敲诈,就是不赔。赔款拨到大清朝驻俄国公使馆,铁公使把钱扣下,就是不赔,后来好像俄国也觉得这笔赔偿太没国格,没有太追究,不了了之,也就拉倒了。这笔钱呢,到现在还趴在铁公使账户上哪。

哦,有这等事!

这一下,余子鹤乐了,这不是天上飞来的肥鸭子吗?一个花花公子,不懂政治,不懂历史,不懂经济,稀里糊涂,好在老爷子账上还有一笔钱,而且存在瑞士银行里,这许多年,利滚利,钱生钱,一定是很大一笔钱了。

如此这般,余家老三、老四陪着铁公子去了上海,到了瑞士银行,算清旧账,好大一笔钱就落到他们三个人手里了。

…………

正在格林威路18号里谋划这桩美事的三秦桧和四土匪,听说大嫂娄素云找到这里,难免大吃一惊。

"大嫂来找咱做什么?"余子鹪感到突然,便向三哥余子鹤问道。

"准是宏铭的事呗。"余子鹤回答说,"不好好读书,出来游行,迟早把命搭进去。不是惹下祸了吗?昨天出来游行没回家,听说被扣在巡捕房了。"

"找咱赎人去呀？"余子鹤自言自语地说着，"我没钱。"

"这种事，好歹咱也得管呀。"余子鹤对着他四弟说，"请大嫂拿钱吧，她不是有个首饰匣子吗？全倒出来吧。找巡捕房办事，没十条八条黄金，你连大门都进不去。"

"唉，麻烦！"余子鹤没有办法，请铁公子在会客厅里稍候片刻，只得见他的大嫂去了。

…………

娄素云在客厅里等了一会儿，一阵噔噔噔的皮靴声，客厅房门被推开，兴冲冲走进一个人来，向着她唤了一声："大嫂。"真是英俊潇洒，四弟余子鹤站在了娄素云的面前。

"四弟。"娄素云唤了余子鹤一声，打量了余子鹤一眼。

余姓人家的老四余子鹤可是出息成人物了。读了几年海军大学，余子鹤仪表堂堂，身着笔挺西装，头发梳得油油光光，神采非凡，怎么看都是国家栋梁。

娄素云没有心思观察四弟的变化，万般着急地向余子鹤说道："你侄儿宏铭被英租界巡捕房扣下了。"

"怎么？他出来游行了？"余子鹤向娄素云问道。

娄素云不回答四弟的询问，只向余子鹤说道："你得想办法将宏铭救出来。"

"哎呀，大嫂。"余子鹤脸上现出为难的神色。

"什么话也别说，你是他的叔叔，他是你的侄儿，无论你保袁世凯，还是他反袁世凯，你们两个是一家人。我从小看着你长大，大嫂对你的一片恩泽，你也应该有个回报。"娄素云开门见山地对余子鹤说道。

"大嫂知道……"余子鹤还想向娄素云表白这件事的难处。

"既然大嫂找到了你，你不把宏铭救出来，大嫂就不回家。"说着，娄素云已经泣不成声了。

到底，余子鹩不敢违抗大嫂，再难的事情，大嫂找到自己也得去办。看着大嫂着急的样子，余子鹩只好安抚地向娄素云说道："大嫂别着急，什么事情也要慢慢地办。大嫂先回家，我一定想办法打听宏铭的下落，无论是想什么办法，都要将宏铭救出来。"

"我不走。"娄素云执意不肯回家，就坐在这里等她的儿子。

"大嫂，租界里的事情，不好办的呀！"余子鹩更是着急地对娄素云说。

"我就坐在这里等着，就是等上十天，我也要和宏铭一起回家。"娄素云摆出大嫂的威风，几乎是向余子鹩命令着说。

"大嫂，大嫂，明对大嫂说吧，在英租界，我是有些朋友，可是朋友再多，这里也是人家英国人的天下。工部局比不得警察署，人家不听咱的。"余子鹩向娄素云解释着说。娄素云执意不肯回家，余子鹩只好立即出去打听，吩咐楼里的用人好好照顾他的大嫂，他自己立即就跑出去了。

一口水不喝，眼睛眨也不眨一下，娄素云整整在客厅坐了五六个小时。直到深夜一点，余子鹩才匆匆跑回来，娄素云听见客厅外面传来脚步声，立即迎上去。余子鹩不等娄素云问话，就对娄素云说道："大嫂放心，事情已经办妥帖了，工部局巡捕房答应明天早晨放人，一不要罚款，二不要保人，只一个条件，宏铭回家之后，大嫂一定要对其严加管教，再不要到英租界来从事政治活动。工部局说，再被扣下，就要按治外条约处罚了。"

听到儿子的事情有了消息，更听说明天早晨儿子就可以回家，娄素云控制不住情感，竟然抽噎地哭出了声音。她一边揉着眼睛，一边自言自语地说着："天呀，怎么就赶上这样的乱世呢？争天下的，该得的得到了，别和孩子们过不去了。"

娄素云还要说什么，余子鹩告诉吴三代说，外面有一辆小汽车，等着送大嫂回家，吴三代只好劝说娄素云不要过于难过："天时不早了，子鸥先生还等着呢。"

余子鹣再三向大嫂保证明天宏铭一定能够回家，还对大嫂说，工部局已经找到朋友，绝对不会让宏铭受一点委屈。此外呢，该通融的他都通融了。

娄素云说，无论什么花销，大嫂都不会让他承担。

余子鹣万般严肃地对大嫂说，自己家的孩子，就是倾家荡产，也是在所不惜呀。

天时不早，娄素云和吴三代一起乘汽车回五槐桥了。

余家大院里，余子鸥急得更是坐立不安，他知道英租界巡捕房是个什么地方，只求着英国人不要对学生下狠手。

等到后半夜，余子鸥才听见院外传来汽车喇叭声，匆匆跑出去迎接，果然是妻子回来了。不等余子鸥询问，娄素云就向丈夫说道："总算打听到消息了，明天一早放人。"

余子鸥深深地吸了一口气，终于放心下来，他一边陪着娄素云往房里走，一边自言自语地说着："到底是一家人呀！"余子鸥一番感叹，对于四弟出力救出宏铭已是十分感激。

回到房里，娄素云立即打开首饰盒，取出几件足以兑换十两黄金的首饰，让吴三代送到格林威路18号，交给四弟余子鹣。余子鸥也知道，当今的世道，无论华界、租界，办事就得拿钱，赎人是大事，况且又是赎被扣在巡捕房的人，钱少了办不通。唉，妻子的首饰盒里也没有多少饰品了。

吴三代带着娄素云的贵重首饰离开五槐桥才十几分钟，门外就传来儿子余宏铭呼喊母亲的声音。娄素云还没闹清楚儿子怎么突然回来了，一阵脚步声，余宏铭已经跑进母亲房里来了。

"宏铭！"

母亲娄素云顾不得询问，迎过去拉着儿子的手，唯恐儿子再被英租界巡捕房的人抓走，更上下察看儿子有没有在巡捕房受虐待。

幸好,余宏铭身上、脸上没有一点受虐待的痕迹,母亲这才吩咐用人给儿子打水、洗脸、更衣。

"还是你四叔有办法,钱还没有送到,就把你赎出来了。"娄素云万般感激地对儿子说着。

余宏铭没有听明白母亲的话,只顾向母亲述说学生们返回英租界示威,要求英租界放人的过程。北京、上海也在罢课、罢市,英国本土百姓也发出抗议声音,英国政府迫于民众压力,紧急给英租界工部局发来电报,命令天津英租界巡捕房立即放人。

"那么、那么,吴三爷爷刚刚送去的首饰……"

"唉",余子鹍深深地叹息了一声,又自言自语地说道,"手足兄弟呀,乘人之危敲诈钱财呀。"

余子鹍好像有点明白了。

"也许不会吧,他们知道宏铭回来了,会把钱送回来的。"

"你一片佛心,一个秦桧、一个土匪,老娘当初骂他们两人,我还觉得责之过严。"

"唉!"余子鹍又叹息了一声,默默地回房去了。

一家人正在为余宏铭平安回家欢喜庆贺,刚刚送钱回来的吴三代匆匆跑回来,上气不接下气地禀报说,院门外,一辆汽车停下来了。

这年月,只有大洋行的买办、官场上的官员,才有汽车坐,而且天时这么晚了,谁会突然到五槐桥来呢?

来不及询问,大家赶紧穿衣正冠出去迎接。

令人大吃一惊,从汽车里走下来的,竟然是天津警察署署长杨翼德。

杨翼德是余家的老朋友,余隆泰在世时,杨翼德有什么事情,都会跑到五槐桥来求余隆泰帮忙。那时候杨翼德还只是警察署的一个小帮办,想升个官呀什么的,他自己说不上话,得求余隆泰大人向上面说话。那时候皇帝还在位,天津府的道台大人是余姓人家的姻亲。那时候杨翼德到余家大院来,规规矩矩,敬他一盅茶,他都得双手捧着喝,还不敢喝光,也就是抿一抿罢了。

什么天塌的大事,夜半三更,警察署署长大人会跑到五槐桥来?当年皇帝退位,警察署署长杨翼德大人夜半三更到五槐桥来过一趟;今天依旧是夜半三更,难道又有什么大事发生了?

无论怎么想吧,反正现在警察署署长大人出现在五槐桥余家大院了,急匆匆清理大花厅,余子鸥出来恭迎。

余子鸥引杨翼德在大花厅落座,彼此寒暄数语,没等余子鸥询问,倒是杨翼德先向余子鸥说起话来。

"清帝退位至今,天下一直不得平静。于此之时,平安是福,外面的事变化无常呀。"杨翼德拐弯抹角地说着。

余子鸥以为杨翼德到家来是说宏铭的事,就向杨翼德解释宏铭去英租界游行的经过,更向杨翼德表示,孩子已经平安回来了,今后家里一定劝他安分守己,再不要参与外面的事。

谁料杨翼德并不是为宏铭的事情来的,不等余子鸥往下说,杨翼德便神秘兮兮地向余子鸥说道:"子鸥兄好福气,不问人间寒暑,我们比不得子鸥兄呀。人在警察署当差,差事不能不管,可是有的差事关系至亲老友,难呀!"说着,杨翼德叹息了一声,似是他遇到了什么难办的差事。

"莫非有什么事情关联到余姓人家了吗?"余子鸥想,说不定老三老四在外面惹下了什么祸,差事下到警察署,杨翼德才到五槐桥来打个招呼,想个万全之策。

"我的几个弟弟也是太不争气,总在外面惹是生非。去年老三子鹤在舞厅和人争一个舞女,他哪里知道那个和他争舞女的人是前朝老臣的公子,若不是杨署长出面,事情真就闹大了。"余子鸥想起几个弟弟的荒唐事,不无感叹地说着。

"这次,可是比子鸥争舞女的事情严重多了。"杨翼德面色沉重地说道。

"哦!"余子鸥惊叹一声,预感到一定是家里出了什么大事。

"子鸥兄自然知道,如今袁世凯大人就任大总统,北京、天津的报纸又热热闹闹地正在讨论改变国体。什么是改变国体呢?就是恢复帝制,话说明了,就是要保着袁大总统登上皇帝的龙椅。"杨翼德说着,得意地眨了眨眼睛,表示他对政治了如指掌。

用人送上茶来,余子鸥敬让杨翼德抿了一口,不等余子鸥说话,杨翼德又接着说了起来:"至于是帝制好还是共和好,杨翼德一介凡夫,不关我的事。官职在身,我只知道服从。改变国体,袁世凯恢复帝制,杨翼德是皇帝手下的一名提都;袁大总统不坐皇帝,实行共和,我是总统大人手下的一名巡捕。无论天下怎么变,抓人捕人,唉,这再往下,话就没法说了。"

"杨大人的话,我是心领神会的。"余子鸥听了一会儿,听不出个头绪,便打断杨翼德的话,直接向杨翼德问道,"杨大人到底要对子鸥说什么呢?"

"府上的五先生回来了。"杨翼德一字一字地对余子鸥说道。

"啊!"余子鸥又惊叹了一声,这次他真是被吓坏了。

余子鸥立即起身,回房将娄素云请出来,他被这桩突如其来的可怕消息吓得不知如何是好了。

余子鸥引娄素云一起回到大花厅,杨翼德起身向娄素云致礼,娄素云又向杨翼德施礼问候,双方再坐下来,杨翼德才继续说下去。

"府上的五先生余子鹋回来了。游子回家,本来是平常人家的一桩平常事,不知道为什么惊动了北洋政府,连夜打电报命令翼德注意五先生的行踪,随时向政府报告。"

说着，杨翼德脸色更加阴沉了，声音也变得冷酷："只是，五先生回来的不是时候，翼德对子鸥和嫂夫人说了，袁世凯总统正操持着改变国体，一心要做皇帝，五先生不早不迟潜回天津让人生疑；而且，我更要告诉子鸥兄和嫂夫人的是，如今五先生在日本和南军来往紧密，这次回来，会不会……"

　　"哦！"余子鸥、娄素云紧张地听着，连连应声，等着杨翼德往下说。

　　"听说，袁世凯亲自下达手谕，一定要各地警察署管制这几个从日本回来的学生，更命令天津警察署严密监视行踪，发现对方稍有动作，立即缉拿余子鹇归案。"终于，杨翼德说出了他来找余子鸥的原因，更说出了事情的严重性。

　　余子鸥和娄素云被吓坏了。余子鸥紧张地搓着双手，娄素云禁不住全身打战，脸色苍白得没有一丝血色，她已经说不出话来了。

　　"子鸥兄知道，人一旦被抓后，送到上面人的手里，翼德就说不上话了。"

　　停了一会儿，杨翼德叹息一声继续说："难呀，差事交到我的手上，我不能不办，可是事情关系余姓人家，我不能做伤害余姓人家的事。"

　　"真要感谢杨大人了。"娄素云说不出别的话，只是对于杨翼德的通风报信表示感谢。

　　"谢不谢的倒说不上，府上对我恩情重呀。"杨翼德回答说，"差事交到我的手上，我要尽力去办。在天津，我不会让五先生吃亏，事情就怕十三太保插手，府上的四先生余子鹇又是十三太保的金钢台柱……"

　　"怎么，子鹇是十三太保？"娄素云大惊失色地问道。

　　"子鸥先生和嫂夫人还不知道，府上的四先生是十三太保里的核心人物。十三太保头号师爷是袁世凯的本乡侄子，府上的四先生余子鹩,是袁乃宽手下四大金刚。十三太保的事,子鹩先生应该多少听到一些传闻吧?"

"知道,知道。"余子鹩摇头叹息着说。

说到十三太保,不光是天津人要谈虎色变,大半个中国,尽人皆知十三太保的血腥名声。

十三太保,是袁世凯豢养的"黑社会团伙";领头的老大,是他的本乡侄儿袁乃宽。十三太保名义上是十三个杀人不眨眼的流氓,其实手下远不止十三个人,到底多少人,谁也说不清。反正,天津市面上闹事,有人左手握拳,右手伸出三个手指,示意十三,就是天津警察署署长杨翼德,也要乖乖认输。

就是这么大的威风。

十三太保做过什么令人惧怕的事?

无据可查。一家报馆,发了一条消息,说是法国大铁桥下面,渔民打捞上一个大麻袋,麻袋里一具死尸上系着几块重石。事后更有消息说,一户海河渔民深夜听见一声巨响,向外看去,河面上腾起高高的浪柱,明明是桥上推下重物,还听见桥上骂道:"让你知道知道十三太保的厉害!"

报纸才印出来,报童刚跑上街头叫卖,那家报馆就突然起火了。消防队赶来,接上龙头,自来水公司竟然断水了。正在一片慌乱之中,这家报馆主笔率领全班人等匆匆跑到大光明码头,登上南洋轮船,一溜烟向南洋方向溜去了。

天呀! 娄素云在心里唤了一声,全身一阵发冷,她感到一场可怕的灾难已经落到余姓人家头上了。

"翼德夜半三更到府上来,想请子鹩先生和嫂夫人尽快想个办法。万全之策是和五先生见个面,劝他不要参与到反对袁大总统改国体的的事情之中,将来天下如何,不是我们这些人能够预见的。万一五先生不听劝告，一意孤行，我杨翼德自然不会做对不起余府的事，只怕十三太保下手，到那时杨翼德有心暗中相助，也是鞭长莫及，没有办法了。"

"可是，可是我们不知道子鹬在什么地方呀。"娄素云着急地说。

"这话可是让我如何说呢？"杨翼德诡诈地眨了眨眼睛，"子鹬兄和嫂夫人应该也知道，警察署，脚踩黑白两道，明着我们为官府办差，暗着我们更离不开黑道。五先生余子鹬，他从日本一起身，北京就得到了消息，他才到天津，北洋政府就向天津警察署发下了官差，立时，我们才得知五先生到了天津。"

说着，杨翼德打开公事提包，从里面取出一个小本本。杨翼德指着小本本给余子鹬看："这几处地方，应该都能找到五先生。"

"翼德署长，如今余姓人家全靠你关照了！"余子鹬急得已经不知道如何是好了，连连向杨翼德抱拳感激。

"唉，北京只说余子鹬回到天津，不知道在哪里落脚。通过黑道，费了很大周折才探访到子鹬先生的住处，回去还要给他们发奖赏呢。"

"多少开销？明天我们着人送到。"

余子鹬不谙世事，但警察署敲诈的事，他是知道的。

"辛苦杨大人深更半夜到余家大院来传消息，恩重如山呀。只求杨大人成全，我们一定想方设法找到五弟，劝他早早回家居住。"

"嫂夫人说得极是，翼德今天到府上来，也是求子鹬兄和嫂夫人能够暗中助我……"

娄素云是个精明人，她听出杨翼德的弦外之音，立即又说道："杨署长怎么反倒说是求余姓人家暗中相助呢？正是我们求杨署长护佑余姓人家呢。天下动乱之时，又是我们这样不安生的人家，官府里若没有暗中相助的朋友，真不知道会是如何一个结局呢。"

"嫂夫人既然说到这里,我也就不再说绕弯的话了。"杨翼德看看厅里没有旁人,便压低了声音向余子鸥和娄素云说了下去,"子鸥兄和嫂夫人自然也都明白,警察局表面上是秉公办案,但这个秉公也是很有讲究的。秉公,要看对什么人。百姓犯案,秉公就是抓来狠狠处置,怎么处置都是秉公,就说小偷小摸,偷一根针和偷一个元宝,抓到局子里来,都是秉公处置。可是对于名门望族,万一孩子做下了什么事情惹起公愤,保护孩子不受委屈,也是秉公。再到了有恩于自己的人家,无论自家人出了什么事,更要秉公。余氏府邸老太爷生前对我的提携,杨翼德是不敢忘记的。"

"唉,礼崩乐坏,世道江河日下,余姓人家遵守家训,子孙本来应该读书修身,唉,一言难尽了!"余子鸥又是一番感慨。

"谢谢杨先生关照,我们想办法找到五弟,规劝他回家避乱吧。"娄素云更连声向杨翼德说着。

"唉,警察署的差事难呀!"杨翼德摇摇头,颇是为难地说道,"百姓孩子做坏事,不过是为了吃饭,走投无路,铤而走险嘛。名门望族人家的孩子一旦背离家规,那就是造反了。这些年,天津确有几户名门望族人家的孩子惹下杀身大祸的。你说遇到这样的事,身为警察署署长,翼德又该如何?只好先通报家长,求其规劝孩子,用我们的话说,给我杨翼德留点面子。若家长规劝无效,还要造反,官差不可违抗,我们也就只能闭着眼睛,替他们作孽了。"

"我、我、我,感激、感激……"余子鸥又是着急,又是心乱,他已经不知说什么好了,"等五弟回家来,我定将他锁在后院,再不放他出去。"

"子鸥兄说的倒也是办法。"杨翼德打断余子鸥的话说,"只是他怎么会回家呢?"

"就是,就是,他若是不回家,那怎么、怎么、怎么……"余子鸥光是怎么怎么地自言自语,他是一点办法也想不出来了。

余家大院里的事情，每到走投无路的时候，最后都只能靠娄素云应对，看着丈夫没有一点办法，娄素云只得向杨翼德说道："杨大人的一番心意，我们真是不知道应该如何感激，娄素云是个妇道人家，子鸥又不谙世事，一切只能靠杨大人成全了。"

"话既然说到这里，我就直说了吧。"杨翼德抿了一口茶，万般严肃地向余子鸥和娄素云说，"警察署嘛，子鸥兄知道，历来不是个干净地方。五先生回来，我们知道住在什么地方，我们也知道官差派下来，如何想个万全的办法。"

"那更要感谢杨大人了。"娄素云一听就明白了杨翼德下面要说的话，立即向杨翼德表示感谢，让他给想办法。

"子鸥兄和嫂夫人想个办法，选个合适地点，别问是用什么办法吧，我保证让子鸥兄、嫂夫人和五先生见上面。见面之后，子鸥兄和嫂夫人劝说劝说五先生，与人方便，与己方便，劝他早早离开天津，走为上策。"

"那好那好，我一定好好劝说劝说。五弟也是的，袁世凯做不做皇帝关你什么事呀，他手里精兵强将，你一介书生，他会听你的话吗？真是傻兄弟呀。"余子鸥说不出正经话，只是连连地越说离题越远了。

正事总算说完了，杨翼德又问了问宏铭的情形。没有坐多久，杨翼德这个大忙人便匆匆地告辞走了。

一桩奇怪到压根不可能发生甚至令人瞠目结舌的事，惊动了余家大院。余子鸥摇头直呼，只觉不可思议。

什么怪事不可思议？

太怪了，怪到连《西游记》里都不可能发生的怪事。

还记得那位穷困潦倒，在水西村蹭饭吃的津门宿儒、大书法家、大学问家贺瑜声贺老夫子吗？就是余子鹏建房时给他看风水、余氏府邸的世交贺瑜声老先生。

贺老夫子和政界、商界没有一丝来往，也很少和世交们来往，走进谁家院落连狗都不叫一声。对了，就是这位老先生，居然给余家大院送来了一封请柬，请柬上贺老夫子以秀美绝伦的颜体正楷，一字一字工工整整地写着"×月×日×时定于法租界大华会馆为青年才俊余子鹣先生举办洗尘小宴，恭请余子鹣先生并女史娄素云屈尊光临"，后面还写着恭请宾客的姓名。人不多，一是宁婉儿的父亲宁老先生，再有警察署署长杨翼德大人，自然还有青年才俊余子鹣先生。

手里托着这封请柬，余子鹣琢磨半天没有说出话来，他拿给娄素云看，还对娄素云说："贺老夫子一文不名，他哪里来的钱请客？"

娄素云说："这你还不明白吗？前天杨翼德到家来，说找个机会让咱们和子鹣会面，请柬上还请杨翼德大人出席，就是请杨大人在场证明大家没说别的事。宁老太爷也不知道子鹣回来的事。你就说说，这杨翼德的本事多大吧，他居然知道贺瑜声和余姓人家的交往，还找到贺瑜声请他出面宴请各方见面，哎呀哎呀，杨翼德那里不送份厚礼行吗？"

"明白，明白。"余子鹣这才不再感到奇怪，倒觉得一切安排得很是得体。

到了约定日期，到了大华会馆，杨翼德派人送来便笺：兄弟公务缠身，不能抽身出席盛宴，恭请各位前辈原谅。

大家见面，倒也很是平静，不等宁老先生询问，余子鹣便先向宁老先生施过晚辈大礼，还连连称呼其为姻伯大人。宁老先生只是一笑，说只称伯就行了，这也就表示宁家和余家没有关系了。

余子鹣向宁老先生禀告说："二嫂和我同船抵达日本后，我去了东京帝国大学，二嫂去了日本南方的一座大学，攻读新闻和世界政治，也是各自太忙，相互很少有通信往来，最后听说二嫂受国内一家报馆邀请，也许不久就要回来就任一家报社的主笔。"

宁老先生听了极为高兴，只是纠正余子鹏说："不可再称嫂嫂，往事不可追了。"

余子鹏见到五弟，倒也平静，只是连连摇头冲着五弟叹息。倒是大嫂娄素云上下审视五弟，看了面色，又看了衣着，东问西问，和五弟说个没完没了。

"回家吧，"娄素云对五弟说，"先父去世，你没在身边，哥嫂带你去余家茔园，到先父坟前磕头祭拜。一切的一切哥嫂为你安排，你不是住在意租界吗？哥嫂雇车去接你，祭拜后，你不愿意回五槐桥，哥嫂也不勉强，倒是你应该见见你的侄儿宏铭，他对五叔你可崇拜了。"

梧桐庭院

第四章　兄弟手足

　　余家茔园地处天津城外三十多里的地方,占地八亩。茔园附近没有人家,一位本姓老人看管茔园,每年清明接待余姓人家来茔园扫墓,祭拜祖宗。

　　余家茔园里有一处房子,一座大院落,四面厢房,房里有简单的家具。平时清明扫墓祭祖,一家老小、几十辆轿子马车前一天早晨从五槐桥出发,中午赶到茔园,洗漱更衣后,休息用饭,下面人准备的祭祖活动一切就绪。第二天,全家人等先要叩拜列祖列宗,再分门分系祭拜各自的父母坟墓,主祭的长子,要挥锹培土,子孙们清扫茔园,一切礼仪完成,人们再到附近农村看看风光,孩子捉蛐蛐,玩小虫,守墓的长辈把留着送给孩子们的鸟啊、虫啊送到各门各院,一直要到第三天,几十辆轿子马车才会闹哄哄地回到五槐桥。

　　余子鸥、娄素云,邀约五弟余子鹣来余氏茔园祭拜父母,不想惊动余姓家族,只在前一天,吴三代赶到余家茔园,吩咐看管茔园的老辈人将房屋收拾好,第二天一早,余子鸥、娄素云带着儿子余宏铭、女儿余琴心,还有宁婉儿留下的孩子余琪心,雇了两辆轿子马车,来到余氏茔园。抵达茔园之后,大家稍事休息,只等五弟余子鹣到茔园来了。

余宏铭和两个妹妹不明白父亲母亲无缘无故何以带他们来莘园祭祖,猜想也许是母亲带孩子们出来看看郊野的风光,一路上谁都没有多问。余宏铭更想是因自己被英租界巡捕房扣下,心里愤愤,母亲借故带自己出来散散心,没有别的地方好去;秋风乍起,莘园附近有片老林,正是秋日赏叶的时光,出来踏踏遍地的落叶,也许能得到些宽慰。

第一天,孩子们各处玩耍,看看附近的田园,在庄稼地里走走,采些野花小草,入夜一个个累得倒下便睡。第二天早晨,大家起床,娄素云把三个孩子叫到身边,问他们昨天都看到了什么新鲜景致,然后用饭,饭后娄素云才向三个孩子说道:"今天不是清明,咱们为什么到莘园来?"

姐姐琴心性格开朗,随便回答说:"踏青。"

妹妹琪心想了想,说:"往年怎么不来踏青呢?"

"对了,还是妹妹想得对,这次我们到余氏莘园来,是为了会见你们心中的大英雄。"

"谁?"

孩子们都惊呆了。

"你们的五叔余子鹨。"

"我母亲呢?"

妹妹琪心霍地站起来,向大娘问着。

"你先坐下,听大娘慢慢告诉你。"

娄素云告诉孩子们说:"这次五叔回来,受到政府的特别监视,所以不敢回五槐桥。我们想,若只是我和爸爸及五叔见面,怕事后你们知道了怪罪,最重要的是你们都是大人了,五叔品行端正,心怀正义,你们做人要以五叔为楷模。这次难得的相聚,你们要好好聆听五叔的教诲,只是,不能对任何人说。"

梧桐庭院

"最重要的是，五叔从日本回来，好像和时局有些关系，还听说你们的四叔余子鹪也暗中盯着他的五弟，那是个什么事都做得出来的人。

"五叔有他自己选定的事业，有他的志向，你们要好好向五叔学习，但不可跟着五叔去做任何冒险的事情。"

将近中午，马车铃声传来，余子鸥、娄素云和余宏铭以及他的两个妹妹匆匆跑出房去，果然，余姓人家的轿子马车已经驶进莹园。不等车子停下，车门被推开，腾地一下，余子鹪从车里跳下来，向着余子鸥、娄素云唤声"大哥，大嫂"，便立即风一般地跑了过来，他一把拉住了余子鸥的双手，更把三个孩子一齐搂在怀里，激动得几乎说不出话来。

余子鸥一阵心酸，连声"五弟"也没有唤，搂着五弟的肩膀，竟抽噎地哭了起来。大嫂娄素云冷静，只是上下打量着五弟，任由热泪涌出眼窝，同时连连地拍着五弟的肩膀，激动得也是说不出话来。

"这一去就是五年多呀！"娄素云拭拭眼角，叹息地说着。

"小宏铭都这么大了。"余子鹪放开大哥的手，站直身子和余宏铭比着身高。

"五叔还记得我吧？"余宏铭向余子鹪说着。

"怎么不记得你呢？五叔还怕你把五叔忘了呢。"余子鹪回答说。

说着话，娄素云引五弟走进房来，房里早备好了热茶。余子鸥坐下，一双眼睛紧紧地看着五弟，唯恐他再消失。娄素云满眼泪花，一时看不清五弟的面容，只站在五弟的对面，万般委屈地说了一句："五弟，哥哥嫂嫂想你呀！"说完，就再也说不出话来了。

"这些年，大嫂辛苦了。"余子鹪望着大嫂已经显得苍老的面容说道。

"到底是在家里，有什么辛苦可言呀。这些年，你吃苦了。"娄素云照顾着余子鹈用茶，亲切地对五弟说。

五六年的时光，余子鹈成熟了，他的脸上不见了稚气，没有了余姓人家男子身上老气横秋的神态。如今的余子鹈满脸红光，眼睛里跳动着青春的光芒，看着就让人兴奋。

看着五弟的变化，娄素云掏出手帕，拭着眼泪，感动地说道："你可是长大了。"说完，娄素云又在五弟的肩上拍了一下，还像昔日对那个小五弟一样，带着几分母爱。

"这些年在外面，谁给你洗衣服呀？"娄素云突然向五弟问了一句，余子鹈一下子笑出了声音。倒是一旁的余宏铭对他的母亲说了一句话，才让娄素云发现自己实在是不知说什么是好了。

"娘，这些年五叔不在家，难道最让你放心不下的事，就是谁给五叔洗衣服吗？"说完，余宏铭也笑了。

"你看我，真不知应该从哪里说起才好。"

倒是余琪心想念母亲，她靠在五叔身边，分明是想知道母亲的消息。

"哦，二嫂……"

"什么二嫂？"琪心打断五叔的话，"我母亲早就不是你的二嫂了，那个恶人更不配再做我的父亲。"

"琪心，安静听五叔说话。"

娄素云安抚着余琪心。

"我这次回来太匆忙，没来得及和你母亲通信。你母亲现在可了不起了，她一直在日本南方读书，现在她写得一手好文章，还能把英文、德文书翻译成日文的。可能她不久就要回来了，听说中国一家报馆聘请她做记者。"

余子鹈还要说什么，倒是余琪心退到一旁，嘤嘤地哭起来了。

娄素云平复一下心情，还想对五弟说什么，这时候老用人吴三代进来对娄素云说："禀告大奶奶,诵经的僧人到了,香案也已经备好了。"

娄素云答应了一声,然后对余子鹓说："父母亲去世的时候,你不在家,如今你就在爹娘的坟上磕个头吧。"说罢,娄素云引着余子鹓和孩子们走出了房间。

在吴三代的带领下,娄素云和余子鹓、余宏铭一起走到茔园深处,按照辈分排开。一座高高的新坟,合葬着余家老太爷和余家老夫人,坟前的墓碑上刻着描过的红字"父亲余隆泰、母亲余氏之墓",下角一行小字,刻着余家兄弟五人的名字。燃上蜡烛,正中央的香案上放着一只香炉,刚刚点燃的香,正飘出袅袅的青烟;几方蒲垫放在墓前,只等着娄素云和余子鹓磕头祭拜。

余子鹓远远地看见父母的新坟,便涌出了眼泪,悲痛难忍,已经哭出了声音。这时,余宏铭赶忙走过来搀扶住五叔,一步一步地向着余家两位老人的坟墓走过去。

余子鹓站在父母的坟墓前面,先是鞠了三个大躬,这时站在他身后的娄素云向着父母的坟墓说道："禀告父母在天之灵,您的五儿子子鹓今天给您磕头来了。您二位百年仙逝的时候,他远在海外,没能为您承孝,该他尽的孝道,他的四个哥哥都替他尽到了。如今他专程从远洋赶回来,到爹娘的墓前祭拜,爹爹老娘九泉之下,安享冥福吧。"说着,娄素云的声音也沙哑了。

随后,余子鹓跪在父母的墓前,先向父母的坟墓磕了三个头,磕过头之后,他的心情似是平静了一些,又揉了揉眼睛,才站起身来。这时,吴三代送过来了一把铁锹,余子鹓知道这是要他为父母的坟墓培些新土,表示这个没有赶上承孝的儿子,终于到了父母的坟前,完成了他做儿子应尽的义务。

一切的礼仪都结束了,娄素云和余子鹓回到刚才休息的房间里去说话。几年离别,娄素云一肚子的话,真是不知从何说起,那才是东一句西一句,向五弟述说这些年家里的变化。

"五槐桥还在,你二哥又建了一片宅院,在南门里大街,如今他已经是天津最大的一家纱厂的大经理了。但他还是那个老样子,只知道赚钱经商,无情无义,你和婉儿出走之后,他威胁你大哥开祖宗祠堂,要写休书断了和宁婉儿的夫妻关系,更要把你定为忤逆……"

"不必他写休书,人家宁婉儿到日本之后,立即在报上登了启事,声明和余子鹏解除婚姻关系。至于开祖宗祠堂定我的忤逆,我更无所谓,我去日本,回来之后献身民国建设,当年的皇帝早就把我定为叛逆了。辛亥革命成功,时局混乱,我只等着铲除军阀之后,重建中华……"

"五叔!"余宏铭打断余子鹏的话,突然走过来拉着他的手,愣愣地问道,"五叔,我能去日本吗?"

不等五叔回答,宏铭又对五叔说:"我还是想去法国。大家都说,寻找救国真理,一个途径是去日本,更重要的途径是去法国、德国。"

"救中国最重要的途径,是在中国脚踏实地地推动社会进步,首先要唤醒民众……"

娄素云怕余子鹏对孩子说得太透彻,便打断他的话,对儿子宏铭说:"要记住五叔的话,脚踏实地,唤醒民众,这正是你的责任。"

因不想让儿子和五叔谈得太深,娄素云让宏铭去劝解琪心,她还和余子鹏说着家里的事。

"婉儿什么时候回来?"娄素云关切地问着。

"宁婉儿是做学问的才女,她主张救国必先唤醒民众。她和几个朋友一起去日本南方学习文学历史,这几年,在日本报纸上刊发了许多文章,我早就听说国内的一家报馆想请她回来办报。"

接下来,娄素云又向五弟述说这几年家里的变化:"你四哥离开袁世凯的海军大学之后,一直住在英租界的格林威路18号,也不知道他在那里做什么事情,偶尔回家也只是向家里要钱。听说,哦,也不知道真假,传言说外面有个什么十三太保……"

"袁世凯如今做了民国大总统,把他的亲信聚在一起,他是司马昭之心……阴谋登极称帝。大嫂也知道,如今南方学生和北方学生游行示威,抗议袁世凯称帝……"

"五叔!"余宏铭又拉住余子鹬的胳膊抢着说话,"我是旗手。"

娄素云挥手打断余宏铭的话,万分感叹地说道:"唉,不知深浅的孩子,真让我担心了。听说,许多反对帝制的人都被十三太保派出的人下了毒手。"

"我们一定要挫败袁世凯恢复帝制的野心,如果我们这一代人不能完成这项使命,你们就要前赴后继;如果我们这一代人不能够救中国于水火,那么建设新中国的使命就要落到你们肩上。一定要听母亲的话。游行嘛,铁血青年怎么能坐视天下兴亡不闻不问?但游行也就是游行罢了,回到学校还应该安心读书。你要知道,中国的未来需要人才呀。"

余子鹬语重心长地一番劝说,余宏铭只是听着,倒是娄素云最认真。她抚着宏铭的头,嘱咐儿子说:"五叔的话,你要记住,再不要让爸爸妈妈为你担心了。"

娄素云和五弟说了一会儿,余子鹬才愣头愣脑地过来向五弟问道:"五弟,还是住五槐桥老宅院来吧,如何?"

"那要给大哥大嫂添麻烦的。大哥不知,格林威路 18 号里的人已经知道我回天津了。"

"他们要把你怎么样?"

"下毒手!"

"有你四哥在里面,手足兄弟,他们绝不至于……"余子鹬说着。

"卖身求荣,还有什么手足感情。"

"唉!"余子鹬又是叹息着说,"五弟这一说,倒让我想起了一件事。那天你大嫂去英租界打听宏铭的下落,四弟突然跑回家来,向我要你原来住房的钥匙,说是找一本什么书。"

"说谎。"余子鹇冷冷地说道,"余子鹬虽然是我的四哥,血脉相连,可大哥大嫂不知,如今他正是袁世凯称帝的马前卒。为了保袁世凯登上皇帝龙椅,他们是什么事情都做得出来的……"

"他到你房里做什么呢?"余子鸥问道。

"他找我的笔记本,查我过去和什么人有来往,他早就知道我在天津了。"

余子鸥听着,愤愤地说:"明天将他唤回家来,我告诉他,他五弟回来了,他若是做什么对不起五弟的事,以后他休想再进余家大院的门。"

"你可不要做傻事。"娄素云打断丈夫的话,"今天我们在这里和五弟见面的事情,千万不要让子鹬知道。"娄素云一再向丈夫嘱咐。

"唉,家门不幸,家门不幸呀!"余子鸥每到失望的时候,就叹息家门不幸,痛斥不走正路的弟弟。二弟余子鹏利欲熏心,倒是一心做生意,虽品德不端,到底没做伤天害理的恶事。三弟余子鹤花花公子,不务正业,和老四混在一起,时间长了也要跟着作恶。至于四弟余子鹬,早就恶魔缠身心毒手狠,一心为袁世凯卖命,天知道他在外面都干了些什么坏事。唉,败坏家门呀。

"一切自己注意吧。"娄素云无奈地嘱咐余子鹇说。

"好在我住在意租界。"

过了一会儿,余子鹇又向娄素云问道:"今天大嫂让吴三爷爷跟着马车进意租界栅栏口接我,您是怎么猜出我住在意租界的?"

娄素云笑了笑:"打仗不是还有探子吗?也有人给我们家里送消息的。"

余子鹇到天津的第二天,就有人到余家大院告知:你们家的五少爷从日本回来了,现在住在意租界。

什么人给余家大院送来的消息?

市井闲散黄闲人。

黄闲人,何许人也?

十年前,余氏兄弟中的老三余子鹤逛三不管大街,碰见一个混混范九河"开逛"。余子鹤自以为是余家大院里的三少爷,不知深浅耻笑这个混混不够范儿,范九河一怒,当场就要和余子鹤拼个你死我活。余子鹤能惹事,不敢挡事,一看这个混混要动拳脚,当即就被吓得尿了裤子。街面上的人看见余家大院的三少爷惹怒了范九河,立马请来黄闲人出面调停。黄闲人凭着三寸不烂之舌劝解一番,这才由余子鹤出钱在登瀛楼饭庄摆了一桌大宴,不仅冰释了前嫌,从此两方还交上了朋友,隔三岔五,余子鹤就请黄闲人和范九河吃一次饭;余子鹤有了什么为难的事,更请黄闲人出山帮忙。只要黄闲人一出面,天津卫就没有办不成的事。

黄闲人怎么就这么大的能耐呢? 他是哪路神圣?

黄闲人什么神圣也不是,他是一名闲散。别说渣滓,渣滓不雅;说闲散,黄闲人爱听。

在天津卫,没有黄闲人不认识的人,没有黄闲人办不成的事,没有黄闲人不敢进的衙门,没有黄闲人不知道的猫腻。黄闲人自己说:"你问我天下冷暖,我不知道,历来是天有不测风云。你问我天津卫房顶上有多少只猫,你问我天津卫地下有多少只老鼠,我也说不出来。只是你若想在天津卫找一只不吃腥的猫,你若是想在天津卫找一只不怕猫的老鼠,不是口出狂言,放心,黄闲人一定能替你找到。"

这不,天津警察署署长杨翼德才得到指令,要缉拿要犯余子鹕,就被这名字吓了一跳。余子鹕,余家大院的五少爷,多年前去日本了,如今北京传来消息,说余子鹕是南军的要员,已经北上策动倒袁活动,十三太保传达袁世凯指令,要天津警察署将余子鹕缉拿归案,不得有误。

接到密令,杨翼德立即赶到余家大院,向余子鹕和娄素云通报了他家老五余子鹞秘密潜回天津的消息，希望余子鸥劝说余子鹞早早离开天津，免得大家都不方便。请余子鸥出面劝说余子鹞离开天津，得让他们兄弟见面，余子鹞到天津住在哪里，北洋政府要杨翼德打探。杨翼德每天光吃饭喝酒就忙得不亦乐乎，哪里有时间去探听那些闲事。好在官场的传统，警察署想知道什么人的下落，不必自己费力，只要将事情交给黑道，立即就办成了。

杨翼德和黑道打交道，黑道有许多马仔，其中本事最大的就是黄闲人。

派下人去，将黄闲人唤到警察署来，杨翼德开门见山，没有一丝的笑容，一句寒暄话没说，也没问黄闲人吃过饭没有，劈头便说："余家大院的老五余子鹞回来了，你去五槐桥求见余子鸥，告诉他余子鹞住的地方。"

"哎哟，署长大人，您老可是难为我了。人家五少爷去日本读书，如今学成归国，他一定住在余家大院里，怎么还要派我去禀报呢？"黄闲人吃惊地说着。

"你怎么这样啰唆呢？"杨翼德不耐烦地说着，不等黄闲人再说话，转身就往门外走，临走出房门，还向黄闲人问了一句，"你到底去不去？"

"我去，我去。"黄闲人乖乖地答应着，向杨翼德的背影连连鞠躬，再不敢吭声了。

杨翼德给黄闲人派差事，就如此简单，一句客气话没有，也不讲来龙去脉。派你去干，你不干，杨翼德也不会将你怎么样，反正你自己心里有数；杨翼德想收你，不必拿什么证据，就凭黄闲人半辈子做下的缺德事，件件够他坐十年大牢。

治世，历来是手里捏着他人短的最好用。杨翼德派你将一个大活人装进麻袋，再系上大石头，从万国老铁桥上扔到河里，你不去，立即有人过来把你和那个麻袋一起扔进河里。

黄闲人费了好大的力气,终于打听到余子鹏回到天津之后住进了意租界,而且和梁圣人的府邸在同一条街上。立即,黄闲人将余子鹏的住处禀报给杨翼德,黄闲人这个月照例来警察署领四块大洋的车马费。

赶上好年景,黄闲人的日子过得还是很滋润。

刚办过探听余子鹏下落的官差,黄闲人又来了活:青帮十三代传人周是道请黄闲人赴宴。袁大总统要登极称帝,正是天下英豪大显身手的好时机,黄闲人忙起来了。

周是道什么人?

有来历。

提到周是道,要从天津三不管说起。

三不管是天津最大一处八方民众杂居的地方。早先,这里只是一块空地,自从日本人在天津开辟租界之后,他们把原来住在日租界里的中国人赶了出来,这些中国人没有地方去,于是就聚在这里搭起了一片住房。说是住房,其实就是棚铺,碎砖头垒起的半截墙,屋顶一片草席,夏天不遮烈日,冬天不避严寒,不死不活,住在里面和住在大马路上没有两样。到后来,天津市面一天比一天繁荣,更多的外乡人相继来到天津,这些人没有地方住,也就挤进了三不管。没几年的时间,三不管住下了十几万人,全都是受苦人,其中有做小本生意的,有卖苦力的,有艺人,也有不做正经生意的。久而久之,到了民国初年,天津的三不管已经成了一处人山人海、热闹异常的地方了。

三不管又称南市大街,这条大街上有各种各样的生意,吃喝穿戴,天上飞的,地上跑的,只要是市面上有的,在三不管就没有找不到的。天津的三不管,成了天津卫最大的一处闹市,天津一大半的市民,每天要来这里混事由,找饭辙。天津人有了钱,要到南市三不管大街来花;天津人没有钱,更要到南市三不管大街上来挣。天津人不得志,想到三不管来碰碰运气;天津人有了势力,更要到三不管来欺侮欺侮人:这就是名扬天下的天津三不管。

有皇上的时候,朝廷不管三不管;清帝退位,北洋政府也不管三不管。说北洋政府不管三不管,似是也冤枉了北洋政府,天津警察署署长大人杨翼德先生心里就时时想着三不管。

这么说吧,有人逛三不管遇到小绺,也没丢多少钱,就是咽不下这口恶气——娘的,偷到咱爷们儿头上了——一气之下,找到杨翼德:“梆子。”比杨翼德有权有势的人都叫警察署署长大人“杨梆子”。

好说,好说,派个人到三不管,立马,那位爷被“绺”走的东西,拿回来了。当然,有规矩,只要东西,不拿人。

杨梆子再想办点什么事,也派人去三不管,派下去的人回来禀报警察署署长:“杨爷,销号了。”

一条人命,没了。

杨翼德派人去三不管办事,找的什么人,这个人怎么如此能耐,想干什么有什么,连人头都可以削下来。了不得呀!

此人大名鼎鼎,天津人一听见这名字就吓得全身哆嗦,这个人就是黑白两道通吃的地头蛇——周是道。

周是道,青帮第十三代传人,天津青帮老头子。在天津人的眼里,有皇上的时候,除了道台大人,就数他厉害;有了租界地,租界地里是外国人厉害,租界地外面,就是他周是道厉害。如今民国了,周是道还像以前那样在南市三不管大街称王称霸。当然,知道内里的人明白,所谓的民国不过就是一个虚设而已,老祖宗留下的一切老规矩都纹丝未动,不过就是把原来皇上坐的龙椅,让给了当今的大总统。可是不明白事理的人就不同了,他们以为民国了,皇上没有了,那么原来皇上定的一切老规矩也就不管用了,于是他们就开始要什么民主、自由了,也开始想“炸刺儿”了。

士、农、工、商，无论如何闹事，也不会出大格，大不了是写点狗屁文章，指桑骂槐地说些没用的话罢了。而当权的人，根本就没把这些人放在眼里，说是民众有了言论自由，其实是人家压根就没把你当一回事，笑骂由你笑骂，好官我自为之，你写你的文章，我搂我的钱，各人有各人混饭吃的办法。再有甚者，学生罢课，商人罢市，闹不了几天，没有多大后劲。学生们总不上课，他们自己也不好受；商人们总不做生意，他们也没有钱挣。倒不如让他们先闹几天，眼看着闹得差不多了，再出来一个人和他们谈判，好歹答应点什么条件，他们也就鸣锣收兵了。于是，从此天下太平，天津卫还是一片繁荣景象。

得知周是道设宴召见黄闲人，黄闲人被吓得出了一身冷汗。黄闲人预感，天津卫不太平了。

黄闲人准时来到登瀛楼饭庄，大门之外，早有门人迎候。"黄二爷，请！师祖恭候着哪。"

规规矩矩，有板有眼一声喝喊，吓得黄闲人头发都竖了起来。黄闲人算得上是见过大世面的好汉了，但如今在一帮青帮门人的簇拥下，吆五喝六往里走，黄闲人不知是福是祸，抬手摸摸脑袋瓜子，反正现在还在肩膀上摆着呢。

一步迈进登瀛楼饭庄，左右两侧四名壮汉迎过来，躬身向黄闲人双手抱拳施礼问安。黄闲人也懂规矩，更是一弓腰立即还礼："一茬兄弟，不敢。"表示同辈弟兄，不敢受拜。

青帮好汉，身穿黑布过膝长袄，正襟一溜布纽襻，雪白的袖口翻过来，带着三分侠客的风采。四名大汉将黄闲人夹在中间，噔噔噔往楼上走，不光是吓呆了登瀛楼饭庄的掌柜伙计，连黄闲人都被吓得直打哆嗦。

"黄二爷得意。"三楼上一间雅座，周是道看黄闲人走进来，起身迎接，拱手施礼，有板有眼地问候。

"托师祖的福。"黄闲人更是毕恭毕敬地向周是道说。

"请！请！"周是道恭恭敬敬地请黄闲人在上座落座，让伙计送上菜来。门人退去，房里只剩下了周是道和黄闲人。

"哎呀，师祖，有什么用得着黄某人的地方，师祖只要说句话就是了，何必还要亲自唤我来吩咐。"黄闲人诚惶诚恐地向周是道说。

"黄二爷说远了，怎么一定要有什么事情才能求见黄二爷呢？"周是道一副笑脸，怪是知心地和黄闲人说着。

"黄某人一介闲散，知道师祖诸事在身，从来不敢打扰师祖，更不敢轻易拜见请安，请师祖海涵，还要宽宥。"黄闲人虽没有文化，街面上的客气话，还是说得圆满的。

"黄二爷客气了，倒是我们这些粗人，应该向黄二爷问安的。哈哈哈。"说罢，周是道放声地笑了。

不怕夜猫子哭，就怕夜猫子笑。周是道一笑，黄闲人猜出他一定是遇到难事了。

酒过三巡，黄闲人引周是道说正经事，他自然知道，没有点难事，周是道是不会找到他头上来的。

"唉，"周是道叹息了一声，随后似是自言自语地说，"黄二爷知道，青帮历来是不掺和时政的……"

时政，自然就是袁世凯登极的事了。如今袁世凯要做皇帝，就是最大的政治，更是最大的时政。舆论界沸沸扬扬，似是袁世凯再不做皇帝，中国就没有指望了。北京天津开始动作，请愿游行，一队连着一队，劝进书，一封连着一封，最后连天津花界女子都递上劝进书了。花界女子劝进，情真意切，也真是字字血泪，声声感人了。花界女子劝进书上写着："女子不知，是谓无识，知而不起，是谓放弃。花界女子相随于诸君子之后，聚流成海，撮土为山，恭请大总统顺应天意，早日登极，以救涂炭……"

如是，周是道一说时政，黄闲人就知道是关乎袁世凯做皇帝的事了。

"袁世凯做皇帝,怎么牵动到青帮头上来了?"

"唉,我周是道要得罪人了。"周是道又叹息了一声,怪是为难地向黄闲人说着。

"哦。"黄闲人也摇了摇头,没敢往下问,只等着吩咐。

"我们青帮的规矩,不问改朝换代;自从有明以来,青帮立了门户;有清之后,一不求册封,二不表归顺,朝廷青帮两不相干。只是如今民国了,竟然有事交到门上,要我们出力了。"

"为大总统出点力也是应该的嘛。再说,大总统做上皇帝,也不会亏待师祖的呀。"黄闲人顺情说话,两边都不能得罪。

"黄二爷知道,我们门里的人不贪图官家的恩泽,天下是人家祖上传下来的,码头上靠的是义气,我们一不靠大清,二不靠北洋。袁世凯当大总统,我们是凭仁义待人;袁世凯做皇帝,我们依然凭仁义立足,他做不做皇帝不干门里的事。"周是道不无牢骚地说着。

"明白,明白。"黄闲人连连地随声附和。

"只是,万万没有想到,袁世凯改变国体,竟然要我们为他铲除对手。这不是吗,英租界格林威路 18 号传来旨令,要我们去砸一家报馆。哎呀,那家报馆无论怎么碍着你的事,你袁世凯手下那么多的亲兵,一家小报馆还怕它干什么?"

"如今不是新闻自由吗?"

"你不碰自由,就让我们出面打自由,我们也不能得罪父老呀。唉,不讲理了。"说着,周是道又叹息了一声,看来这桩事,是让他为难了。

"师祖别说了,黄某人虽然不才,可是这世道上的事情多少还懂得一些。师祖不必明说,黄某人也知道,就是反对帝制的《民声报》,我早就看着这《民声报》要惹事。报纸嘛,不愿意造谣,登些花花世界的事就是了,如今天下这么风光,这里女子读书,那里夫妻脱离关系,还有什么养私生子、小老婆靠戏子,热闹事多着呢,干吗要你忧国忧民?砸得好,师祖您老别犹豫,砸报馆的事,我帮不了大忙,带人出来起哄,造个由头,闹事,在报馆门外大骂,往报馆扔砖头,砸玻璃,只要报馆一出来人,就有人围上去。闹乱之中,我们有人开自己的脑袋瓜子,只要一见血,就好办了,您老的人立即出面,说是报馆打百姓,砸!"黄闲人说得眉飞色舞,他又要有一笔好生意了。

"你知道这家报馆的主笔是谁吗?"周是道拦住黄闲人的话说。

"办报馆的,还能有咱们的人吗?"

"听好了,别被吓一跳,这家报馆的主笔,是五槐桥余家大院原来的二少奶奶,宁婉儿。"

"前两天听说,这位姑奶奶还在日本呢。"

"早在日本,这家报馆就靠这个小姑奶奶的文章鼓动民众反对帝制,突然她回来了,头一天下轮船,第二天被迎进报馆,就任主笔,报馆也是想借余家大院和宁老夫子的威风……"

"啊!"黄闲人险些没从椅子上溜下来,刚才滔滔不绝的话,一句也说不出来了。停了好半天,他才感叹地说出一句话:"天津卫,出来作乱的,怎么都是余姓人家的人呢?"

"可是,你知不知道,转告袁世凯大人旨意砸报馆的,是五槐桥余姓人家的四少爷啊!"

"余子鹬?"黄闲人更是大吃一惊。

"五槐桥的事,咱过问不得呀。"周是道这才为难地说道,"我也知道五槐桥二先生余子鹏早就将这位宁婉儿休了,说个文明词吧,离婚了。离开余家大院,人家还有天津大儒东门里文庙当家的威名呢,造次不得呀!"周师祖也龇牙花了。

"喝酒,喝酒。"黄闲人敬了周是道一杯酒,缓解一下饭桌上的气氛。舒了一口气,黄闲人岔开话题,向周是道说:"听说梅老板要来天津,头一出……"

"你少和我耍花活,你也知道,我周是道没有点什么为难的事,绝对不会麻烦到黄二爷的头上。今天我既然将黄二爷请出来了,黄二爷就得为我办点事。"周是道沉下脸,冷冷地对黄闲人说着。

"师祖吩咐,师祖吩咐。"黄闲人连声应承。

"五槐桥余家大院的事,多少我也知道,大先生余子鸥当家不主事,里里外外大少奶奶一个人说了算。你到余家大院去一趟,先礼后兵,禀告大少奶奶,无论这个案犯是不是余家的人,请大少奶奶出面劝这位宁婉儿离开报馆,更得早早离开天津。三天过后,莫怪我周是道认事不认人。"

"好好好,我去我去。"黄闲人立即点头答应,拭了一下额头上的冷汗。

"拜托,拜托!"周是道向黄闲人拱手谢过,立即招呼饭馆伙计送好酒上来。一坛老酒打开,酒香扑鼻,黄闲人嗜酒如命,不等周是道敬酒,他早端起酒杯喝起来了。三杯酒下肚,黄闲人口若悬河地说起话来。周是道说过正事,没时间和一个社会闲散唠嗑,立即吩咐手下,叫一辆胶皮车,送他回家。

送黄闲人坐上胶皮车,周是道又吩咐手下人将半坛老酒抱到车上,青帮好汉不能白看着黄闲人占走这么大的便宜,端起酒坛咕咚咕咚喝了起来。黄闲人看形势不好,立即吩咐拉车的伙计快走,这才好歹留下了小半坛老酒。

中

第五章　浊浪滔天

黄闲人一觉醒来，睁开眼睛，第一眼看见的是他家的破烂屋顶，屋顶吊下来一根屬电线，电线下面一个半黑的电灯泡。早就说该换新灯泡了，也不知忙的是吗，再不换新灯泡，不定哪一天灯泡"憋"了，就得摸黑。

现在是什么时间？黄闲人家里没有挂钟，他也没有手表，只有一个老式座钟，据说还是荷兰货，嘀嗒嘀嗒地走着，声音活赛敲梆子。看看座钟，四点半。是夜里四点半还是下午四点半？他侧过脑袋瓜子向外看，外面一片阳光，哦，已经睡到这般时刻了。是睡午觉？已经不记得是从什么时间开始睡的了。午饭吃的什么？更想不起来了。眨眨眼睛，努力想，好像是在一家饭店吃的饭，还喝了酒，那酒真好；哦，又想起来了，是有位爷请自己吃饭；哦，又想起来了，好像在饭店里见到了周是道，那是多有身份的爷呀；哦，又想起来了，周师祖还吩咐自己去办一件事情，说是有个期限。第二天？哪天吩咐下来的？黄闲人一骨碌从床上蹦下来，被吓出一身冷汗，别睡过了吧。

这一吓，那天的事情全想起来了，周师祖吩咐自己去余家大院，向余子鸥其实就是向娄素云禀报，他家原来的二少奶奶已经回到天津，已经就任《民声报》主笔；早在回国之前，她就在《民声报》发表文章,蛊惑民心,反对帝制,明着是报馆主笔,暗中勾结南军。黑道上已经准备行动,一定要教训教训这个女叛逆,不许她在北方立足。如此如此。如果余姓人家念及和宁婉儿多年的情谊,早早劝说宁婉儿离开报馆,缺钱,有人出钱;想找个好地方休养闲居,请姑奶奶发个话,手指一指,立即就给姑奶奶建个花园。只是,如果不听劝告,官方不出面,黑道上可就不客气了。

云云云云。

从水缸里舀出一瓢冷水,好歹抹了一把脸,黄闲人披上衣服就往外跑,快去余家大院报信,误了周师祖的大事,了不得,若周师祖发落下来,吃不了兜着走,幸亏才下午四点来钟,跑到余家大院也来得及。黄闲人衣服扣都没扣好,一步就蹦到院里。大杂院,对门刘爷正蹲在墙角晒太阳,看黄闲人从屋里蹦出来,笑了笑。黄闲人也顾不得和刘爷打招呼,倒是刘爷在后面和黄闲人说话:"黄二爷,这一觉睡得美,解乏,整整三天。"

"啊!"黄闲人停下脚步,转过身来向刘爷问道,"你说什么?"

"谁也比不得黄二爷舒心,三天前登瀛楼饭庄伙计将黄二爷送回来,满身的酒气,喝高了。伙计嘱咐我照看着黄二爷,我知道黄二爷好酒量,一看黄二爷怀里抱个酒坛子,一边跌跌撞撞地往屋里走,一边举着酒坛子往肚里灌,好酒,满院的醇香。我扶黄二爷倒在炕上,趁着黄二爷不省事,我端起酒坛子也喝了几口,哎呀,一直醉到第二天才醒过来,我过来一看黄二爷还睡着呢。"

"哎哟,我真大睡了三天三夜呀,耽误事了。"

从大杂院跑出来,黄闲人一口气跑到大马路上,也怪,今天马路上怎么这样冷清?天津卫,条条大路车水马龙,就是到了夜半,仍然人影不断,此时此刻才刚下午四点,大马路上却车少人稀,就像戒严一样,天津人都跑哪儿去了?

正犹豫间,他又看见远处一队学生匆匆跑了过来。哦,难怪天津人都不敢出门了呢,学生们又闹事了。游行,前几天游行到英租界,被警察冲散还扣了人,没平静几天,又游行了,真是要造反了。

学生们走过来,和往日的游行不同,以前游行,队伍前面都有人打着大旗,反对呀,打倒呀,争取呀,实现呀,明明白白。这次游行没人打旗,更不喊口号,就是匆匆地跑,活赛救火队。

黄闲人顾不得打听今天学生游行要打倒哪一个,穿过学生队伍,他急着往五槐桥跑。学生们跑得快,黄闲人横穿竖过,还被学生们挤得东倒西歪,黄闲人伸着胳膊往两旁推人,学生们力气大,倒将黄闲人推得险些跌倒。

黄闲人好不容易站稳脚跟,气呼呼地向学生们问道:"你们这是干吗呀?"

学生们不理会黄闲人,还是匆匆地跑,黄闲人只听见一个学生万般着急地对另外的学生说:"你们快去,我去联络别的学校,绝不容许青皮流氓挑衅砸《民声报》报馆。"

哦,周是道果然说到做到,三天的时间过去,他带人把《民声报》砸了。

晚了,迟了,周是道已经动手砸报馆了。周是道交代自己去办的事情没有办到,五槐桥的人万一知道自己酒后误事,自己更不会有好果子吃,黄闲人左右为难,站在马路中央,没了主意。突然他心间一亮,七十二计走为上,这一阵子也赚够了,出去躲避些日子,待事情平息之后,再返回天津找饭辙。黄闲人转过身来,直奔火车站而去,天津卫有些日子要看不到黄闲人的踪影了。

地处日租界的《民声报》,三层小楼门外,已经是人山人海。

据当地的市民说,从昨天夜里,《民声报》附近就有人影出没,天明之后,才过八点,《民声报》的员工刚走进报馆,就有上千人围了过来,报馆里面的人不让出来,外面的人不让进去,他们将《民声报》的人困在报馆里,听说连电话都打不出去了。

市井无赖围攻《民声报》,什么理由?没说。

《民声报》反对帝制,帝制事关政治,《民声报》因反对帝制被砸,有碍国家民主体制,那是要受到谴责的。围住《民声报》之后,倒是有人站出来向报馆里面的人喊话,说《民声报》有伤风化,主张女子可以看电影,也可以看戏。已经社会维新了,还看电影,黑咕隆咚,真出了什么事,败坏市风。

《民声报》报馆门外人山人海,不知什么人搬来一张桌子,打麻将用的方桌,一个穿长袍的人站了上去,看得出来还是个读书人,戴着眼镜,声音嘶哑,起码不是唱玩意儿的戏子。站在桌上,这位爷手里展开一张纸,看着纸上的文稿,一字一字地念了起来:

"兹为声讨《民声报》,天津市民自愿集合发表声明如下:本埠《民声报》者,自创办以来,大胆放肆,蛊惑民众,无视礼仪,妖言乱世。更为甚者,竟然刊登文章,鼓动女子进出市间娱乐场所,以声色犬马之乐乱我闺阁。可忍乎,不可忍乎?《民声报》种种有伤风化妖言,早已激起天津市民公愤,于此,市间贤达多次规劝,希望《民声报》能够稍有悔悟,以教养社会为己任,倡导高雅文化,惩恶扬善,弘扬儒学,促进中华富强。唯气愤者,《民声报》置民众呼声于不顾,一意孤行,更为甚者,近日天津有真光影院,放映蛮夷电影,电影中男女混杂,相互嬉闹,更有东洋西洋男女亲嘴、交欢诸多不知廉耻之举,我天津正人君子尚以观看真光电影为耻,《民声报》竟然鼓吹女子也可观赏蛮夷电影,噫乎,妖言不除,礼仪何存?故而,我天津各界君子群起集会,一致讨伐《民声报》之不轨议论。为此,本埠市民一致要求,《民声报》必须于三日内停办,永远不得再行出版,强令《民声报》主笔,三日内离开天津,不得返回,否则一切后果自负。"

"砸!"

"砸!"

就在这位爷宣读声讨书的时候,周围众多忍无可忍的"正人君子",早大喊大叫起来,要砸《民声报》。

"哗啦啦!"一阵巨响,《民声报》楼上的窗玻璃被飞来的砖头砸碎,像是落下了一枚炸弹,玻璃碎片四处飞扬,让围在报馆门外的无赖们个个抱着脑袋瓜子,唯恐被玻璃碎片砸伤。

"怎么样?余四爷,够朋友吧?"

就在《民声报》报馆对面的一幢楼房里,凭窗坐着青帮十三代传人周是道,余子鹓坐在周是道的对面,两个人一起向下观望青帮无赖砸《民声报》报馆的"盛况"。

"周师祖为袁大总统效忠出力,袁大总统登极之后,对周师祖一定会有感谢。"余子鹓颇为赏识地说着。

"哎哟,余四爷。我周是道可不盼着皇帝册封,封我个封疆大臣,我还不会写奏折呢,我只求皇帝登极之后,关照青帮子弟。青帮子弟更愿意效忠皇帝,说不定皇帝还有用得着青帮子弟的时候呢。"周是道忙着对余子鹓说着。

周是道坐在《民声报》报馆对面的楼房里,看着发生在眼前的这一切,很是得意,果然这天津卫还是青帮的天下,无论什么事情,只要一声招呼,说打就打,说砸就砸,没有使不出的手段,也没有办不成的事情,而且堂堂正正,师出有名,全都是仁义道德。如今《民声报》被袁世凯视作眼中钉,袁世凯手下的人不能出面,万全之策,请青帮动手,谁也不会说《民声报》报馆是袁世凯砸的,不能说袁世凯不讲民主,更不能说袁世凯和黑道相勾结,干不是人干的事。

袁世凯做上了中华民国大总统,野心勃勃,一心要登极称帝。为了称帝,他投靠日本势力,和日本帝国主义签订了丧权辱国的"二十一条"。随后不久,他又搅起一场改变国体的大风潮,紧锣密鼓。事到如今,袁世凯眼看着就要登上皇帝的宝座了。也是袁世凯把事情想得过于容易了,他万万没有想到,他要做皇帝的美梦,早被国人识破,一时之间,天下人尽骂他为国贼。而在这些骂他的报纸当中,天津的《民声报》又是急先锋。早在袁世凯和日本签订"二十一条"的时候,《民声报》就率先揭发了他的卖国行径,随后,在关于国体讨论的风潮中,《民声报》又揭发他要做皇帝的阴谋。余子鹤盯着《民声报》,已经不是一天两天了,他早就想找一帮打手来教训教训《民声报》。只是,因为《民声报》反对帝制,十三太保出面砸报馆会激起民愤,最后求到周是道头上。还是人家黑道有办法,有伤风化,动手了。

"砸得好!"余子鹤一声好,对周是道就是最大的奖励,言外之意,未来青帮在天津南市大街的势力保住了。袁世凯登极之后,皇帝诏书,这天津南市三不管就是青帮的天下了。

哗啦,哗啦楼下砸报馆的场面好不热闹,不多时《民声报》一幢三层小楼,一片狼藉。《民声报》楼上窗子里有人扒窗张望,一块砖头从下面飞上去,又是一片碎玻璃落了下来。

青帮无赖正在砸《民声报》报馆,突然大队的学生跑过来;青帮无赖挡着学生不让学生们靠近《民声报》楼房,学生们用力地要穿过青帮无赖们的人墙,一定要冲进去保卫《民声报》。

就在青帮无赖和学生们发生争执的时候,《民声报》楼房里冲出来一位女子。这位女子不畏强暴,站到高处向远处的学生们招手,压下无赖们嘶喊的声音,她大声地向学生们喊着:"同学们……"

"怎么,她?"坐在对面楼房里的周是道看着从《民声报》楼房里冲出来的这位女子,奇怪地自言自语着。

从《民声报》的楼房里冲出来的女子,是宁婉儿。

周是道一时没了主意。说打架,周是道什么也不怕,但看见宁婉儿从《民声报》楼房里冲出来,他不知道应该如何是好了。三天前已经吩咐黄闲人去余家大院报信,怎么余家大院没来人向宁婉儿劝说?听说五槐桥余家大院大嫂娄素云是个多思善虑的人,她怎么忍心看着原来的弟媳,更是她的好妯娌、好姐妹落难不管呢?再说,黑道上的规矩,两方交恶,不伤女子,周是道原本派黄闲人去五槐桥报信,也是怕临阵宁婉儿出来,到那时真伤了女子,就损了青帮的名声,自古好汉没有打女子的,打女子,还算什么英雄?

而且,余家大院惹不起呀。虽然老爷子余隆泰已经过世,人走了,余威还在,凭着昔日三井洋行的威风,在租界一呼百应,再引动各租界工部局、代办处出来,弄不好,再来个八国联军,他周是道可是要吃不了兜着走了。

看见《民声报》大楼站出来一位女子,还向学生喊话,坐在对面楼上指挥砸报馆的余子鹬霍地站了起来。

"给我打!"余子鹬从座位上站起来,胳膊用力地一挥,向周是道喊道。

"这可是一名女子。"周是道眨着眼睛向余子鹬说着。

"什么女人?女人有这样厉害的吗?女人有开报馆的吗?"

"余四爷,您老可是看仔细了。"周是道提醒余子鹬仔细看看从《民声报》楼房里冲出来的那位女子是宁婉儿。

"看什么?我不认识她!"余子鹬更是斩钉截铁地对周是道说。

"打?"周是道疑惑地向余子鹬问着。

"打!"余子鹬挥动着拳头厉声回答。

"这可是余四爷吩咐打的。"周是道还是不敢贸然动手。

"大总统命令你打,皇帝命令你打。"余子鹬近于疯狂地吼叫着。

"那、那,就请余四爷对下面的人下命令吧。"周是道不愧是黑道上的师祖,他是绝对不会下令打女人的。

当的一声,余子鹬狠狠地砸着桌子,向站在房里等着吩咐的青帮子弟喊了一声:"给我活活打死这个臭娘儿们!"

看着下面的人不敢动手打宁婉儿,周是道还是向余子鹬解释:"余四爷,三天之前,我可是派人给府上送过信了。"

"怕谁?谁也挡不住袁大总统改变国体的大事。打!惹出事来,我担着;打错了,算到我头上。"余子鹬自言自语地说着。

…………

青帮混混砸《民声报》大楼,学生们无法解救,直到青帮混混收事,《民声报》楼房外,只剩下了一片碎玻璃和碎木板,这里那里斑斑的血迹,学生们才冲过去,抢救受伤的《民声报》编辑记者,忙着收拾破烂不堪的报馆,更忙着研究如何向社会呼吁声讨法西斯。

和学生们一起赶来声援《民声报》的,有余姓人家的两个孩子:一个是余宏铭,他永远是热心社会活动的激进青年;另一个就是余宏铭的妹妹,也就是宁婉儿的女儿余琪心。

第一个认出宁婉儿的,是余宏铭,他远远地被挡在青帮混混们的人墙外。宁婉儿刚走出《民声报》楼房,余宏铭打了个冷战,立即就认出这位女子是他原来的二婶娘。当即,他拉住了妹妹琪心的手,怕她过于激动。琪心没有准备,个子又矮,混乱中什么也辨认不清,何况她更想不到远处这位向民众发表演说的女子,会是自己的母亲。

青帮无赖将报馆砸得一片狼藉,更打伤了《民声报》的编辑记者,闹了两个多钟头,一直到他们认为《民声报》再不可能出版了才散去。这时赶来声援的学生们才靠近报馆,但已经为时太晚了。

青帮混混们散去,学生们拥过来,帮助收拾报馆,更忙着往医院送受伤的人。余琪心看见流氓混混打人,先是害怕,现在已经怒不可遏了。她拉着哥哥要去医院慰问《民声报》的编辑记者,余宏铭有心计,只说现在医院太乱,立即拉着琪心回五槐桥家里去了。

他们跑回家后,余宏铭安抚好琪心妹妹,便跑到母亲房来,他慌慌张张地关上房门,凑近母亲,向她述说刚才外面发生的事情。

娄素云看儿子的神色,先自己紧张起来,她对儿子说:"又要出去游行了吧?这次,娘可是不放你出去了。"

"娘,"余宏铭没有理会母亲的话,极为神秘地向母亲说,"你猜我看见谁了？"

"谁？"娄素云向儿子问着。

"二婶娘。"

"啊！"娄素云吃惊地啊了一声，立即又嗔怪儿子，"你怎么不将二婶娘接回家来？"

"娘，二婶娘被青帮混混打伤了。"不知道应该从何说起，余宏铭冒失地告诉母亲。

"青帮混混？二婶娘？"娄素云不解外面发生的事，只是语无伦次地自言自语。

"娘，你听我说。"到这时，余宏铭才平静下来，一五一十地向母亲述说《民声报》报馆发生的事。

"婉儿她什么时候回来的，前几天只听你五叔说，你二婶娘可能很快就要回来，没想到，她已经回到天津了，她怎么不给家里送个信呢……"

娄素云没有心思听儿子把外面的事情说得过于详细，立即拉着儿子说："你二婶娘被送到哪家医院去了，咱们、咱们……"说着，娄素云拉着儿子，吩咐吴三代备车，要去医院看宁婉儿。

娄素云还想起一桩事，她把女儿余琴心唤来，并小声嘱咐琴心说："我和你哥哥出门看人，你在家哄着琪心妹妹读书。她问大娘、哥哥去哪里了，只说去亲戚家里看望一位老人。"

医院里一片紧张气氛，医生们匆匆地跑来跑去，也没有人询问娄素云和余宏铭找什么人。两人找到一间大病房，还想往病房里走，两名护士过来拦下了他们。

护士是天主教修女，头上戴着白色的修女帽，面容慈祥，拦住娄素云和余宏铭，对他们母子说道："病房是不能进的。"

"我们的亲人，刚才被人打伤了。"娄素云向护士说道。

护士听说她们看护的病人是遭人打伤的，立即画着十字连声地为病人祈福。

"回去吧，他们刚刚被送到医院来，正在医治，我会将你们的爱转告他们的。"修女和善地说着。

"嬷嬷，"天津人称修女为"嬷嬷"，娄素云对修女说道，"我们找一位受伤的女士。"

"女士？"护士反问说，"只有一位女士，伤得很重。"

"我是她的亲人。"娄素云向护士说道。

"这位女士好可怜，她伤得很重，但她一声疼也不喊，昏迷中还说着什么。苏醒过来之后，她好像叨念着一个人的名字。"嬷嬷向娄素云说。

"让我们进去看看她吧。"娄素云向护士恳求着。

"主会保佑她的。"

"我是她的大嫂。"

"等她病情稳定，我会转告她的。"护士就是不让娄素云母子进病房。

"我们只站在门外看看她。"

"主会保佑她的。"护士听到病房医生的呼唤，连连在胸前画着十字，急匆匆地转身跑进病房去了。

最终，宁婉儿身体恢复，离开医院回到她在英租界的住处了。

五槐桥娄素云收到一封宁婉儿的来信，信中说，她出院时，护士告诉她说，一位说是婉儿嫂嫂的女人曾经到医院来探视过她，希望她恢复健康后告诉她一声。

宁婉儿告诉娄素云说，她现在住在英租界，欢迎大嫂方便时来看看，只是有一个要求，不要带琪心来，一怕孩子知道母亲就在身边，常来看母亲，引出可怕的事情，二也不想给女儿增加苦恼。

娄素云立即带着余宏铭匆匆来到英租界,找到宁婉儿租住的一幢小楼。

　　已经是入夜时分了,娄素云和余宏铭见到了宁婉儿。

　　敲开院门,开门的正是宁婉儿。外面不好说话,宁婉儿拉着娄素云的手便急匆匆回到房间。

　　"哎呀,婉儿,你怎么住在这里呢?"娄素云不知道说什么好,只责怪宁婉儿不应该在英租界租房。

　　"英租界安静呀,报馆设在日租界,因为每天报童取报卖报,英租界不让进,日租界租房住不安全,袁世凯砸了日租界的报馆,避开英租界,到底英租界不放那些流氓混混进来。"

　　宁婉儿看娄素云坐下,送上茶水,刚要说话,倒是娄素云先抢着对宁婉儿说:"我没带琪心过来。"

　　"我明白,明白,我还担心她跑来多事,事情要慢慢对她说。这些年大嫂辛苦了。孩子、孩子……"

　　宁婉儿已经哽咽得说不出话来了。

　　"看到你终于担起救国救民重任,大嫂为你高兴。听子鹏说,婉儿现在已经是大记者、大主笔了。"

　　"大嫂过誉了,婉儿才不配位,救国救民总要有人冲锋陷阵。只是想孩子呀。"

　　说着,宁婉儿眼窝里又涌出了泪珠。

　　"大嫂知道,唉,等待吧,母女团聚的日子一定会来到的。"

　　"琪心、琪心……"

　　宁婉儿询问女儿的情况。

　　"琪心很听话,很努力,和妈妈一样,可聪明了。我请了一位先生到家来教她书法、绘画,过几天我带她来看你。"

　　"和姐姐在一起,她也不孤单了。"

　　"姐妹两人好得那才是如胶似漆呢。"

娄素云轻轻地笑着。

"先不要让她知道我住在这里。"

"大嫂知道,婉儿放心就是了。"

"唉,中国怎么黑暗到这般地步了呢?"娄素云感叹地说着,"婉儿知道,大嫂原也是有志报国的女子,只是几十年的家国灾难,大嫂虽然不像你大哥那样心灰意懒,多少也明白女子终究无力回天。婉儿心志高远,偏偏又赶上暗无天日的时代,袁世凯想着做皇帝,豢养着一群流氓为他打天下。这帮人心毒手狠,他们今天出面砸了报馆,明天说不定就要下手置反对帝制的志士于死地,婉儿还是回家避避风险吧,大嫂再给你找个地方,等世道平静之后,大嫂肯定不拦你救国救民。"

"大嫂……"听着娄素云这一席话,宁婉儿万分感动,她倒在娄素云的怀里,热泪涌出了眼窝。

娄素云抚摸着宁婉儿的头发,又向她说道:"五弟子鹬也在天津,住在意租界里,他准备联系北方倒袁力量。天津警察署说他几时从租界出来,就立即逮捕他送北京处置,真是让人放心不下。"

"大嫂,你是不知道,袁世凯手下的人狠毒呀。"

…………

关于袁世凯,史有定论,阻拦戊戌变法,出卖谭嗣同,早使他成了千古罪人。清帝退位之后,他摇身一变成了中华民国临时大总统,依仗着他在小站练兵的老家底,网罗各方势力,梦想登上皇帝宝座,从此将中国变成他袁世凯的家天下,将四万万同胞置于他的淫威之下,将中国重新推向黑暗,阻挡历史前进。

袁世凯为了圆自己的皇帝梦,已经到了无所不为的地步,手下有十三太保为他铲除异己,许多反对帝制的志士惨遭杀害。尤其是在北方,袁世凯统治的天下,也就是十三太保横行的地方,天津城笼罩着一片肃杀的恐怖。

余姓人家的四公子,余子鹘,就是被老娘在世时咒骂的四土匪,现在是十三太保中的一员干将,他网罗天津黑道势力,为袁世凯称帝扫除障碍。

十三太保,十三个社会渣滓,领头老大袁乃宽,自称是袁世凯的亲侄子,在袁世凯的身边很是得宠。据说,连袁世凯的小老婆们都怕他三分,唯恐他在袁世凯耳边说她们的坏话。

说起袁乃宽的来历,坊间有人传言,袁乃宽原是袁世凯小站练兵时的一个小卒,压根就不是一个人物,排在队伍里,他就是一个丘八,谁也不把他放在眼里。就是这个小丘八,每逢袁世凯阅兵的时候,他在队伍里都站得笔直,精神头最足,一双眼睛紧紧地盯着袁世凯,挺胸收腹,带着十二分的精气神,这使得袁世凯每次阅兵都对他格外注意。有一次,也是袁世凯一时高兴,他于阅兵之后,冲着这个最精神的小兵问道:"小兄弟,你是哪个地方的人?"袁世凯祖籍河南项城,人们都叫他袁项城,多年走南闯北,还是一口河南话;如今对下属说话,他就更用不着装腔拿调了,十足的河南腔,向着袁乃宽就问了起来。

"报告袁大人,乃宽的祖籍是河南项城。"袁乃宽冲着袁世凯敬了一个军礼,然后才一字一字地回答着。

"你也是项城人?"袁世凯一看自己手下的兵中有一个项城人,也算是老乡见老乡吧,竟勾起了他的一点思乡之情。

"报告袁大人,乃宽不光是项城人,乃宽还是项城城南袁家的后代。"袁乃宽又行了一个军礼,挺着胸脯,向袁世凯报告。

"哦!"袁世凯大吃一惊,又向这个小兵仔细地看了一眼,"嗯,有点像。"袁世凯也没说这个小兵有点像谁,只是这一下给了袁乃宽表演的机会。立即,袁乃宽流下了眼泪。

"报告袁大人,乃宽早就听说俺族里有一个伯伯是朝里的重臣,可是俺们家不是不行嘛,俺不敢高攀这门亲呀!"没说完,袁乃宽竟无语地哭了起来。

"听你这样说,你该是老五叔院里的后人吧?"袁世凯也不知怎么的就想起了他家的一支远亲,当即就向袁乃宽问道。

"报告袁大人,俺就是他的亲孙子呀。"说着,袁乃宽的一双小眼盯住袁世凯,只等他认下自己,小无赖就有出头之日了。

"这么说,你就是我的亲侄子了。"袁世凯一句话,就算把袁乃宽认下了。袁乃宽扑通一下跪在了袁世凯的面前声泪俱下地喊了一声:"俺的亲伯!"

"哎呀,真是没有想到,带了这么多年的兵,把亲侄子给带出来了。"袁世凯也不知是说真话,还是开玩笑。偏这时,只见袁乃宽擦干了眼泪,重新站好,向着袁世凯又行了一个军礼。如此,这出荒唐的认亲戏,就被写进历史了。

"行了,你也别给我行军礼了,我如今也少一个马弁,你就跟我走吧。"就这么着,一步登天。袁乃宽认下了一个亲老伯,从此他就以侄儿的身份跟在袁世凯的身边了。

走南闯北,多少年来,袁乃宽寸步不离袁世凯,袁世凯一时也离不开袁乃宽。关于袁乃宽侍候袁世凯的事,人们说的话也是太难听了。袁乃宽听了这些传言,不但不恼火,反而极其得意,如此,表示他对于袁世凯真是太重要了。重要到什么程度?重要到他就是袁世凯第二,除了鸡鸭鱼肉要吃到袁世凯的肚里,别的一切全都是袁乃宽为袁世凯安排,连今天夜里和哪个小老婆睡觉,袁世凯都要听袁乃宽的。所以,袁世凯家除了正室夫人于氏,其他的几个小老婆全巴结袁乃宽,谁巴结不好袁乃宽,谁就休想和袁世凯睡觉;一旦袁世凯问起这个人的时候,袁乃宽就说这个人的身子不方便。你说这小子缺德吧!

本来,袁乃宽身为袁世凯的一个马弁,没有参政机会,可是,如今袁世凯不是要做皇帝吗?这一下,人手就不够用了。和洋人打交道

梧桐庭院

的事,那是用不着袁乃宽的。紧锣密鼓,袁世凯称帝,枝枝叶叶的零碎事还是真不少,于是袁乃宽一马当先,他就要为他的老伯做点事情了。

保袁世凯登极做皇帝,什么事情要袁乃宽去做?你想呀,凭他一个无赖小儿,袁乃宽还能做什么大事?只是,袁乃宽能做的事,也不谓不大,而且,他袁乃宽做的事,别人还真做不了……

第六章　亲仇似海

　　紧锣密鼓，袁世凯登极称帝的日子已经选定，十三太保头目袁乃宽移居北京，专事操持老袁登极诸般事宜。从制作龙袍、议定程序、接见洋人等等，再到接受各国贺礼，准备登极盛宴，名酒、冷拼、大菜、点心、咖啡、热茶等等，一一都要经过十三太保成员袁乃宽的首肯。

　　留守天津的几名干将，调动黑白两道精兵强将，把守各国租界地所有进出口栅栏。

　　马路街道布满巡警、便衣，时时盯着进出租界的芸芸众生，上至夫子圣人，下至引车卖浆者。尤其是意租界梁启超梁圣人住处，远从几道大街，再到梁启超先生宅院，日夜有人监视蹲守。就连飞进意租界的鸟，跑进意租界的猫和狗，也要严查详细，不得有一丝疏忽。

　　也是在此时，袁世凯麾下众多党羽更是忙着走关系，拉帮伙，行贿的行贿，卖官的卖官，个个忙得焦头烂额。再到袁氏公馆，东宫、西宫，爱妃、贵人、常在、答应，个个争得天昏地暗，只待袁世凯称帝，顺天承运，永世不衰的洪宪盛世就要鸣锣开戏了。

　　北京、天津，一片血雨腥风。先是有反袁的激进人士失踪，继而有海河渔民从河底捞上来一条麻袋，麻袋已经腐烂，麻袋里面缠着尸骨,尸骨上系着一块重重的石头。

袁世凯下毒手了。

突然一天,四土匪余子鷁回到五槐桥余家大院来了。

几天前,报上消息,北京筹安会的首领杨度派人来,求见梁启超,劝梁启超不要和袁世凯作对。北京来人把杨度的心意对梁启超说过之后,不料梁启超立即拿出他早就写好的一篇文章交给北京来的人,这篇文章的题目叫《异哉所谓国体问题者》;同时梁启超还给杨度写了一封绝交信,交予来人带回北京,以表示自己拒不从命。未过几天,梁启超的文章在报端发表,这一下惹怒了袁世凯,他立即派人来,要梁启超出国"考察",而且当场掏出大洋二十万,作为梁启超出国"考察"的费用,另有十万元作为对梁启超父亲寿日的贺礼。梁启超倒是没有对来人拍桌子,也没有发表什么慷慨激昂的演说,他只是对来人说了些感谢"美意"的话。北京来的人吃了个软钉子,又回去了。

今天余子鷁突然回家,莫非是想请他家大哥,去意租界求见梁圣人,以老门老户老世交的情面,奉劝梁圣人好歹给袁世凯一点面子,暂且不要和他作对?

余家大院余隆泰大人在世时,和梁圣人交往颇深,青年时代的余子鷁也深得梁启超喜爱。后来余子鷁心灰意懒,不问世态炎凉,渐渐和梁圣人疏远,但偶尔还去拜见梁圣人,被梁圣人视为知己。

余子鷁回到五槐桥余家大院,身负重要使命。袁世凯传下密令,立即铲除反对帝制的激进人士,而在这份黑名单中竟然有两位余姓人家的成员,一个是他的五弟余子鷁,另一个就是余家大院原来的二少奶奶宁婉儿。

袁世凯密令指示,找到这些人,就地处决,不择手段,斩草除根,绝不能让这几个人打碎他的皇帝梦。

…………

"大哥常到梁圣人家里去,一定结交了不少朋友吧?"余子鹲见到大哥,将刊有梁圣人那篇《异哉所谓国体问题者》的杂志拿给余子鸥看,更似是无心地向余子鸥问着。

"我只读梁圣人的文章,对于梁圣人和什么人来往,我一点也不知道。"余子鸥虽然傻,但还没有傻到不透气的地步,何况对于四弟余子鹲,他更是心怀戒备。夜猫子进宅——无事不来,余子鸥早就预料余子鹲今天是怀着鬼胎回家来的,所以对于四弟的问话,他回答得含含糊糊。

从大哥余子鸥嘴里探不出蛛丝马迹,余子鹲自然不会罢休,转弯抹角地又说了一些闲话,余子鹲还是缠着余子鸥向他问东问西。

余子鸥被问得恼火了,便呛白地对他四弟说道:"你还是快干你的正经事去吧。我虽然不问天下事,但我也知道你这一阵在外面做的恶事。你想投靠谁,我不干涉,我只是要告诉你,一个人不可出卖良心,更不可做伤天害理的事。"

"大哥何必把话说得如此绝情呢?兄弟手足,我们家里的事干吗和袁大人的事缠在一起呢?无论袁大人做不做皇帝,我们都是亲兄弟。回五槐桥,我是向大哥大嫂问安。如果说一定还有什么事情,我就是要告诉大哥,如今五弟就在天津。政局如此动荡,他不可能不活动。如今无论是保袁,还是反袁,都以天津作为大舞台,五弟参与政治活动,利用梁启超的名声,联络各界倒袁势力,袁世凯早派人来,要对他下手。"

"要想刺杀子鸐,你在梁圣人家附近,埋伏几个杀手不就行了吗?再嫌雇别人动手不解恨,你自己下手不就得了吗?列祖列宗呀,我余姓人家怎么出了这样一个禽兽呀!"余子鸥声嘶力竭地喊道。

"大哥又说绝情的话了。"余子鹲说着,"维护帝制,废除帝制,只是不同的政见,我和子鹇是亲生兄弟,我不会因为他反对帝制便仇视他,他也不会因为我拥戴帝制而和我水火不容。多年没有见面,我只是想他呀!"说着,余子鹇还暗中抬眼向他的大哥望了一下,似是看他到底知道不知道五弟余子鹇在天津的消息。

"子鹇呀,"余子鸥狠狠地瞪了余子鹇一眼,更是万般激愤地对余子鹇说道,"老娘在世,骂你是四土匪,我还为你辩解,劝母亲不要对你过于严苛,如今,我才看清你的真面目,你何止是土匪呀,你是魔鬼。"

"大哥说重了,保袁也好,反袁也罢,吃的是时局饭,我们犯不着伤兄弟感情。大哥放心,就是五弟他走火入魔地信了什么革命党,可我也不会忘掉兄弟手足之情的。"余子鹇说着,一双眼睛还四下里张望,看他的眼神,余子鸥已经觉察出来他一定是在查访什么迹象,否则他不会一边和自己说话,一边又不时地向院里看着;只要院里有一个人影走动,他就立即站起身来向外看,直到看清这个人的容貌,才又坐下来。

和大哥又说了一些话,余子鹇最后站了起来,一边向大哥道别,一边又对大哥说:"我在外面很忙,大哥要好自珍重。梁圣人那里,我看还是少联系为好,大哥本来与世无争,咱家的家境,也不必大哥再出去做什么事情,何不清清静静地读些书,过自己的清闲日子呢?中国的事,还要乱些日子的,大哥是一介书生,政治上的事,那是看不准的。"

说罢,余子鹇就从大哥的房里走了出去,走到院里,正好大嫂娄素云出来要送他,但他不向门外走,反而反身向后院走去。大嫂娄素云觉得奇怪,便把余子鹇拦下,对他说:"那是宏铭读书的房间,他不在家。"

余子鹇似是没听见大嫂的话,还是径直地向后院走去。这时,娄素云似是看出一些破绽来了,她一步挡住余子鹇的去路,正颜厉色地向余子鹬问道:"我看你今天回家,一定是要查找什么人吧?"

"不,不,我就是随处看看。"余子鹬信口回答着说,还是迈步要向里走。这时,娄素云发怒了,她伸开双臂,拦在余子鹬面前,立在院里大声向她的丈夫喊道:"子鸥,你出来一下,四弟似是要在我们这里搜查什么呢!"

余子鸥听说他的四弟要在自己家院里搜查,一步就从房里走了出来,只是,还没容他向余子鹬问话,只见吴三代慌慌张张地从外面跑了进来。见到余子鹬,吴三代上气不接下气地对余子鹬说道:"大先生,外面好像是来人了。这大半天时间,五槐桥下,子牙河堤坝,好几十个来历不明的人转来转去,就是不肯走开,还直直地往咱们府里张望。我出去看了,五棵老槐树下,猫着两个人,河岸上,还有好几个人在走动。子鸥先生,咱们府没惹下什么事情吧?"

听说五槐桥被恶人包围,娄素云惊慌得手足无措,她只对吴三代说了声"关大门",然后又着急地向余子鸥说:"孩子们都还没回来,这可怎么办呀?吴三爷爷,赶紧派人把孩子们从学校接回来,别、别、别往家里接,先送到外婆家去吧。天呀,这又是谁惹下什么祸了呀?"娄素云着急地说着,吴三代立即吩咐用人关好大门。就在院里一片忙乱的时候,老四余子鹬却抬步匆匆往外走,在余子鹬的身后,娄素云还大声对他说:"子鹬,你可不能伤害自家人呀!"

娄素云话音未落,余子鹬早跑得没影了。

…………

接孩子回家之后,吴三代向娄素云禀报说:"余四爷才走到五槐桥边,那几个来历不明的人就先后不见了。看来,早在四先生进府之前,外面就设下了人。"

"这个败类呀!"余子鸥愤愤地说道,更狠狠地骂他的四弟。过了一会儿,余子鸥又自忖地问着:"他们这是冲着谁来的呢?"

说是冲着自己来的吧,自己这些年从来没到梁圣人家去过,就

梧桐庭院

算是表示过对梁圣人的崇敬,梁圣人反对帝制,也不至于株连到自己头上。莫非是孩子们在外面惹下了什么是非?近来宏铭也没有再去参加反对帝制的游行,余子鹢突然回家,五槐桥下又突然出现许多暗探,此中一定有缘由。看来,余姓人家真的又要出事了。

入夜,余子鹢嘱咐各处当心门户,然后坐在房里和妻子娄素云一起说起了白天的事。思来想去,余子鹢似是悟出了一些道理,便对娄素云说道:"我看,老四是为五弟的事来的。"

对于丈夫的猜测,娄素云不置可否,沉吟了一些时间,才向余子鹢说道:"光为了五弟,子鹢不会回来,他知道五弟住在意租界,虽然不敢去梁圣人府上捉人,只派人在意租界把守,但五弟迟早也逃不出他们的黑手。"

"那他是为谁来的呢?"余子鹢不解地问道。

"如实对你说了吧。"娄素云以为到了对丈夫说清楚实情的时候了,"子鹢是为婉儿的事来的。"

"他二嫂?"余子鹢不解地问道。

"对,就是宁婉儿。"娄素云说。

"她早就不是咱们余姓人家的人了。"余子鹢还是困惑地说着。

"子鹢要查宁婉儿现在和余姓人家有没有来往。"

"有来往又怎么样?"余子鹢问道。

"子鹢要对宁婉儿下毒手。"娄素云冷冷地对余子鹢说。

"啊!"余子鹢被吓得几乎喊出了声音。

"你听我仔细地对你说。"娄素云安抚着丈夫,向丈夫述说了《民声报》报馆被砸和去英租界看望宁婉儿的事。余子鹢听着,似听一则惊险故事。他一边听着,一边咒骂四土匪十恶不赦。

"他二婶娘做得对,她不能回五槐桥,倒不是怕给家里惹事,英租界里地痞不敢捣乱,英租界实行英国法律,在英租界捣乱,触犯英国法律,不管你是什么后台,弄不好把你送进一座荒岛,四面是海,

121

没有船只，活活把你困死。"

停了一会儿，余子鸥又对娄素云说道："还是得想个法子劝二婶娘离开天津。你们娄府是金华的名门望族，还有根基，劝她去金华躲避躲避吧。"

"你说将婉儿送出去？"娄素云向丈夫问道。

"不送出去又怎么办？天津待不得，不光是要劝二婶娘，还要去劝五弟子鹕，先回江南躲避些时日，等外面稍稍平静些，再做你们的大事。"

真是万全之计了，五弟余子鹕和宁婉儿已经成了十三太保的眼中钉，无论意租界、英租界都不平安，五槐桥余氏府邸院外，更时时发现有恶人出没。如今只有一条出路，就是劝余子鹕和宁婉儿离开天津。

难得想出了个好主意，立即行动。余子鸥和娄素云商量，余子鸥叫一辆胶皮车去意租界见余子鹕，而且不能带吴三爷爷，更不能乘自己家里的轿子马车，以防备意租界外面十三太保埋伏的恶人；娄素云尽快和吴三爷爷商量，不宜乘坐火车，只能雇一艘船，走大运河，船上没有别人，子鹕和宁婉儿扮作姐弟回金华探亲，沿途也不会引人注意。时间不早，分头行动，子鹕婉儿一旦被说通，明天一早立即出发。事不宜迟，余子鸥唤来吴三爷爷，叫来一辆胶皮车，急匆匆地乘车去意租界了。

余子鸥乘车前，娄素云还问他记不记得余子鹕在意租界的住处。余子鸥说记得清清楚楚，绝对不会找错地方，吴三爷爷更嘱咐余子鸥，出入意租界栅栏口，免不了查防疫针，一切都要带在身边。余子鸥大半生糊涂，今天突然变得极为精明，连吴三爷爷都觉得奇怪。

在吴三爷爷和娄素云的目送下，余子鸥乘车向意租界去了。娄素云又和吴三爷爷回到院来，娄素云请吴三爷爷到正房，和他商量

梧桐庭院

雇船的事。

在余家大院，吴三爷爷是一个老用人。古圣遗训，庭有皓首仆人，乃吉祥之象。吴三爷爷为什么叫吴三代？据说在余氏府邸，吴三爷爷已经是第三代家用了。

在余家大院，吴三爷爷是半个主子，莫说是下边的人由吴三爷爷管理，就连余姓人家的成员，也要服从吴三爷爷的规劝。余宏铭每天去学校读书，出院时先要过吴三爷爷这一关，衣服穿得是否合适，今天多云雨具带了没有。小宏铭不懂事，嫌烦，嫌烦也不行，吴三爷爷不放行，就不许你出门。当年余子鹡、余子鹤几个少年在外面玩耍，回家晚了，吴三爷爷都过问，那两个孽障才练就了说谎的能耐。

回到正院，娄素云对吴三爷爷说："五弟子鹬和原来的二婶娘处境很是危险，五槐桥外时时都见恶人出没，子鹍先生已经去意租界找子鹬商量，劝他们离开天津，可是如何才能平安离开天津呢？乘火车，常听说车站有劫匪；乘轮船，船上也是人多眼杂……"

"好说，好说，我们雇一艘船，船上只有五先生和二婶娘两人，一路上咱们请一位可靠的厨娘侍候，平平安安，送五先生和二婶娘抵达金华。"

"只要和他们说通了，明天一早就出发。"

"好说，好说，我现在就去办。这院里的事，我吩咐他们注意就是了，门窗户壁注意，炉火灯烛当心，我很快就回来。"

…………

大约过了一个时辰，吴三爷爷回来向娄素云禀报说，船的事，已经定好，船家是个极可靠的胜芳老渔民，算起来还是同乡；船家也知道这是大户人家送人回家乡，离开天津之前，不愿让亲朋们知道，怕麻烦亲朋送行难分难离；船已经打扫干净，随时都可以启航。

吴三爷爷还说，这个船家在京杭大运河跑船，已经是第三代了，火车开通之前，他家先人从江南往北方运送丝绸、老酒，直到现在船上还有一股浓浓的酒香。船家还对吴三爷爷讲了走船线路，上船地点不在法国大铁桥，避开大码头，船停靠在金钢桥三岔河口，上了船就启航，开船到沧州，二站到德州，三站到济南，然后徐州、淮南、扬州、镇江、无锡、苏州，三天之后，抵达杭州，不多远就是金华了。一路避开大码头，保证平平安安。

"路上吃的用的，府上的厨娘已经开始打点，现在只等子鸥先生此去能够说服子鹣先生和二婶娘，明天一早就可以出发了。"

"只是，子鸥先生去意租界劝说五弟，时间也不短了呀。"

娄素云看了看案上的荷兰珐琅座钟，自言自语地说着。

"大奶奶放心，胶皮车是我雇的，车夫也是可靠的老实人。我吩咐过，到了地方，子鸥先生进去和人说话，他不要离开，就在门外候着，也不要停得太近，隔开两个路口，等子鸥先生一出来，再迎过去，什么话也别问，等子鸥先生坐上车，立马离开意租界。"

余子鸥坐着胶皮车进入意租界，一路上没发现什么异常：意租界大栅栏口，有意国警察把守，这阵没闹什么传染病，也没有人查"针票"；胶皮车停在余子鹣住的小洋楼门外，更不见有什么闲杂人等出入。余子鸥走下车来，径直走进院落，进到楼房，敲开了余子鹣的房间。

看见大哥走进房间，余子鹣倒没有感到奇怪。长嫂如母，五弟住在外面，大嫂娄素云总是不放心，让大哥来看看，问问需要什么东西，钱有没有花的，衣服够不够换，反正都是生活的小事吧。大嫂要大哥来，就是这类的小事。

兄弟二人落座，大哥先问了一些生活上的小事，余子鹣还劝告大哥说，没有什么重要的事情，不必总往意租界跑，人来人往总会引起外人注意。大哥听了，点了点头，开始对五弟说："意租界不是世外桃源，即使意租界平安，到底梁园虽好，终非久留之地。"

　　　　　　　　　　　　　梧桐庭院

"五槐桥是绝对不能回去的。"

余子鹕以为大哥来劝自己回五槐桥住，便对大哥回答说。

"五槐桥更不是世外桃源了，一过了老红庙，谁不知道子牙河畔的余家大院呀。"

"哪里平安？"

"离开天津。"

"啊！"余子鹕立即站起身来，向着大哥诧异地喊出了声。

"一切都安排好了，明天一早就出发，宁婉儿那边，你大嫂带着宏铭去英租界劝说……"

"大哥，大哥，天不早了，你快回去吧，意租界里雇不着车。"

"不行，你立即准备，明天一早有车来接你。你也不必回家，直接到金钢桥三岔河口上船，去哪里，怎么去，你大嫂在码头等你……"

"大哥，大哥，我怎么对你说呢，你、你、你……"

"事情就这样定了，你不听大哥的话，大哥就、就、就……"

"大哥，你不明白呀，袁世凯称帝在即，我、我、我怎么能够……"

"你承认我是大哥，你就得听大哥的安排。"

"大哥，大哥，我求你了。"

"我求你吧，听大哥大嫂的安排，大哥真求你了，我可是给你作揖了。"

看着大哥连连给自己作揖，余子鹕更连连地给大哥鞠躬。

"大哥，大哥，我求你了……"

"五弟，五弟，大哥也求你了。"

就在意租界一幢小洋房里，身为一家之长的大哥余子鸥，连连地给他的弟弟作揖；身为小五弟的余子鹕，更是规规矩矩地向他的大哥鞠躬施礼。自从余姓人家在五槐桥建宅立院以来，兄弟二人第一次做作揖鞠躬的隆重表演。

唉！

就在意租界小洋楼里大哥余子鹧向五弟余子鹩拱手作揖,五弟余子鹩连连向大哥余子鹧鞠躬施礼的同时,英租界格林威路18号野鸡窝打桥牌的四土匪余子鹬接到报告,意租界青年革命乱党余子鹩住处门外,停着一辆胶皮车。

"啪!"余子鹬把一手好牌往桌上一拍,"小王八蛋,我等了你半个月,到底你要从意租界出来了,走,咱哥儿俩一会儿见!"

话音未落,余子鹬从格林威路18号跑出来,只几步,就跑进了日租界的三友会馆。

三友会馆是什么地方?三友会馆是日租界一家会馆,类若英租界格林威路18号的野鸡窝,类如俄租界谢家胡同的蓝扇子公寓,全是租界里藏污纳垢的黑暗地方。十三太保给袁世凯卖命,袁世凯后台是日本势力,袁世凯手下十三太保的老巢为什么不设在日租界三友会馆?道理很简单,三友会馆太乱,三友会馆是日本大特务土肥原在天津的巢穴,更是日本特务、日本浪人、日本留民团的老窝。三友会馆一楼,赌场、半截门帘绣一个"花"字的公开妓院,日日夜夜人进人出,楼里面喝酒,楼外面玩黑刀子、白刀子。院里躺着一个刚刚被刺死的汉子,血口还往外冒血泡,走来走去的人谁也不过去看,过一会儿,血口不冒泡了,人没气了,自然有人过去把尸体拉走。你也别问拉走尸体的是什么人,你也别问尸体被拉到什么地方去,反正楼里的歌舞伎还照常弹着小三弦表演,赌场里的小牌九还照样出牌。你想想,十三太保的巢穴能设在三友会馆吗?

得知意租界青年乱党门外停有一辆胶皮车,余子鹬从格林威路18号跑出来,直奔日租界三友会馆而去,他是去找周是道,向对方要几个打手。

周是道正在三友会馆里吸大烟,见到余子鹬跑来,仍然躺在大烟床上摇着正在冒烟的大烟枪。他向余子鹬说道:"前几天,砸《民声报》报馆,该发给弟兄的钱怎么还不送来?那都是等钱买棒子面的人呀。"

"今天再叫七八个弟兄到意租界口。"

"还砸呀?"

"今天小事,有一个乱党,我等了他十几天,今天到底他要出来了。"

"怎么,要胳膊要腿?"

"蹭痒痒,不要胳膊不要腿,还不能伤了筋骨。"

"你自己玩去吧,我的人手重,不见血的活,不接。"

"找几个'雏儿',出去练练手。"

"两宗活一起算,你先给我拍两千。"

"敲竹杠呀。"

"你找别人去吧,我这儿没人侍候你。河东天地会出货价低,一只胳膊二十元。"

"师祖,帮帮忙,事情急,立马就到意租界栅栏口应事。"

"罢了,看在老交情的面子上,你先拍给我一千。"

"我先去了,意租界栅栏口,我等人,见了面听我吩咐。给你,八百。"

"你小子手涩呀。"

黑话:掏钱不大方,谓之手涩;脸子不好看,谓之脸涩。

说着,余子鹩急匆匆地跑走了。

意租界里,大哥余子鸥见五弟不为劝说所动,真的有点着急了,他万分激动地对五弟说道:"子鹬,大哥知道你心志高远,大哥更不反对你献身救国救民。大哥只是劝你暂时躲避些时日,留得青山在,不怕没柴烧,于此国情不明不白之时,轻率地……"

"大哥你快走吧,你看路灯都亮了。"

"子鹬,你自幼聪明好学,父母在世时,对你格外宠爱,你大嫂更以你为榜样,时时教诲宏铭和琴心、琪心。你带你二嫂东去日本,如今你二嫂已经学有所成,更成了社会贤达,大哥大嫂为你们骄傲呀,你不能不听大哥劝告。于此乱世,那些虎豹豺狼罔顾廉耻,认贼作父,不识亲情,凡我国人都知道不可与禽兽论人道,身体发肤受之父母,你不能、不能……"余子鹬越说越激动,说着说着,他已经声泪俱下了。

"大哥,大哥……"

余子鹬也没有话好回答,只是推着大哥往外走:"快走吧,快回家吧,我这里不太平,总有人神出鬼没在我院外走来走去。大哥大哥,快回家吧,有什么话明天您再来。"

余子鹬不肯走,余子鹬几乎是抱着他的大哥走出院去的,正好胶皮车车夫在院门外等候,余子鹬将大哥塞到车上,只对车夫说"回家",一转身他回到院里,头也不回,当的一声,重重地关上院门。被塞到车上的余子鹬,又叹息一声,只能无奈地对车夫说:"回家吧,唉,回家吧。"

意租界大栅栏口,余子鹬见到了七八个黑衣壮汉,双方心照不宣,相互点点头,一切准备妥当。

"有相片吗?"

打手中一个领头的家伙向余子鹬问着。

"没带来,和我一个模样,秃脑门,圆下巴,小眼。"

"这时节,黑灯瞎火的,万一打错了人……"

打手有点犹疑。

"没关系,我就在对面站着,有辆胶皮车过来,我一挥手,你们就动手,一喊停,立马罢休。"

"要胳膊要腿?"

"吗也不要,就是给立立规矩。"

"对手练吗功夫？"

"他会吗功夫呀，一个书呆子。"

"哦，又你妈个文墨人，前几天砸报馆，今天打读书人，全你妈老娘儿们的活。这差事，没劲。"

"嘻，派你干吗你就好好干吗吧，活轻活重，一样的钱不就完了吗？"

打手们相互议论。

…………

余子鸥从意租界出来的时候，天时早已经黑了。

本来意租界热闹非凡，入夜也是亮如白昼，各家赌场、舞厅人头攒动，意租界大栅栏口更是人流不息，一点也不比法租界、日租界逊色。

偏偏今天，意租界大栅栏口停电了，不远处更有几辆汽车撞在了一起，意租界警察把路口拦住查看撞车事故，大栅栏口已经是一片昏暗了。

入夜之后，意租界里红灯绿灯一起被点亮，大街上人潮如海，各家商号里也是生意兴隆，余子鸥坐在车里，倒也不觉紧张。只是，待车子出了意租界，路灯一下子没有了，路旁的商号也没有了，空旷的街道上一片漆黑，再回头向意租界望去，大概已经快到关租界栅栏门的时间了。租界栅栏口处也不见有什么人影，车子行驶时发出的声响，倒使余子鸥感到一阵凄凉。

余子鸥坐在胶皮车上，想着刚才和五弟的一番争辩，心中很是翻腾；再想着五槐桥这些年的种种变化，心中更觉凄凉。唉，世道怎么会变成这个样子？好好的一户人家，有财有势，上下和睦，儒学传家，知书达理，积德行善，几年时光，世事突变，上进的萌发了救国救民的献身志向，随波逐流的自甘堕落，贪财的不择手段，谋利的更是卖身求荣,直到背信弃义,认贼作父,弑父杀亲。世道呀,世道呀,难道这文明之邦就如此礼崩乐坏了吗?

余子鸥正在车上胡思乱想,就觉得胶皮车猛烈地颠了一下,车子突然一晃,眼前天昏地暗,咕咚一下,自己从车上跌了下来。

余子鸥从车上跌下来,正要挣扎着爬起来,还没容他用双手撑着地面,便觉得黑压压一片,不知有多少条黑腿把自己围住,没看清围过来的是些什么人,一记重拳落到头上,随之一阵乱踢。余子鸥只觉得身子连着打了几个滚,立即就昏迷过去了。

又是拳打,又是脚踢,多少只脚踏在身上,感觉不出哪里挨了打,哪里又被踢着,总之全身陷在剧烈的疼痛中,连呼喊救命的力气都没有了。

余子鸥虚弱的身体,加上七八个壮汉的拳打脚踢,没有多少时间,余子鸥就昏过去了。迷迷糊糊之中,余子鸥只觉得天塌了下来,千钧的重石压在身上,头顶上似爆炸了一颗炮弹,轰轰的一片巨响,胳膊不复存在了,身子也不复存在了,他被打得不省人事,觉得好像连呼吸的力气都没有了。

终于,身子不再滚动,地面也平静了下来,再没有拳脚落在身上,似是轻松了一些,耳边嘈杂的声音也安静了下来,但一会儿工夫一只脚又重重地踏在身上,余子鸥昏迷中听见有人恶狠狠地喊叫:"还有气。"

瘫倒在地上的余子鸥想吸一口气,张一下嘴,从嘴里喷出一个大大的血泡;血泡爆开,热乎乎地溅在脸上。余子鸥脑海一片空白,他没有力气去想刚刚发生什么事情。绑票?常听说市面上有土匪绑架,莫非莫非……

被打得奄奄一息的余子鸥瘫倒在地上,全身颤抖,他又听见不远处有人喊了一声"住手",围在四周的黑腿立即散开了。

"子鹋,是你四哥念手足之情,保住了你一条性命;上边要你的狗头,是你四哥买通了上边,只给你一点颜色看看。"

昏迷中,余子鹋听见头上有人说话,好像是自家人,再听,越听越熟悉。他用力睁开眼睛,眼前一片虚影,昏暗的路灯下,一个隐隐约约模糊不清的人影在晃动,好像在什么地方见到过;什么人,想不起来了,听声音好熟悉……

"睁开你的狗眼,你看看。"

上面传下来的这声音好凶恶,这声音和自己的声音一样,莫非是自己在心里对自己说话?

"小五,小五。"

从上面压下来的声音越来越清晰,是自己家人的声音。谁?谁?

"啊!"

上面的人大喊一声,立即又喊了一声:"大哥!"

"哎呀,大哥,你怎么到这里来了?"

"谁?"

余子鹋用尽力气,睁开眼睛一看,余子鹑,四弟。

"啊,子鹑,你可来了。"

余子鹑万般激动地拉住余子鹑伸过来的手,呜呜地哭出了声音。

"四弟,出什么事了?"

余子鹑不解地向余子鹑问着。

"哎呀呀,大哥,你上这儿来做什么呀?大哥大哥。"

余子鹑一时之间想不清楚四弟何以出现在自己面前,就在余子鹑扶他半坐起来的时候,远远传来吴三爷爷的喊声:"子鹑先生,子鹑先生!"

"吴三爷爷,三爷爷,我是子鹑呀。"

吴三爷爷出现在余子鹑身边:"哎呀,子鹑先生,怎么跌倒在这儿了?拉胶皮车的是老街坊了,他不会粗心到这般地步的呀。"

"哎呀,四爷也在这儿了。幸亏四先生赶到了。"

吴三爷爷正感激地向余子鹪致谢,突然余子鹪直起身来,大声叫喊:"四土匪,你个该杀的孽障!"

嗖地一下,余子鹪跑走了。

"子鹪先生,你老还认识我吗?"吴三代强扶着余子鹪半站起身,又一步一步向着赶来的自家马车移过去,一连声地说,"意租界的马路平日平平的,怎么胶皮车就翻在这儿了呢?"

吴三代急得不知道说什么好,几乎是抱着余子鹪往马车上移动。余子鹪更是没有一丝力气,他倒在吴三爷爷肩上,一步一步终于坐进了自家的轿子马车。坐进马车,吴三爷爷给余子鹪揉着筋骨,连连地向余子鹪问着,身上哪儿疼得厉害。

马车动起来,吴三爷爷还对余子鹪说:"咱们先去医院,请大夫打一针,缓缓精神……"

将余子鹪送进医院,吴三代看余子鹪情形稍稍稳定下来,便对医生交代说:"大夫,您看好这位先生,我立即回家报信,无论是多么贵的药,您只管用,一定要保住先生的命呀!"说着,吴三代离开医院,又唤了一辆车子,向五槐桥驶去了。

回到五槐桥,吴三代径直跑进大先生房里,他见到娄素云,话也顾不得说,迎头只唤了一声"大少奶奶",双手哆嗦着胡乱比画,眼睛里流露出惊恐的目光

娄素云早在家里等得有些着急,看见吴三代一个人慌慌张张地跑回来,后面不见余子鹪的身影,已经感觉有点不对劲。还没容娄素云说话,吴三代早万般焦急地向娄素云说道:"大少奶奶,大少奶奶,您老快、快、快……"

"快什么呀,三爷爷,您老这趟跑累了,别急,别急。"

"您老、您老快跟我走吧,马车在院门外候着呢。"

"去哪里,去哪里呀?"

"医院,医院,哎呀,子鸥先生在、在、在……"

乘着自家的轿子马车一路疯跑,娄素云随着吴三代跑到医院,跑进病房,只看见病床上躺着一个被纱布缠得看不清面容的病人,她一步扑过去,趴在病床前,几乎昏了过去。

病床上,余子鸥已经昏迷不醒,紧闭着眼睛,微微的鼻息告诉娄素云,他本来虚弱的身体已经支撑不住了。

"子鸥,子鸥。"娄素云哭着唤丈夫的名字,余子鸥没有反应,还是闭着眼睛,发不出一丝声音。

"子鸥,子鸥,我是素云呀!"娄素云扶着病床,痛苦万分地向余子鸥呼喊着,只是余子鸥早就没有知觉了,鲜血渗透了他身上的纱布,他的身体一阵一阵地抖动。

医生、护士赶过来,忙着安抚娄素云,娄素云哭得断了声音,瘫倒在地上,一只手还扶着余子鸥的病床。

渐渐地,余子鸥似是感觉到妻子来了,但他抬不起头,更说不出话。他被吊在支架上的胳膊动了动,娄素云俯过身去,她清楚地看见,余子鸥血迹斑斑的手掌伸出了四根手指。

"子鸥,你要说什么?"娄素云向丈夫问着。

"四、四、四、土匪、土匪……"余子鸥全身剧烈地颤抖着,无力的声音似是要告诉妻子什么话。

突然!

余子鸥的手垂下来,娄素云喊了一声:"子鸥!"余子鸥一只胳膊落下,重重地落在娄素云的背上。

娄素云身体歪在余子鸥的病床上,又哭喊了一声:"子鸥!"余子鸥已经没有反应,身体舒展开来,眼睛合上,没有了一点鼻息。

余子鸥身边只有娄素云和吴三代,他停止了呼吸,走过一生不幸的道路,就这样他的生命终结了。只是他的手掌还没有合拢,伸着四根手指,伸着四根弯曲的手指,没有留下一句话。

余子鸥走了,就这样匆匆地走了。

第七章　白云苍狗

公元一九一九年,民国八年,白驹过隙,走马灯般,你下台来我登场,你唱罢了我登台。一九一五年袁世凯称帝,一九一七年张勋复辟,都已经成为历史。门户大开,东方西方资本涌进天津,百业俱兴,天津一片繁荣景象。

风云变幻,白云苍狗,时到今日,子牙河畔五槐桥的余家大院已经是门庭冷落,风光不再了。

刚刚四十七岁的娄素云过早地衰老了,鬓边有了银丝,眼角有了皱纹,身子日渐佝偻,精气神一天不如一天,俨然是一位老人了。

三年前的一天晚上,丈夫去意租界看望五弟,回家路上,在意租界栅栏口被一帮来历不明的恶人打得不省人事。娄素云赶到医院,丈夫余子鸥嚅动着嘴唇,没有说出话来,只颤抖地伸着四根手指向娄素云摇晃,不多时就离开了人世。

那一晚,娄素云伏在丈夫遗体上,哭不出眼泪,喊不出声音,倒在女用人怀里全身剧烈抖动,医生、护士跑过来,扶她到另一张病床,放平了身体,用力掐她的人中,施行急救。好长时间,娄素云才呼出一口长气,嘴唇嚅动,似是喊了一声“天呀”。

刚刚苏醒过来的娄素云,从病床上滑下来,爬到丈夫尸体旁边,紧紧抱着丈夫的尸体,把脸颊贴在丈夫的脸上:"子鸥,子鸥,你不能走呀!"一声嘶喊,娄素云放声地哭了出来。

余子鸥突然去世,吴三代急忙把余二爷余子鹏从纱厂找了回来。二先生余子鹏赶到医院,闯进病房,突然看到已经咽气的大哥躺在病床上,脸上已经被蒙上了一方白缎,他也是一口血气没有呼出来,直挺挺地倒在了椅子上。又经过医生和护士一番急救,余子鹏苏醒过来,跪在哥哥尸体前磕了三个头。

"大哥,大哥,子鹏来晚了。"

兄弟手足,余子鹏已经哭得断了气。

吴三爷爷又回家将余宏铭和他的两个妹妹接来,孩子们见到余子鸥的遗体,更是哭成了一团。

余宏铭哭喊着向母亲问道:"爸爸好好地说是出门看朋友,怎么、怎么……"

"唉,唉……"

母亲想不明白余子鸥何以在意租界遭遇恶人,忍着哭声回答儿子说:"这几天,爸爸一直胸闷,和当年爷爷一样,一句话没有说完,突然就走了。"

只是,娄素云有一件事情不明白,便向儿子宏铭问道:"你父亲死前,向我伸出四根手指……"

"四?"

余宏铭疑惑地自语。

"他有什么放心不下的四件事吗?"

"是不是,是不是,四、四叔?"

"也许、也许,你四叔在外面不知道做什么事情,你父亲放心不下?"

"不会吧。"余宏铭已经成人,早有了自己的想法。

"娘,父亲的死会不会和四叔有什么关系?反正、反正,父亲伸出四根手指,一定是有原因的……"

一阵忙碌,一家人回到家里,稍事平静,娄素云才和她的二弟一起研究如何为余子鸥办丧事。

或许是手足之情吧,余子鹏过去偷过老爷子的大印,又栽赃过大嫂昔日的同窗苏伯媛,坑害过大哥,做下了许多对不起大哥的事,如今看见大哥突然离开人世,良心发现,痛哭一阵。他以双手抱头,重重地跺着双脚,还是一声一声地哭喊:"大哥,你怎么就走了呀!"

忍住悲痛,余子鹏向大嫂娄素云说:"大嫂放心,大哥的事我来操办,当年大哥大嫂如何发丧老爹老娘,我就如何发丧大哥。大哥,大哥,我的大哥呀,子鹏对不起你呀!"

果然,余子鹏没有委屈他的大哥,楠木棺材,红柳木的棺椁,停灵七七四十九天,灵堂设在五槐桥余氏府邸正院,灵棚搭在巷口,每日一堂大经,和尚、道士、仙姑,轮番为余子鸥超度亡灵,此外更有种种办丧事的讲究,绝对很够排场了。

余子鸥出殡的那天,送路的亲朋至少有上千人,不光是自家的亲戚族人,也不光是余子鸥生前的好友和余子鹏的各界朋友,就连天津商会、各国洋行,比如平日不过问中国政局的三井洋行、美孚油行,也派人为余子鸥送行。路上,许多商号设了路祭的灵棚,浩浩荡荡,也算让余子鸥尽享哀荣了。

出殡队列中,余宏铭身着重孝,两名执事左右搀扶,披麻戴孝,肩上扛着"西方接引"的白幡,余琴心和余琪心坐在轿子马车里,抱着余子鸥的遗像,为父亲、伯父送行。余宏铭没有娶妻,没有人为老爹抱罐,再设一辆空马车,里面放下一只空罐,再放上一尺红布,算是未来的儿媳妇尽了孝道。按照中国丧葬礼仪,娄素云作为未亡人,丈夫灵柩入土下葬,妻子不得在场。这一点,中国人不像外国人,外国人认为，死者的妻子是死者最亲近的人，下葬时必须站在墓前；中国人认为，发丧死者是儿子的事，老娘亲自看儿子发丧老爹，是对儿子最大的羞辱。所以，对于失去丈夫的妇人说来，送葬时，她只能看着棺材被抬出大门，立即就被人搀扶回到屋里，等候送葬的人们回来。

二弟余子鹏的再婚妻子侯怡君，是个善解人意的女子。大哥余子鸥的灵柩被抬出五槐桥，侯怡君将大嫂扶回房里，陪大嫂说话，劝慰得娄素云心境平静了许多。这些天，娄素云痛不欲生，只是为了孩子，为了余姓一家人，她支撑着自己不能倒下，此时此刻，丈夫入土为安，娄素云似是也平静了下来。为操办余子鸥这场丧事，二弟余子鹏的所作所为，也使娄素云感到安慰，压在娄素云心头的重石，也就减轻了许多。

唯一令娄素云不能释然的，是丈夫临终前向自己伸出的四根手指。到底是什么原因，令丈夫放心不下"四"？一个奇怪的数字，背后隐藏着什么秘密？娄素云向吴三代询问意租界栅栏口外的遭遇，吴三代如实禀报，说自己赶到意租界大栅栏口时，正看见一群恶人匆匆地散去："好像、好像，这话，我可不敢说，影影绰绰，我还看见府上的四先生子鸂，也跟在那伙人的后面匆匆地跑了。少奶奶，这可是我多嘴，我在余氏府邸当差一辈子，有个多言多语，主家不会怪罪，我又怕有话不说出来，对不起老少三辈人对我的恩泽。"

"谢谢吴三爷爷了，家门不幸呀。"

入土为安，余子鸥下葬十几天后，一天深夜，吴三爷爷跑到正院，告诉娄素云说："少奶奶，五先生子鸂正跪在子鸥先生遗像灵位前磕头祭拜呢。"

"哎呀，这孩子。"

娄素云答应一声，急匆匆跑到前院，正看见余子鸂跪在余子鸥遗像前失声痛哭。

"子鹔,你怎么、怎么……"

娄素云责怪五弟不该冒险前来祭拜。

余子鹔问候过大嫂,二人一起走到正院。进屋后,余子鹔对大嫂说,这几天袁世凯在北京称帝失败,南方起事,发兵讨伐,十三太保见大势不好,树倒猢狲散,一个个跑得没了踪影,意租界栅栏口出没的恶人也不见了。

"这类事,大嫂不关心了。"

娄素云又是一番感叹。

"只是,你大哥遇害,没让吴三爷爷送信给你,你是怎么知道的呢?"

"唉,大哥遇害当天晚上我就知道了,只是意租界大栅栏口特务打手不散,我出不来呀。"

余子鸥在意租界大栅栏口遭恶人毒打,没过多久,余子鹔就得到消息了。

那时候,余子鹔正在屋里读书,一个朋友闯进来,看见余子鹔,吃惊地搂住他的肩膀,更是诧异地对他说:"都说意租界大栅栏口刚刚打死一个革命乱党,万幸、万幸……"

"啊,大哥! 大哥刚刚乘车回家,这时候应该才到栅栏口……

"他们怎么知道大哥到意租界我这里来的呢?

"大哥来时乘坐的胶皮车停在门外。十三太保盯着我不是一天两天了,他们处处安插眼线,等我出意租界,在栅栏口杀害我,一定是,一定是……"

思绪万千,余子鹔拉起衣领裹住头,悄悄溜到栅栏口观望。栅栏口还有几个人晃动,更听见过路人说,好像没死,抬走了,抬走了。

余子鹔估计,大哥遇害了。

"领头打人的,就是咱们家四土匪,我的四哥! 呸,什么四哥,明明是魔鬼！"

"怎么是他？"

娄素云惊讶地吸了一口长气,疑惑地看着五弟,被吓得双手哆嗦得不可自制。

余子鸥的丧事,四土匪自然没敢露面,上面两个哥哥,余子鹏、余子鹤一定要送他去祖宗祠堂治罪。只是,如今祖宗祠堂早就没人怕了,民国法律,犯罪只能由法庭治罪,不允许家庭私刑;祖宗祠堂也不能打死人了,更不能沉塘了。

"不过,今天他下狠手把大哥打死了,明天遇到什么死坎,他也可能把我们几人打死,不送他去祖宗祠堂,余姓人家不得安宁。"

为大哥治丧,余子鹏和余子鹤遇到一起,平时他们互相没有一点联系。

"这一阵,你惹惹吗了？"

余子鹏把余子鹤拉到一边,直愣愣地向他问着。

"找饭辙呗。"

余子鹤更是直愣愣地回答说。

"你能找什么饭辙？"

"我求你在你的纱厂里给我挂个闲职,一年三节给我一份零花钱,你不给,饿死我呀。"

"我告诉过你,那不行,做生意避讳三个爷,姑爷、舅爷、少爷,进了三个爷,迟早要倒闭。咱们家这三个爷多了,我留了你,别的爷怎么办？天天侍候这三类爷,生意就别做了。"

"就算你不留这三类爷,暗中给我点钱财,也不至于逼得我低三下四地找饭辙去呀。"

"行了,行了,我看你混得不错,西装穿上了,皮鞋蹬上了,包月车坐上了,三炮台的香烟也吸上了,人模狗样,够瞧的了。"

"托二哥的福吧。"

余子鹤酸溜溜地回敬着。

"说说,有什么好门路,二哥也掺和掺和,好歹在市面上比你多混了几年。"

"告诉你实话,你可别被吓着。"

"嘻,什么血雨腥风你二哥没见过,你还想吓唬我?"

"好,心神定稳了,听着……"

"你说。"

"说啦? 我呀,倒卖军火。"

"啊!"

余子鹏从椅子上跳了起来,抬手抹抹额上的汗珠,直吓得全身哆嗦。

"你找死呀,倒卖军火,和兵痞打交道,一个个杀人如麻,翻脸不认人,你不要命啦,再说,你也没那么大的门路呀。"

"嘿嘿,把二哥吓着了吧? 这年月,就得脑袋瓜子别裤带上,看你小子胆大,财神爷才会敲你的门。哈哈。"

扳着手指,余子鹤一五一十地向他的二哥说起了自己这些日子惹惹的好事。

世界大战打不下去了,胜者为王,败者为寇,无论谁胜谁败,各参战国都剩下一批武器。剩下这些东西有什么用? 炸药不能点火烤面包,装甲车不能拉犁耕地。放进库房,没有那么大的地方;到集市上摆摊去卖,大枪、子弹,也许少量的还有人买,那大批量的武器怎么办?

正在各国为这些东西犯愁的时候,俄国的麦道银行想出了一个歪点子:抵债。

正巧,麦道银行查出来原来有一笔铁公使的存款已经到期,装了几火车军火,就给铁公使送过来了。铁公使翘辫子了,他的儿子还喘气呢,谁? 就是把一家倒闭的工厂输给余子鹏的那个倒霉蛋,铁公子呀。

铁公子收到一火车的军火,没地方放呀,大枪、子弹、装甲车,还有刺刀,犯愁了。摆摊慢慢卖吧,老百姓不买呀,哎呀,难了。

这时候,就看你三弟我的能耐了。

军火卖不出去? 世上就没有"窝"在手里没人要的东西,活鱼不能憋死了卖,正好,买家找上门来了。

谁?

小站弟兄。

这可还是出稻米的那个小站,是袁世凯练兵起家的小站。袁世凯称帝之前,做了几年大总统。他做大总统的那几年,给他小站练兵时的各路英豪都封了地盘。袁世凯在世时,这些草莽英雄一个个招兵买马;袁世凯翘辫子了,群龙无首,他们就要厮杀出手了。

听说天津火车站南货场开来了一列火车,几十节车皮装的都是军火,立即,奉军张作霖派了几十辆大汽车,开进南货场,二话不说,拉开车门,三下五除二,把十几节车皮的军火倒到大汽车上,嘀嘀嗒嗒,一阵风,大汽车开走,把军火运到奉天去了。

"还是人家张大帅厚道,一分钱不少,立即往铁公子账上划过来几百万大洋。天上飞来的金凤凰,铁公子买船票,将这笔巨款交给我,他带着一个上海电影明星,到法国去了。"

"行呀,你小子时运到了。"余子鹏赞叹地对余子鹤说着。

"吗时运呀,麻烦来了。

"吴佩孚和段祺瑞,听说张作霖从天津拉走一批军火,连夜派人到天津找铁公子。铁公子没找到,也不知道是哪个缺德鬼的消息,说铁公子吃饭虫一个,替他管事的,是余四爷。

"好家伙,差点没把我吓死,八个大兵,八杆大枪,闯进门来,一个角上站一个,窗户跟前站一个,防备我跳楼。腰上别着盒子炮的副官,把手枪往桌子上一拍,说要一万把来复枪、三千门榴弹炮,子弹炮弹十万吨,三个月提货。

"啪,我当是开枪呢,一张支票,大洋二十万。"

"你收下了?"

"我敢不收吗?盒子炮枪口顶着我的脑袋瓜子,一摇头,吃饭的家伙没了。"

"你到哪儿弄去呀?"

"嘿嘿,二哥,这就看你三兄弟的能耐了。坐上胶皮车,直奔格林威路18号,野鸡窝。"

"野鸡窝里有人卖军火?"

"野鸡窝里没有军火,野鸡窝藏龙卧虎,有人呀。当年我和子鹬四弟在英租界格林威路18号野鸡窝混,认识了一个德国穷光蛋,流浪汉麦克,他有一双法国名牌路威酩轩大皮鞋,知道什么是路威酩轩皮鞋吗?法国贵族,脚上没有路威酩轩大皮鞋,皇宫不让进。据说,法国皇帝拿破仑,一辈子只穿路威酩轩大皮鞋,路威酩轩皮鞋公司只给皇族成员制鞋。脚蹬一双路威酩轩大皮鞋,无论进哪家大饭店,吃饭不付钱,一律记在皇帝账上。"

"瞎白话吧?"

"怎么是瞎白话呢,中国不是有黄马褂吗?穿一件黄马褂,天下横蹚,进饭店,饭店老板先给你磕头,吃过饭,一抹嘴就走,你给他钱,把他吓死。"

"瞎掰吧,黄马褂,那是皇上赏给王爷大臣们的,他一个德国穷光蛋,哪里来的法国皇族专用的路威酩轩大皮鞋?"

"听我说呀,这事只有我一个人知道。我灌了他半斤老白干,他才把这双路威酩轩大皮鞋的来历告诉了我。

"嘿嘿,天下之大,无奇不有。一个德国穷光蛋,身无分文,从德国登上轮船,奔中国碰运气,在船上蹭吃蹭喝,到他下船时,居然脚蹬路威酩轩大皮鞋。"

"说《聊斋》呢吧?"

"当初你把铁公子的工厂赢到手的时候,不也是天上掉馅饼吗?流浪汉麦克就是捡着了一个天上掉下来的大馅饼。"

那一天,希腊公主号游轮上发生了一桩小小的风流事。一位法国公爵大人,趁着夜深,悄悄溜进了他小情人的绣房。两个人正在成全好事的时候,忽然一声响,小情人的丈夫回来了——天不作美,每天这时候小情人的丈夫都要去游轮上的赌场耍钱,今天不走运,早早地钱都输光了,回舱睡觉,就这么着,他回来了。

法国公爵是个偷情的老手,一骨碌,夺窗而逃,纵身一跳,他就跳到甲板上来,躲过了一场捉奸在双的官司。可是你别忘了,他纵身往外跳的时候光着脚,皮鞋呢?脱在绣床底下了。

赤着两只脚,回到房里,他老婆还等着他呢,看见他赤脚回来,皮鞋不见了,也觉奇怪,立即追问他那双路威酩轩大皮鞋哪里去了,到底这位公爵脑袋瓜子快,当即就向他老婆说,刚才在甲板上玩球,踢球时用力过猛,把一只鞋甩到海里去了,看着如此名贵的路威酩轩皮鞋只剩下了一只,一气之下,又把另一只也踢到海里去了。果然,不会说谎的男人不是好男人,他老婆一听,有理,还嘱咐丈夫说,以后晚上不要去甲板踢球了,黑乎乎的,若是跑得太猛,一个收不住,翻过栏杆掉进海里,那可比一双路威酩轩皮鞋的损失大多了。

"你信不信?"

"信,信,这和你倒腾军火有什么关系呢?"

"你接着往下听呀。"

流浪汉麦克从船上走下来,举目四望,往哪儿去呢?中国人不认

梧桐庭院

识路威酩轩大皮鞋,就是啃个烧饼也要付钱呀,哎呀哎呀,不识贵人呀。

流浪汉麦克正站在码头上四处张望,突然一辆雪弗莱小汽车开过来,嘎地一下,停在了流浪汉麦克面前,流浪汉麦克看见小汽车停在自己面前,赶忙躲闪,没想到车门拉开,一位气宇轩昂的中国人走下车,向着流浪汉麦克一鞠躬,拉着车门说了一声"请",就把流浪汉麦克请进了小汽车。

流浪汉麦克被这位中国爷先拉到一家大饭店,一桌的鸡鸭鱼肉,他不问缘由,先填饱肚子再说——肩膀上扛着一颗项上人头,吃过饭,要钱没有,要命一条,没什么大不了的。

酒足饭饱之后,中国爷拉着流浪汉麦克回到汽车上,径直把他送到了格林威路18号野鸡窝。

中国爷是什么人?野鸡窝窝主。

野鸡窝窝主的小汽车,每天停在大光明码头,看见有派儿的流浪汉下船,立即迎过去,送到格林威路18号野鸡窝去,奇货可居呀。流浪汉来中国撞大运,下船之后,举目无亲,先被接到野鸡窝来,白吃白喝养三个月,有了出息,回头就是一笔报酬,只赚不赔的好买卖。

流浪汉麦克在野鸡窝住下,第三天,野鸡窝窝主告诉他,去起士林饭店窗外的大台阶上闲坐。

干吗呀?对了,就是等饭辙。

天津人开洋行,每家洋行里必须坐一个洋人,有人来办事,推开公司房门,迎面坐着一个洋人,就认定不是骗子;无论这个洋人会不会说中国话,反正是黄头发蓝眼珠就行。就这么着,流浪汉麦克才在起士林饭店窗外坐了两天,第三天,就被人拉走了。被拉走干吗?比德隆洋行副经理。咦,天津卫就是邪门,从此流浪汉麦克就有饭辙了。

他什么也不会,做什么副经理?

什么事也不用他做,只要他准时到洋行上班,洋行一开门就让他在大账户坐着,只有一项规定,必须穿上路威酩轩大皮鞋。

直钩钓鱼。

对了,自从比德隆洋行来了一位脚蹬路威酩轩大皮鞋的经理,生意一下子火起来了。无论有事没事,只要有人从比德隆洋行窗外一过,看见里面一位爷跷二郎腿坐在大沙发上,足蹬路威酩轩大皮鞋,准得推门进来看看。

比德隆洋行做什么生意?一不卖活人,二不卖后悔药,除了这两宗货,别的,无论你想进什么东西,足蹬路威酩轩大皮鞋的流浪汉麦克,一出去准能给你弄回来。

信不信?这叫信誉。

"找到流浪汉麦克了?"

"那还跑得了吗?我和他一拍即合。他小子说,他早就不想在比德隆洋行干了。比德隆洋行是小买卖,最大的生意是自来水管,倒是德国货。嘿。我就是要买德国货。

"好说,好说。还有哥们儿,无论想买什么德国货,我都有办法。

"毛瑟枪。

"要多少?

"有多少要多少。

"迫击炮要不要?

"铁甲车一起吧。

"就这么着,我的洋行开张了。"

"我倒是听说市面上新成立了一个直奉姐妹洋行。"

"对对,就是我开的洋行,铁公子是董事长,我是总经理。"

"活腻了?告诉你,有一天你捅下娄子,找到我,我可不认识你这个兄弟。"

"赌好吧,二哥,好几笔大生意都过手了,若不,我哪儿来的雪弗莱小汽车,哪儿来的这一身西装?告诉你,光巴拿马领带,我就有一箱子。用吗?用的时候到利顺德大饭店找我,孙中山先生到天津来,住利顺德大饭店,我现在就住在利顺德大饭店三楼308房。"

"你呀,你呀,我等着给你收尸。"

"舍不得孩子套不住狼,哈哈,哈哈。"

"办洋行,买卖军火,怎么起了这么一个骚名字?还姐妹洋行,我还以为是一个关外大姐和一个北京丫头片子合伙开的洋行呢。"

哈哈哈哈,又是哈哈。

"这,您老就不懂了,关外张大帅奉系和北京吴佩孚直系,双方都买军火,两家生意合一宗,买多了,优惠呀,一条船一起运过来。你别看打起仗来刀对刀,枪对枪,军火来了,码头上双方弟兄见面,敬烟的敬烟,喝酒的喝酒,有什么过节,沙场上比画。

"怎么是姐妹洋行呢?和气生财呀。两军交战杀人放火,起个名叫打仗洋行,不吉利呀,姐妹就姐妹吧,姐妹也有变脸的时候,四土匪不还把大哥打死了吗?"

"滚你的吧,别瞎白话了。"

晚上,娄素云拿出一罐状元红,侯怡君也烧了几样小菜,大家落座,也算是各奔东西前的小聚了。

这一餐家宴,吃得好不冷寂。娄素云说了几句感谢二弟料理大哥丧事尽心尽力的话,余子鹏也对老三嘱咐以后要对大嫂多多关心。五弟余子鹋不说话。新二嫂第一次见到余子鹋,连连地对五弟说:"早听说你聪明,书读得好,果然青年才俊,博学鸿儒,余家大院威风依旧呀。"

余子鹋嗯嗯啊啊地答应着,还是低头吃饭不说话。

饭后,余子鹨来到大嫂房里,询问大哥在意租界遇难的过程。娄素云忍着悲痛,将余子鸥如何在意租界遭遇恶人,又如何被送进医院的经过对五弟述说了一遍。娄素云告诉五弟,等到她赶到医院时,余子鸥已经奄奄一息,临终余子鸥向自己伸出四根手指。娄素云想了很久,至今想不明白丈夫临终前向自己伸出四根手指到底在暗示什么,自己瞒在心间,更不敢对任何人说。

"你大哥一生不问天下兴亡,没想到最终还是被兴亡的天下断了性命。"娄素云不无感叹地对五弟余子鹨说着。

"大哥不问天下兴亡,最终天下兴亡没有忘记大哥。世道不变,没有人能过太平日月。"

"子鹨,只有一件事我想不明白,你大哥临终前向我伸出四根手指,到底想对我说什么?"

"是大嫂真不明白,还是大嫂不敢相信自己的猜测?"余子鹨反问娄素云。

"我真是不敢相信自己的猜测,难道你大哥真是被他的亲四弟余子鹤带人打死的?"娄素云说着,双手还在微微地颤抖。这猜想太残酷了,几个弟弟是余子鸥看着长大的,大嫂娄素云对他们更是关怀得无微不至,他的四弟怎么会做出这种伤天害理的事呢?

"四哥,"余子鹨极是厌恶地说了一声,随后才向大嫂娄素云说着,"在意租界外面,十三太保安置了杀手,大哥进意租界来看我,我就嘱咐大哥出意租界时当心……"

"真让人不敢相信,他会带人打死他的亲哥哥。这个孽障呀!"娄素云诅咒地骂着。

"在意租界外面设下暗探,他想谋害的是我。看到从意租界出来一辆胶皮车,大哥的相貌又和我差不多;他们买通电灯房停电,租界地栅栏口一片漆黑……"

"他们错将你大哥当作是你了。"

　　　　　　　　梧桐庭院

"大哥为保护我惨遭十三太保杀害,大哥对我的恩情,我今生今世报答不尽。"说着,余子鹕眼窝里涌出了泪水。

"几时这个孽障回来,我一定请族长开祖宗祠堂,将他治罪!"娄素云咬着牙齿咒骂地说着。

"他怎么还敢回家来呢?"余子鹕对娄素云说。

"让他遗臭万年,永远在外面游荡吧!"

"大嫂放心,像他那样的人,是不会就此罢休的。当今中国正是这种败类得意的时候,正直的人没有出路,还要惨遭意外,恶人坏蛋才是生逢其时。莫看他们一次次投机失败,摇身一变,明天他们又是一条好汉,依然叱咤风云,日子过得惬意,要钱有钱,要势力有势力。中国现在是这类人的天下。"

"你大嫂也读过几本书,中国历朝历代,不都是这类渣滓得意吗?"说着,娄素云叹息了一声,随后又向五弟问道,"如今袁世凯倒台,你可以回家住了吧?"

"一个袁世凯倒台了,还有新的袁世凯等着登场,大嫂看见了,一场军阀大战已经不可避免;打倒军阀,建立民主新中国,中国人才会有好日子过。大嫂,中国一天不得平安,子鹕就一天不能放下自己的责任。"

"既然如此,大嫂也就不说没有用的话了。好男儿忧国忧民,你是余姓人家的好后辈,大嫂只是嘱咐你,无论到什么时候,也别忘了五槐桥还有一户余姓人家。有机会,回家来看看。就是多少年后,大嫂没有了,你还有侄儿侄女,大嫂只相信你一个人,你是他们的榜样。"说着,娄素云抽搐地哭了起来。

"倒是有一件事情,不知大嫂想过没有?"余子鹕向娄素云道。

"你是说财产的事?"娄素云向五弟反问说。

"财产的事,大嫂自会安排的。二哥如今成了天津首富,他不在乎家里的这点浮财;余子鹈,唉,不唤他四哥,叫他什么呢?四哥如今不知下落,他做下这样伤天害理的事情,也不敢再回五槐桥余家大院了。只是有一件事,关于大哥遇害的事,大嫂准备如何对孩子们说呢?"余子鹇对娄素云说。

"子鹇,这件事,大嫂早就想过了,如今是家仇国恨,冤冤相报,何日是休?宏铭已经是大孩子了,父亲在意租界栅栏外遇害,他不会没有一点猜测,只是这孩子不对我说,只守在父亲的灵柩前。宏铭欲哭无泪,我最怕看他那一双干涩的眼睛,那眼睛里烧着仇恨,那一双眼睛像是一对火种,每时每刻都可能燃烧成怒火。子鹇,你知道大嫂不是什么坚强的女人,丈夫突然遇害,我不敢倒下,强打着精神,我要料理这一场事件,我不敢当着孩子的面哭,就是哭,我也是等到孩子们不在身边的时候偷偷地哭一声。子鹇,大嫂想过,一旦孩子想到父亲就是被他们的四叔害死的,血气方刚的青年,他们怎么会默认这样灭绝人伦的事实?可是,杀父之仇,谁又能阻拦?四弟害死了他的大哥,他大哥的孩子再加害他们的四叔,冤冤相报,余姓人家也就没有来日了。

"宏铭大几岁,对于父亲的死,知道如何对待。杀父之仇,他是不会淡漠的,一切等待时机,他会有准备的。

"只是琴心,她父亲在世时,最疼爱女儿,在家里,跟出跟进,唯恐女儿从眼前飞走。女儿上学,快到放学时,他走到前院,听外面的脚步声,琴心才走进五槐桥,他就推开院门,站在门外,他要亲自看着女儿一步步向他走过来。

"父亲遇难,琴心终日抽泣,在家里,在父亲遗像前,一坐就是一天,无论如何劝说,她就是不肯离开……"

"给她换换环境,送琴心到外面读书去吧。"余子鹇思忖着对娄素云说。

"难呀,五弟,你大嫂难呀!"娄素云再也忍耐不住,在五弟面前哭出了声音。

....

安葬丈夫之后,娄素云还是听五弟余子鹇的劝告,决定送女儿琴心去北京读书。

娄素云对女儿琴心说:"袁世凯倒台之后,二婶娘宁婉儿和几位女界精英在北京办了一份女报,二婶娘捎信来,说南方许多人家都送女孩子去北京女子师范大学读书,你去北京读书,正好有二婶娘照顾,我也放心。"

余琴心当然高兴,如今她已经读过中学,去北京读书的愿望一直埋在心里,只因父亲去世、母亲孤单,她只好看着几个要好的朋友先后去了北京,自己还留在家里。如今母亲要送自己去北京女子师范大学读书,正合她的心愿。立即做好准备,才过了暑假,娄素云就和余琴心乘火车到北京去了。

来到北京,余琴心读书的事很快安排好了,宁婉儿留娄素云在北京多住些日子,也是想让大嫂换个环境,从余子鹇遇害的悲痛中解脱出来。

住在宁婉儿在北京的报馆里,晚上,房里只有宁婉儿和娄素云两个人。说起五槐桥家里的变化,宁婉儿劝解娄素云说:"家里发生的事,我全知道了,我是怕大嫂禁不住这一连串的打击,就给大嫂写信,希望大嫂来北京住些日子。按理说,大哥的丧事,我应该到五槐桥去的,可是我不愿意看见那几个没有品德的人。大嫂如同我的亲姐妹,回天津看望大嫂吧,余家大院里又有许多不方便之处,想来想去,还是请大嫂来北京的好。"

见到宁婉儿,娄素云再不强忍心中的压抑,任泪水涌出眼窝。宁婉儿劝解了好久,娄素云才平静下来,她一五一十地向宁婉儿述说了余子鹇遇害的经过。

"唉,真是家门不幸呀!"娄素云叹息了一声,向婉儿说着,"怎么这亲仇国难都让我们遇上了呢？庚子国难、八国联军，余姓人家就算平安度过了；公爹去世，到底也是天寿了。总盼着一家人亲亲热热地过太平日月，天不遂人愿，一桩一桩的事就像不散的阴云，罩在余姓人家的头上，眼看着五槐桥余家大院一天天地败落了。这真像是我们读闲书时说的那样，虽说是呼啦啦如大厦倾，谁也想不到倾得这样快，又倾得这样无情。想当年，子牙河畔五槐桥余家大院，公公励精图治，婆婆慈祥和善，兄弟五人读书上进，大家每天一起说说笑笑，这是何等的兴旺。转眼间，才几年时间，五槐桥荒凉了，余姓人家也散了，如今余家大院就像是一座破庙，没有了一点生气，晚上孩子不在家，前院后院就你大嫂和吴三爷爷几个人，那时候听着风声，都像是听着哭声，院里地上的月光，都似落下的冷雨，让人一阵阵地打冷战。若不是为了孩子，婉儿，你大嫂真想步当年大嫂的同窗苏伯媛的后尘，落发为尼，从此了却人间的烦扰。"

"大嫂万不要这样想。"宁婉儿劝慰着娄素云说，"当年婉儿在余家大院里，每天守着空房，忍着心间的厌恶和那个孽障余子鹏一起做夫妻，也曾经想过跳出苦海，找个清静的去处，断了尘世的苦乐，早早地一走了之。还是要感谢五弟的开导，在余家大院，他给我讲了奋斗求新生的道理，最后让我毅然走出余家大院，这才找到了一个新世界，成了一个新女性。大嫂看我如今虽然老了几岁，可是我觉得比在余家大院时年轻多了。"

"依婉儿看来，中国还有希望吗？"娄素云听着宁婉儿的述说，又向宁婉儿询问着说。

"当然是有希望的了，没有希望，我们这些人还奋斗什么呢？五槐桥虽小，但五槐桥是一面镜子，大哥不问天下事，最后还是被天下事谋害了性命，大嫂只盼着一家人相亲相爱地一起生活，最后正是大嫂疼爱的弟弟打碎了大嫂的梦想。那个余子鹏，只知道聚敛钱财，如今他成了天津首富，什么人间正义、天下兴亡，已经和他没有一点关系了。为了财富,他找靠山不择手段,他毁了我十几年的岁月,又抛弃了那个和他鬼混多年的可怜女子;他续娶了侯门女子,和她却没有一点感情,对于这类人来说,钱就是仁义道德,钱就是礼义廉耻。再有那个四弟余子鹞,投身军阀,双手沾满自己哥哥的鲜血,已经没有了一点人性。大嫂,不是世界残忍,也不是人心太坏,这是几千年封建历史留下的野蛮和毒瘤。拯救我们的民族,拯救我们的家园,才更要有人奋起,救中国,救孩子,救我们自己。"

"婉儿有见地,有作为,相形之下,大嫂只知道'三从四德',真是心胸狭隘的小妇人了。虽然大嫂有时候也激励自己不要被命运击倒,只是大嫂的命运也太多灾多难了。大嫂听婉儿的话,振作起来,一定要看看这世界到底要变成什么样,总不能让那些孽障们永远得意吧?难道善良的人就真没有活路了吗?"娄素云愤愤地说着,心里也觉得有了一些自信。

"如今中国,贫穷、疾病、愚昧、贪污、扰乱横行,我们这一代人,就是要找到这些问题的根源,将之根除,并铲除封建残余,铲除帝国主义势力,找到救中国的道路。"

"难呀,难呀。"娄素云只能感叹地说。

说了一些天下大事,两个人又说到了家事,此时此际,摆在她们二人面前最大的家事,就是宁婉儿留在余家大院里的女儿余琪心。

娄素云对婉儿说:"这次送琴心来北京,没对琪心说明,只说是北京的外婆想念琴心。外婆在病中,不能带妹妹一起来,只怕外婆会把姐姐留在身边,今后你就和哥哥一起在大娘身边了。"

"唉,这几年麻烦大嫂了。"

"我不敢带琪心来北京,让她知道母亲就在北京,难免会时时往北京来,对你不一定方便。"

…………

就在娄素云住在北京的这段日子里,中国又发生了一场动荡。

在这场动荡之中,娄素云万万没有想到,那个失踪多日的孽障余子鹩,竟然成了道貌岸然的正人君子,摇身一变,又投靠到新军阀的门下去了。

公元一九一六年,北京上演了一出"国会"闹剧,国会上,呼啦啦站出来一大群人宣言讨袁,而这其中讨袁的急先锋,有一个余子鹩,就是那个曾经一心保老袁登极,曾经是十三太保成员,亲手杀害了他大哥的余家四土匪——余子鹩。

余子鹩,北洋政府堂堂高参,如今又成了主张共和的维新派人物。一天早晨,娄素云看报,突然惊呼了一声:"世界怎么会黑暗到这般地步?"

报上,醒目大标题《精英栋梁伸张正义,推行共和维新政体》,标题下面,一行小字:余子鹩国会讲演,平息派系纷争,武力统一中国,维新政体,创立共和。

"他们又在骗人!"娄素云凭着她对余子鹩的仇恨,知道余子鹩所谓的维新政体,其实就是要联合各派军阀势力,抵制南方政府,这个素来恶毒的孽障四土匪,又玩政治投机了。

"对于这些败类,难道我们真的就没有办法了吗?"说起四土匪的表演,娄素云气愤万分地向宁婉儿询问着。不等宁婉儿回答,娄素云又继续说了下去:"过去总是说家门不幸出孽障,只是谁也没有想到这个受人唾骂的孽障,就出在余姓人家里面。祖辈不是留下了那么多的遗训吗,怎么一句也没有人听呢?看来那些东西本来就是骗人的,只有你大哥那样的傻子才会相信,结果,他就是被他的亲弟弟打死的,待到他明白了一些道理,他的寿限也已经到了尽头。如今你看,这些丑类竟是活得如此得意,无论谁在台上,他们都永远飞黄腾达,总是老实人受他们的气。眼看着袁世凯倒台,那些当年保袁称帝的人,摇身一变,就又变成倒袁的干将,来日天下一变,还是他们的天下;那些真正为反对袁世凯做皇帝出生入死的人,还是要东躲西藏。就是这个亲手杀了他大哥的孽障,昨天投靠袁世凯,今天又投靠段祺瑞。为袁世凯卖命,他鼓吹袁世凯应该做皇帝;为段祺瑞卖命,他又高唱武力统一中国。唉,什么时候,中国才有公理呢?"

宁婉儿也是无法回答娄素云的询问,她只是对娄素云说道:"不过,我总是以为,天下不能总这样下去,中国也不能就让这些混世魔王永远横行,民众总有觉醒的一天,也只有到民众觉醒的那天,这些人才会得到他们应有的下场。"

"唉,盼着这一天早点到来吧!"娄素云无可奈何地叹息了一声。

…………

袁世凯倒台之后,没过多少时间,原来那一群保袁称帝的丑类又纷纷抛头露面,从地缝下面钻了出来。只是这次他们再不保袁世凯做皇帝,有的鼓吹武力统一,有的主张地区自治,军阀混战的局势已经不可逆转,中国人被推进了一场新的灾难里。

等到娄素云回到天津,新二嫂侯怡君向她述说了一桩事,气得娄素云咬着牙关,连声地咒骂那些孽障迟早要遭报应。

一个月前的一天下午,侯怡君接到老爹侯介甫大人便信,邀女儿女婿到侯府赴宴,说是一位北洋政府的要人来家会见侯老先生,老先生不善交际,要女儿女婿到家作陪。

到时间,侯怡君和余子鹏来到侯介甫先生家里,走进院门,只听见大花厅里有人说话,好像客人已经到了。侯怡君走进大花厅,抬眼一看,"啊"地一声大喊,赶忙双手扶住桌子,稳了好长时间心神,才没有跌倒在大椅子上。这时,倒是贵客先向侯怡君唤了一声"二嫂",侯怡君才相信自己没有认错人。

三秦桧余子鹤和四土匪余子鹬,坐在父亲对面,分明是正在谈什么正经事。

侯怡君是一个富有正义感的女人,对于余家大院里的恩怨,她虽然涉足不深，但她知道大哥余子鹍是一个忠厚老实的大好人，大嫂娄素云一片爱心。老二余子鹏，也就是她的丈夫，无情无义，只是看上美国财阀势力，才娶她为妻，只将她看作是美国财阀势力的代表，没有丝毫感情。下面的三弟余子鹤，本事不大，野心不小，终日做发财梦。五弟余子鹟，只在大哥治丧时见到过一次，还在五槐桥余家大院设家宴款待过他，虽然没有深谈，但侯怡君知道这位五弟一心救国救民，是个有责任心的男子汉。再至于眼前的这个四弟，侯怡君更知道是个败类，他投靠军阀势力，做着伤天害理的坏事。他原想杀害五弟，为袁世凯称帝扫清道路，没想到错杀了大哥，在余家大院种下了仇恨，本来侯怡君还想有朝一日为大哥大嫂讨个公道，也许会有那样的一天，侯怡君代替大嫂将杀害大哥的凶手推上法庭，绝不能让杀人凶手逍遥法外。

只是，她万万没有想到，今天就在她的家里，在她父亲的大客厅里，她看见了余姓人家的败类，看见了亲手杀害了丈夫亲哥哥的凶手，她丈夫的四弟——余子鹞。

侯怡君正要向他的老爸询问何以和这个孽障会有来往，侯介甫大人先让女婿余子鹏陪贵客坐下，将女儿拉到内室向她说了起来："听说，你们原是见过面的，余四先生如今是总统府的幕僚，大家都不是外人。"

袁世凯是依靠日本人坐天下的，日本人见袁世凯靠不住了，一撒手，就把袁世凯扔下不管了；袁世凯一气之下，一命呜呼，留下一个骂名葬身地下了。如今的国务总理大臣段祺瑞还是要吃日本饭，日本人给了他一亿日元贷款，他把三个军工厂交给了日本人代为管理，你瞧瞧，他已经是要为日本人打天下了。偏偏段总理还想依赖日本势力再图发展，以江苏、江西为根据地，还想坐镇北京，如此他想联合英美力量，从军事经济上牵制日本。段祺瑞之上，还有副总统冯国璋，冯国璋不能让段祺瑞一个人独得天下，就更想依附最强大的

梧桐庭院

美英帝国势力,从段祺瑞的手里夺天下。冯国璋依赖英美两国的势力,自然知道如何和英美两国打交道,如今副总统冯国璋要向英国借款,而英国银行给他贷款,还必须有可靠的保证。谁的保证最可靠?当然是美国的保证最可靠,美国为什么要给冯国璋保证?因为冯国璋向英国借到的钱,转手要向美国买军火石油,这里面是有生意好做的。有了生意,也就没什么办不成的事了,所以大家才要坐到一起来共同商量一个办法,好把冯国璋从英国借到手的钱拿过来。有了钱,也就无所谓什么恩怨了,那就不是兄弟手足的事了,一个白脸,一个红脸,有人在台前高唱民主自由,有人在背后买军火石油,这就是当今的世界。

侯介甫,生意人,做美国壳牌石油公司代理,如今北洋政府派人来和他谈生意。你说说,他是先去想余姓人家的恩恩怨怨呢,还是先把生意谈拢,给壳牌公司赚笔大钱?二者孰先孰后,生意人就不走那份心思了。

既然是余姓人家的四先生,侯介甫大人自然要请他的女婿余子鹏作陪,余子鹏见到打死大哥的四土匪。仇人相见,分外眼红?没那回事。当年余子鹏在大嫂娄素云面前发誓再不认这个四土匪,要和他断绝兄弟关系的铮铮誓言,早就被抛到九霄云外去了。

席间,余子鹤对侯老先生和他的二哥二嫂说,如今北京政局已成四分五裂之势,一派以国务总理段祺瑞为首领,他们是依靠日本人的势力要把袁世凯没有得到手的江山夺过来;另一派就是副总统冯国璋的势力,他更是想把段祺瑞手里的势力夺过来,好一个人独坐江山。除了冯国璋、段祺瑞,还有许多其他的势力,一个是黎元洪,他看到段祺瑞和冯国璋之间的矛盾,就想一边拉拢冯国璋,一边又拉拢段祺瑞,待到他们打到两败俱伤的时候,出来收拾天下。此外还有吴佩孚、曹锟,一个个都想独吞天下。再至于东北的张作霖、云南的唐继尧、广西的陆荣廷,那就更是各有各的打算了,谁知道天下会乱到什么程度？不过，有一件事，倒是可以让大家放心，那就是天下越乱，才越有生意好做。

如今，他——余家大院的四土匪余子鹬，就是给两方面做生意来的，一方面他给段祺端拉拢日本人的势力，另一方面又给冯国璋拉拢英美方面的势力。两方面和睦相处，他是两方面的朋友；两方打起来，他在中间跑来跑去，谁也离不开他。无论谁打胜了，都有他的便宜。天下聪明人，从来不肯自己出面打天下，谁把天下打下来，都有聪明人的便宜。刘备想灭曹操，先让诸葛亮去联合东吴，这才有了一场火烧赤壁的血战。刘备没有独得天下的造化，到底白得了孙尚香这位夫人。只有五弟余子鹅那样的傻蛋，出生入死地给革命党卖命。

"老四，你说说，如今你到底挣下了多少钱？"酒席之上，余子鹏、余子鹤和四土匪余子鹬面对面地坐下，才喝了一杯酒，余子鹏就向他的四弟问道。

"二哥问这个有什么用呢？为袁世凯办事，我们是一心为国；为段祺瑞做事，我们还是一心为民；为冯国璋做事，我们更不为一己之私。民国以来，孙中山先生有一句名言，他说为国效力者，全是天下人的公仆。孙先生的南方势力最后将会落个什么结局，我们不得而知，但孙先生的'公仆'二字，我们却以为是再好不过了。做国民公仆，我个人有什么贪图呢？"

"子鹏，我们走吧！"余子鹬的话还没有说完，他的新二嫂侯怡君站起身来，当即就劝余子鹏早些回家。

"走，到二哥南门内新宅院说话去，我还没去过南门里大街二哥的新宅院呢。"说着，辞别了侯老先生，余子鹬叫来一辆汽车，带着二哥二嫂向南门里大街去了。

来到南门里大街余子鹏的新宅院，余子鹏带他的三弟、四弟在宅院里看看，然后兄弟三人坐下，又说起刚才没有说完的话。

梧桐庭院

"你们两个孽障，一个玩军火，一个玩政治，都是脑袋瓜子别裤带上的生意。"

侯怡君没兴趣旁听他们兄弟三人的鬼话，自己早早回房休息去了。房里只剩下兄弟三人，什么见不得人的话，都可以一吐为快了。

"二哥，知道三哥最近的情形吗？"

"你说。"

"他发了，几笔生意他就发了。"

"缺德啊。"

"这有什么好缺德的？"余子鹩理直气壮地回答着说，"现如今，人人都看得出来，这天下已经是群龙无首了。群龙无首怎么办？打呗！七十二路诸侯各显神通，谁的本事大，谁就得天下。什么叫本事？打仗就是本事，真刀真枪地比画。就和当年的春秋战国一样，诸侯割据，齐楚燕韩赵魏秦，打了个天下大乱，最后直把中国打成了一片血海，谁也打不下去了，这才出来一个秦始皇收拾天下。所以，眼光好的人，早就看出来军火生意是有大钱好赚的，三哥有眼力，他算是把中国的事情看明白了！"

余子鹩说得眉飞色舞，果然是好时机就要到来了，余子鹏在一旁听着虽然没有什么表示，但他的心也是在怦怦地跳着。听了一会儿之后，余子鹏才向他的四弟问道："这样说来，子鹤是就要发财了吗？"

"不是就要发财，是人家已经发财了。"余子鹩向他的二哥说着，"头一笔生意是替段祺瑞向德国克虏伯公司买军火，我也别告诉二哥他买了多少，反正这样说吧，只这一笔生意做下来，三哥原来手里捏着的那笔钱就往上翻了十倍。"

"你们看得准？"

"二哥，你放心，看不准我也不敢撺掇三哥，现在做军火生意的多了。二哥没听说吗？上海一个人做军火生意，财发到什么程度？自己家里养老虎。天下大乱,光是二哥这样做棉纱生意,再兴旺能到什么地步?二哥不是不知道,如今多少中国人在外国买下了房产,不是一幢楼,而是一座小岛。人在中国做生意,一家老小早迁到外国去了,三辈子也花不尽的钱,子子孙孙享福吧。"

"你呀你呀,你们都想把星星月亮吞进肚里,我盼你们成功。"

天时不早,余子鹤、余子鹬告辞,不知道跑到什么地方去了。

第八章　风水宝地

英租界马场道新开张了一家西餐厅,名字叫起士林饭店,一下子把天津各界新派和旧派人物全都吸引了过来。一时间,这家西餐厅成了天津各界名流云集的地方。

起士林饭店的老板是个德国人,名字就叫起士林,他原来是德国皇帝威廉二世的点心师。世界大战结束,德国失败,德皇威廉二世翘辫子,他的原班厨师也就得各找各的去处了。为什么新皇帝不把这些人留下来呢?别忘了,一个人一个胃口呀,老皇帝爱吃甜,小皇帝爱吃咸;老皇后爱吃辣,小皇后爱吃酸。古今中外,改朝换代,别的都可以不换,唯有御膳房里的厨师,那是一定要换的。老的那一套,小爷吃着不对胃口,换菜吧您哪!

老威廉皇帝的老厨师们从御膳房被赶出来,没地方好去,摆个小摊卖馅饼吧,又放不下架子。过去咱爷们儿侍候皇上,凭你一个老百姓,有什么资格吃咱爷们儿做的饭菜?侍候过皇上的厨师,怎么能侍候你呢?

走!就这么着,老德皇威廉二世的一批厨师作鸟兽散,分赴世界各地闯天下,这位老点心师起士林登上一艘轮船就来到了中国。到中国之后,他一开始只是在一个小地方烤一些小面包卖,久而久之,生意做大了，他就想自己开一个店铺。正好英租界马场道要扩建，有人出了一笔钱，建起一家餐馆，再请出起士林来主灶，就这样，天津卫第一家西餐厅开张了。

起士林餐厅初开张时，生意也是不怎么好。你想呀，在中国开餐馆，还是要对中国人的胃口，外国人再多，他们吃不了多少，真正能吃的还是中国人，掏的也是中国人的腰包。而且，起士林还是一家西餐厅，这里面只卖德式大菜，要吃燕翅大席，还要去登瀛楼。也是起士林运气好，赶上中国人学洋派的好时机，从租界地开始，再到新潮人士、花花公子、阔少恶少，全中国掀起一股学洋派的狂潮。这一下，起士林火了。

中国人开洋荤，没有外国人带领，谁也不敢进起士林餐厅。中国人一想起外国人吃饭不用筷子，就觉得好笑，再听说外国人吃饭居然用刀子、叉子这两样物事吃饭，实在不敢想象。

余子鹤来起士林餐厅吃西餐，没有自己掏钱，请他出来吃西餐的是铁公子。他们两人吃西餐的技术指导，则是当初那个冒充瑞士银行全权代表的犹太人施礼德。

最先，余子鹤找过铁公子，说张大帅把俄国抵债送过来的那一列车皮的军火拉走，把一笔巨款划到瑞士银行。只是瑞士银行对铁家的钱心存疑惑——人家瑞士只存干净钱，贪污受贿来的钱，叫赃款——来路不明的，瑞士银行一律不收，怕日后打"摞摞缸"，打糊涂官司。

铁公子，只会吃喝玩乐，经济、政治、法律，一概不懂，晚上看戏，中国大戏院就在英租界栅栏口外，散戏之后，拉车的愣拉着他在天津城跑了一个钟头，才拉到铁公馆，愣向他要了一元钱。一元钱是什么概念？一元钱，就是半袋洋面。余子鹤拿铁公子当傻蛋，他连瑞士在什么地方都不知道，何况瑞士银行的种种规定，他就更不知道是怎么一回事了。

听余子鹤说瑞士银行不存来历不明的钱，铁公子有点慌了，喝了一杯洋酒，威士忌，咧了一下嘴，才向余子鹤说道："我们铁家的钱，也是光明正大的钱呀，那是从俄国皇帝的账上转过来的，没刮中国地皮。再说，你总不能让我把这笔钱放在家里吧？这年月土匪横行，一旦走漏风声，夜半三更，闯进来一伙强盗，抢走这笔钱倒无所谓，只怕他再放一把火，连人一起绑票了，那可真是横祸自天降了。"

"绑票放火都是小事，张大帅拉走军火，北洋政府问罪下来，走私军火，那可是杀头之罪呀。"

这一下，把铁公子吓坏了。杀头之罪，太可怕了，丢了脑袋瓜子怎么吃饭呀？

"这样吧，我给你出个主意。"似是同情，余子鹤对铁公子说着，"这位是瑞士银行经理，犹太人施礼德，买通施礼德，把这笔钱转到直奉姐妹公司名下。"

"直奉姐妹公司是干什么的？"

"是一家洋行，这家洋行注册在你的名下。"

"我？"

"对，就是你铁公子开的洋行。有了洋行，瑞士银行才会把钱给你划过来，死钱就变成活钱了。"

"你看怎么好就怎么办吧，只要我用钱的时候，能支出来就行。什么金融经济呀，太乱，谁知道是怎么一个道理，有钱花就是了。"铁公子不明白金融上的规矩，就对余子鹤说，"无论你怎么办都可以，只要别把钱变没了就行。"

"铁公子放心，既然公子信任我，我更要对得起公子。"余子鹤知心地说着。

"余子鹤先生绝对可以相信。"一旁的犹太人施礼德向铁公子保证说。

"既然做生意，又是在我的名下开了洋行，你就把我这笔钱用在生意上吧。赔了钱，算我的；赚了，咱两个三七开，你得七，我得三，还不行吗？"铁公子咧着嘴对余子鹤说。

"你知道我是做什么生意吗？"余子鹤向铁公子问着。

"顶到天，也就是卖国了，还有比卖国更大的生意吗？"铁公子见过世面，他自然知道什么生意最大。当即，他就把余子鹤说得哑口无言了。

"做生意，总是有风险的。"余子鹤严肃地对铁公子说。

"唉，有什么大不了的风险，"铁公子满不在乎地回答道，"还有比做皇帝的风险更大吗？袁世凯一个人当了八十三天的皇帝，说下台，不也就没事了吗？当初你家四弟余子鹩一心保袁世凯登极，袁世凯下台之后，这若是在我们老祖宗当家的时代，余公子是要被问罪的。民国了，科学民主，保袁世凯保错了，没事，再投到段总理门下就是了。乱世出妖孽，胆大的发财，胆小的就永无出头之日。余公子，无论你做什么生意，我也是看明白了，出了事，都由我一个人担着。不瞒你说，我老爹在世时认识的人多，我也算是半个衙内，公子班里，好歹我认识的人比你多，到时候一通融，什么事都好办。余公子，生意道上，我比不了你；走官场，你还离不开我。"

"做生意不必走官场。"余子鹤向铁公子说着。

"子鹤兄，莫看我不知世事，这点道理你就不如我了。做生意能不走官场吗？别看世上乱哄哄的，今天你得意，明天他发财，那都是官场的把戏。官场，过去说是皇上想让谁发财，谁就能发财，天下总不能四万万同胞一起发财吧，总是先让有造化的人发财，谁有造化呢？就是咱们兄弟，你四弟在北洋政府当差；我呢，公子班头，半个衙内，这天下的钱财不归咱所有，归哪一个？放心，余公子，老百姓汗珠子落地摔八瓣，能挣上每天的吃喝就念佛知足了；咱们肩不挑担、手不提篮，天下的钱财就往咱口袋里流，若不，人们何必争天下呢？"

铁公子真知灼见，说透了人间的道理。

"只是，你知道做什么生意最赚钱吗？"余子鹤做出一副疑惑的神态，似是自言自语地说着。

"军火！"这时，一直低头吃肉的犹太人施礼德开始说话了，"贵国发生内乱，眼看着一场混战已是不可避免，早早动手做军火生意，那是有大钱好赚的。余先生知道，我是一个德国籍的犹太人，现在，我既是瑞士银行的全权代表，又是德国克虏伯军火公司的全权代表，钱上的事，生意上的事，只要有我，咱们都好办。"施礼德说得眼睛都亮了。

"军火生意国际价格一天三变，世界大战结束之前和世界大战之后的价钱那是有天壤之别的。"施礼德极为内行地说。

"有理有理。"铁公子和余子鹤一起赞同地说。

"所以，和德国军火商做生意，一定要有德国人做中介。"施礼德又说。

"说得对，说得对！"余子鹤连声表示赞同，随之，又向施礼德说道，"德国方面，施礼德先生到底有多大的门路呢？"

"哎呀，余公子又多虑了。"不等施礼德回答，铁公子倒先替施礼德说了起来，"这样说吧，德国籍犹太人，就是德国人；施礼德就是德国，德国就是施礼德。余公子有什么话要和德国人说，施礼德就是全权代表。是不是这么回事？施礼德先生。"

"就是，就是。"施礼德大言不惭地认下来了。

就这样，余子鹤、铁公子和犹太人施礼德三个人一起把向克虏伯公司买军火的事订下来了。

第二天，天津大报小报一起登出消息：直奉姐妹公司宣告成立。一时间，天津各界纷纷找上门来，打听这家洋行做什么生意。对于余子鹤的大名，天津商界早就熟悉了；至于德国籍的犹太人，天津人知道的还不多，只有余子鹤知道这位施礼德的来历。如此，还真得说说犹太人施礼德的来历。

施礼德于五年前初到中国的时候，肩膀上只挂着一双破皮鞋。从船上走下来，没找到饭吃，饿着肚皮，在天津大街小巷转了一整天，直到晚上九点，他看见一位中国乞丐老人蹲在墙角啃干粮，施礼德先生向乞丐老人施一个大礼，又伸出一只手，乞丐老人掰给他半块干粮，这第一天才挺了过来。

偏偏天公不作美，施礼德先生刚刚啃下半块干粮，滴答滴答，天上落下了雨滴。真是，人走倒霉字，放个屁都砸脚面。小凉风专打独根草。看来，不走运的施礼德先生今天要栽在中国这块风水宝地天津卫上了……

天无绝人之路，施礼德先生把破西装拉上来，蒙住了被雨水淋成落汤鸡的脑袋瓜子，四处寻找避雨的地方，也是天津不给倒霉蛋留活路，天津民房，没有房檐，雨水垂直地落下来，就是你贴紧墙根站着，也能把你淋成落汤鸡。

跑呀，跑呀，没脑袋的苍蝇四面乱撞，东撞西撞，施礼德先生竟然撞进了德租界，德租界的建筑，哥特式建筑风格，家家户户小洋楼伸出来的房檐，可以摆下八仙桌打麻将。

天不灭我也。

畏缩在一座小洋楼房檐下，无论肚子饿不饿吧，反正先不挨雨淋了。扒拉扒拉脑袋瓜子上的雨水，抖抖湿透的衣服，享受享受天津对流浪汉们的厚谊，施礼德先生稍稍合一会儿眼，竟然美滋滋地睡着了。

小露霜专打呱嗒扁儿（呱嗒扁儿，是一种秋虫，体小如一粒扁豆，背上两片硬壳扇动时发出呱嗒、呱嗒的声音，天津人称其为"呱嗒扁儿"。小虫呱嗒扁儿，百日虫，秋风一起，寿命终结，再到寒露时分，一个个冻死在霜露中，样子甚是可怜。），反正都是不走运的事。

梧桐庭院

畏缩在德租界房檐下的施礼德先生，虽然不知道中国有一种秋虫叫呱嗒扁儿，但此时此际，看他那份尊容，他已经在天津做了一遭呱嗒扁儿了，还是小露霜下的呱嗒扁儿。

施礼德先生睡着了，梦中美美地喝了一瓶皇家四十年的威士忌，还吃了一份烤牛排。可惜，这份烤牛排才送到嘴里，立即变成一股凉水。呸，吐了出来，雨水流到嘴里去了。

"唧"的一声，有什么东西砸疼了施礼德先生的脑袋瓜子。抖愣一下，施礼德先生被砸醒了，摸摸脑袋瓜子，好像有个什么东西，顺手拿下来，一个小盒，还有一点重量。天上掉黄金了？想得美，打开小盒看看，缝纫针。

看着这盒缝纫针，施礼德笑了，这家女主人觉着这盒缝纫针没用处，信手隔着窗子扔下来了——德国女人就是手懒，不烧饭，不做针线活；从德国带出来的缝纫针，放了多少年也不用，家里没地方放，顺手扔出来了。

看看从楼上扔下来的缝纫针小盒，施礼德先生摇头笑道：唉，我的德意志同胞呀，好歹你扔下一块面包，也比这一盒缝纫针好呀，我要缝纫针有什么用呀！

再信手扔出去？唉，好歹是个物件，反正撞大运呗，既来之，则安之。反正不能跳大河，别看你天津卫河多，留给你自家人跳吧，大老远的我来到天津，就为了跳你们这条河呀？

第二天天明，施礼德先生人从德租界房檐底下走出来，抹抹脸，衣袋里揣着一盒缝纫针，信步乱撞，不觉间走出了租界。

转了一大圈，没找到扔面包的地方，继续往前走，人山人海，天津早市，生意好不兴隆。

一处地方，好多人围着一个小贩争着买什么东西，施礼德先生伸长脖子看，卖缝纫针的。小贩很精明，故意卖洋泾浜，大声地喊叫

"made in Germany"。施礼德先生听懂了,德国制造。老天饿不死没眼的家雀,天津卫果然是风水宝地,风水轮流转,有饭吃了。

施礼德先生凑过去细看,果然是一个小贩在叫卖德国缝纫针。

卖缝纫针的小贩在墙角立起一块木板,手拿着几根缝纫针,一甩手,远远地将缝纫针向木板扔过去,当当当,几十根德国缝纫针钉在木板上。好货!人们立即掏出钞票,递过去要买。施礼德先生看见,一根德国缝纫针,卖一角钱。

小贩没多久就卖光了手里的缝纫针,数数钞票,收起小木板走了。机会留给有准备的人,中国小贩走开之后,施礼德先生走过去,摸出衣袋里的小盒,打开,最少五十根。哎呀,天津人怎么这样热爱德国缝纫针呀?一会儿时间,施礼德先生手里的一盒德国缝纫针全卖光了,数数钞票,五元整。

有饭了!捏着手里的五元钱,得先喂饱肚子,但时间尚早,饭馆还没开门,街边卖小吃的摊点倒是摆出来了,似是很好吃,人们围着买。小贩从盆里舀出一勺稀拉拉的面糊,放在一个圆形铁板上,哧的一声,将其摊成一张薄薄的圆饼,里面还放上一根长长的东西,裹成一个大卷卷。人们付钱买走,美滋滋地吃起来。

施礼德先生向小贩看看,小贩吆喝了一声:"煎饼馃子。"

好!就是煎饼馃子。

一套煎饼馃子拿到手,不用刀叉,小贩告诉他就用嘴咬。哎呀,人间美味,天下竟有如此的美食,而且只要一角钱,这若是在帝国饭店,摆在描花的盘子上,两边摆上刀叉,侍者立在身边,至少要你四十五马克。天津的美食真便宜呀,等我在天津立足,一定把家乡小镇的爱丽丝姑娘接到天津来,吃一套煎饼馃子,哈哈。施礼德先生学会的第一句中国话,就是煎饼馃子,而且带天津口音"煎饼馃渣"。

一路闲逛,酒足饭饱,下午,施礼德又来到德租界,挨家挨户地收买缝纫针。德租界家家户户有的是没用的东西,一角钱一包,全卖给了施礼德。你算一算呀，五元钱，可以买五十包钢针。五十包钢针，可以卖到二百五十元，天津物价白面两元钱一袋，你就算算施礼德一天赚到手多少钱吧。一夜之间，犹太人施礼德发财了。

只卖了一个月的德国缝纫针，施礼德就在德租界租上了一套小洋楼，人模狗样，也是一个人物了，而且他还雇了一个中国厨师，专门给他做煎饼馃子，还跟着中国厨师学中国话。偏偏这个中国厨子是山东人，不到一个月，施礼德就说上了地道的山东话：你是席（你是谁）？你做啥？你七席么（你吃什么）？哈居七又（喝酒吃肉）。听得中国人都直愣神，以为他是山东出生的中国通呢。

有了本钱，又学会了一口山东话，施礼德先生来到天津南马路，租下一间门脸房，开了一家五金行，从此就做上代理德国五金的生意。德国的钢材好，轴承等机器零件世界第一，偏这时，世界大战结束，一大批被德国人雇去做华工的人回到天津，这些人在做华工的时候，每天一块银圆的工钱，但又不花钱。世界大战打了四年，战事结束，这些人回到天津，许多人开了小作坊，全聚在一条叫作三条石的大街上，一下子这条街就有上百家小作坊开张。三条石大街小作坊加工五金零件，有的制造灯具，有的制造机器零件，需要德国五金零件，施礼德先生就做起了德国五金零件的进口生意。

施礼德襟怀鸿鹄之志，类似中国汉代的刘邦，刘邦不肯在乡里久做亭长，见到秦始皇，他就要取而代之。

因做起了进口生意，施礼德认识了瑞士银行的总账。总账先生工作太忙，有时候请他上街买一包香烟，于是施礼德先生就成了瑞士银行的全权代表了。

余子鹤代理铁公子收下张大帅拉走军火丢下的一笔钱，找人和瑞士银行联系，近水楼台，就找了施礼德先生，施礼德先生立即代表瑞士银行办理好相关手续。直奉姐妹公司有瑞士银行的账号，信誉第一，各路豪杰纷纷找上门来，直奉姐妹公司的生意做大了。

余子鹤发财了。余子鹤发财之后，变成了一个大忙人，一天二十四小时坐镇直奉姐妹公司，接待各方军政要人，谈生意，做买卖，终日忙得不亦乐乎。

直奉姐妹公司每天有三桩大事必须由余子鹤亲自出面操办。这三件大事非同一般，换了别人还真是办不好。

余子鹤要亲自操办的第一桩大事：吃饭。最忙的时候，他一天要赶四桌酒席，中午两桌，晚上两桌，这桌上喝一杯酒，马上往下一桌赶，赶到那里正好上大菜，虽没有食欲，好歹吃一点，也算是应酬到了。为什么一天要吃这么多次饭？全是公事。自古以来，全是饭桌上谈生意，不喝酒如何谈生意呢？你说机关枪五千元一支，我说最多给你三千元，谈不下去，怎么办？吹灯！若是想吹灯还谈个什么劲呢？就是要讨价还价。这时候就要喝酒了。"干杯！"先喝个一醉方休，再找个地方和女人一夜销魂，明天再来谈，三千五百元价位成交。你说不吃饭行吗？

必须由余子鹤亲自操办的第二桩大事：打牌，打麻将牌。哎呀，这麻将牌可是对中国社会的进步贡献太大了，不知道有多少国家大事，全是在牌桌上定下来的，也不知有多少能够扭转乾坤的人，就是在牌桌上结成联盟，或是在牌桌上又翻脸成仇的。余子鹤为什么要打牌？铁公子给他拉人呀！铁公子带来一个人，袁世凯的大公子，袁克定，人称大太子，差一点就做了中国的皇储，只因为他老爹没这份造化，他才没继承上他老爹的皇位；若不是他老爹下野了，你想见他还见不到呢。大太子来做什么？大太子什么也不会，就会打牌。好！摆好牌桌，三条、四饼、独摸、缺五，玩起来了。

这一桌牌还没有打完，又有人来了。谁？说起来大家全认识，曹锟家的二少爷，名声显赫的大人物，这位老兄会什么？也是会打牌。再摆上一桌，余子鹤两桌一起照应。就这样，余子鹤一天也离不开麻将桌，牌友全都是当今要人的子弟，也就是太子们吧，也都是生意上离不开的人物。买不买军火，买多少，开什么价，虽说这些人说了不算，但是他们可以影响他们的老爹，有他们老爹的一句话，余子鹤就把钱赚到手了。你说说，这牌该不该打？

必须由余子鹤出面操办的第三件大事，那就更是非得他自己经手，别人谁也无法代替了。什么事一定要余子鹤亲自出山？女人。不光自己玩，余子鹤还得和他的狐朋狗友一起玩，如此需求量就大了。一个两个的不够用，不能找一个，是要找好多好多；少了分不过来，大家会不愉快，所以余子鹤对于这件事格外当心。同时，余子鹤深知"女人就是祸水"的道理，弄不好，会出大乱子的。

好在余子鹤对于办这样的事，那是绝对有办法的。别以为余子鹤只向班子里要人，那样的人哪里有资格陪这些小爷玩呢？没见过世面的，摆不上高台面，就算是北京城里早先的赛金花和小凤仙，那也是早就过时的姐了；现如今这帮小哥玩的妞，要摩登派，也就是维新女子，要会唱歌，会跳舞，更要会玩牌，不只会打麻将，还要会西洋的时髦游戏，还得会喝酒，当然也是喝洋酒。这样的女子去哪里找？当然别人是找不到的，于是，这时就要余子鹤亲自出马了。余子鹤凭着自己非凡的天分，办起这种事来，格外地出色。上个月，他一下子就从法租界把二十几个刚从法国过来的洋妞弄到了手，其中最出色的，他自己留下了；其他的虽然有一点逊色，但也绝对是上等货，他就一个一个地分给了这一帮公子哥。这帮公子哥为了感谢余子鹤，生意上很是帮了余子鹤的大忙。

余子鹤办好了这三件大事，全北京、天津的公子哥就都投奔到他这里来了。可别小看了公子哥的势力，公子哥虽然手里没有军权财权，但这些人都是中国的实力派人物，无论什么事，只要这些人串通好了，就算大局已经定下了，也可以倒转历史车轮。同样的道理，无论什么事不先把这些人买通了，等这些人一变脸，让你翻船，你就得掉大海里，死无葬身之地。

余子鹤暗中有这些人相助，有一阵，很是做成了几笔大生意。头一笔生意，段祺瑞买军火，只一笔就是上百万的利润；第二笔冯国璋买军火，又是几百万的利润。最值得大书特书的，是直奉姐妹公司竟能让交恶的段祺瑞、冯国璋共同参与了自己的一笔生意。

军阀混战，余子鹤赚了多少钱？不知道。余子鹤也不会告诉他二哥自己如今有了多少钱，只是余子鹏精明，只看三弟如今的神态，就猜出他早就腰缠万贯了。

余子鹤有了钱，和所有的中国人一样，先买地建房。他老爹余隆泰经商发财，先在子牙河畔建起一座大宅院，然后行善举，在自家宅门对面筑起一座大桥，自此名声大振，天津人称余姓人家为五槐桥余家。他二哥办纱厂，发了财，在南门里大街又建起一座大宅院，还连起一片民宅，自此天津多了一条求福巷，余子鹏也因求福巷名扬天下，人们称余子鹏为求福巷余二爷。如今余子鹤也有了钱，他也要建房。他建房，正赶上社会维新，远远地离开五槐桥、求福巷，在英租界买了一块地皮，仿照着英国乡间别墅的样式，建起了一座小洋楼。只一座小洋楼，他不会自起名号，这套小洋楼坐落在颐和山庄，他也因此得名，人们称余子鹤为颐和山庄的余三爷。

求福巷的余二爷和颐和山庄的余三爷，这两年很是得意。趁着列强资本涌进天津，更趁着北洋政府忙于内战，几年时间，天津经济突飞猛进，无论做什么生意都能发财，也无论什么货物，只要运到天津就一定能卖上好价钱。这年月也真是邪了，也不知天津哪里就有了这么多的钱，果然就和天津人说的那样，银子就是在大街上淌，只要你舍得弯腰去捡，没有捡不到手的时候。

当然，也不是什么人都可以在天津大街上捡到银子，若人人都可以在大街上捡到银子，天津怎么还有那么多苦力呢？做苦力的天津人，还是每天早早出来做苦力；走投无路的天津人，每天都有人死于饥寒。想在大街上捡银子，一要有本事，二要有胆量。命里注定是你的银子，别人拿不走；不应该你捡的银子，捡到手，说不定就丢了性命。走着瞧吧，福兮祸兮，到时候就揭晓了。

余子鹏做棉纱生意，开纱厂，也是饱经风霜。天津的棉纱生意前两年赶不上上海，眼看着上海的棉纱北上，把天津的棉纱生意压得喘不过气来，那时候幸亏有马富财那样的能人给余子鹏操持生意，否则，余子鹏也是维持不下去的。自从世界大战爆发以来，从欧洲进口的棉纱减少了，而上海生产的棉纱又满足不了南方的市场需要，于是就给北方的棉纱市场一个喘气的机会。就是在第一次世界大战的四年时间里，天津相继出现了好几十家棉纱厂，一下子生意就红火起来了，各家棉纱厂全都发了大财。余子鹏也是在这四年的时间里，一步一步地成了天津棉纱界的领袖。

余子鹏的成功，也有四土匪余子鹞牵针引线的功劳。余子鹞在北洋军界政界里混了多年，哪个派系里都有他的死党，余子鹞将北洋势力和天津棉纱业拉到一起，很是给他二哥帮了大忙。

北洋军人介入天津棉纱业，也不想把持生意，他们只是想把他们手里的钱，投在天津的棉纱业里。正中下怀，余子鹏一马当先，就将北洋资金拉进来了，有人愿意出钱还不好吗？而且还是一帮武夫，什么生意经也不懂，无论你如何糊弄他，他也不知道其中猫腻。更重要的是，有了北洋军人的资本，天津棉纱业的产品就有了销路，头一宗大销路，做军衣。如今各路诸侯正在招兵买马，有了兵马，马要吃草，人要穿衣，光是军衣一项，一年就是几百万的利润。第二宗好生意，有了北洋军人的投资，天津的棉纱业可以占领西北市场。西北市场可比天津市场大多了，西北人如今有的地方连裤子都穿不上，棉布运到那里，一匹布就能卖天津十匹布的价钱，更有北洋军人一路武装押送，保证不会遭土匪抢劫，这不是从天上往嘴里掉馅饼吗？"干！"余子鹏一口就答应了下来。

于是，就在余子鹏的纱厂里，如今已经有了段祺瑞、曹汝霖、王揖唐、徐树铮的大笔投资,这些人只把钱交给余子鹏,生意上的事一概不问,只是到时候分红利就是,你想想这是多大的便宜呀!

就是用这笔巨大的投资,余子鹏的恒昌纱厂不仅新建了厂房,还把纱锭数增加到五万多锭,又从美国新买进了五百台织机,每年的产量,已由原来的一百万包,增加到五百万包。这当中,余子鹏的利润就可想而知了。

北洋军人的介入,使天津的实业有了一个突飞猛进的大发展,天津各行各业,都进入了一个日新月异的新时期。有时候,天津的商人们自己都觉得不可思议:怎么几年的时间,自己就发了这么大的财呢?有人说这是发国难财,也有人认为,国家无"难",能发财吗?总是老老实实地做生意,那要到何时才能成百万富翁呢?马不吃夜草不肥,人不得外财不富,一个人突然一下子富起来,不用问,一准有仙人引路。

余子鹏、余子鹤做生意,余子鹬暗中相助,他兄弟三人果然手足情深,昔日余姓人家相亲相爱的情谊,在他兄弟三人的心里又复苏了。老四子鹬亲手杀死大哥的事,余子鹏、余子鹤早就忘记了;五弟为救国救民献身,对于这兄弟三人也毫无意义。余姓人家的光辉未来,看似就系在这兄弟三人的身上了。

…………

就在余子鹏、余子鹤联手余子鹬做生意春风得意的时刻,五槐桥下余姓人家发生了情感变化。余子鹏的续弦妻子侯怡君大骂她的丈夫余子鹏是人面兽心的豺狼,她找到大嫂娄素云,满面泪痕地对大嫂说:"真没想到,这诗书传家的余家后辈,原来如此道德沦丧,一个个表面是人,暗中是鬼,我真后悔,不该嫁到余姓人家来呀!"

又是一个宁婉儿!一旦走进余家大院,梦想破灭,余姓人家的丑恶伤了她的心,不肯同流合污,又无力反抗,她们只能忍气吞声地向余家大院里的罪恶屈服,悲怜命运的不幸。

那一天，三秦桧余子鹤来到二哥余子鹏南门里大街的新宅院，和二哥说起了生意上的事。

余子鹏先是向三弟余子鹤说恒昌纱厂的发展情况，说到生意得意，资金扩大，手里的钱日渐增多，说得很是兴奋，但说着说着，余子鹏突然脸上掠过一丝阴影，他似是想起了什么不高兴的事，便向他的三弟余子鹤说道："咱们老爹修五槐桥，发的是国难财，就是先有洋人用洋枪洋炮打开了中国门户，然后才有了日本的三井洋行，由此李鸿章大人才推举他老人家出任三井洋行中国掌柜。说是办洋务，其实就是帮助日本人抢中国的财产，你说说这算不算是发国难财？可是如今到了咱们这辈上，最先我也只是自己开一家纱厂，也就别说这家纱厂是怎么落到我手里来的了，反正我就做了纱厂老板。做了几年生意，也没有大发旺，一下子北洋军人的资本进来了，我这才依仗着北洋军人的力量做大了生意。咱们老爹和三井做生意，护着中国商人的利益，老爹赚的是干净钱。"

"二哥赚的钱不干净？"

"不是，我不是说我赚的钱不干净，只是我心里有一个疙瘩。你做军火生意，明着铁公子是董事长，暗着有老四的牵线；我开纱厂，吃的也是北洋的饭，万一有一天军阀被铲除了，咱们可是和军阀绑在一根线上的蚂蚱。"

"天塌了，老四在那儿顶着了。"

"他？提防你的就是他。铲除军阀之后，他摇身一变，又去主张共和，你我可就成了千古罪人，到时候他拿咱俩顶缸，会拿你我的脑袋瓜子给他自己赎身。"

"啊！"

余子鹤听得毛骨悚然，半张着嘴，竟然说不出话了。

"老四不是好东西，心毒手狠，别看他如今和咱暗中联手，把咱和北洋军阀势力连在一起，暗里，天知道他打的什么算盘。"余子鹏冷冷地向余子鹤说着。

"二哥有什么打算？"

"当年老爹是三井洋行买办，和日本人做生意，中国商人靠老爹的威风和日本人讨价还价；日本人想从中国买东西，跨不过老爹这道坎。中国商人有咱们老爹做靠山，腰板硬呀，至今天津卫一说起余隆泰大人，都说是天津贤达。"

"那是老爸挣下的名分。"

"对了，咱们也要动手挣名分了。"

"怎么挣名分？"

"成立天津商会，把天津商人拧成一股力量，在社会上有名分，无论军阀，还是将来的共和，天津商会都是一座大庙，里面供养的神仙，咱得占一位。"

"成立天津商会？好，好，我联合一些商人鼓捣，登声明，发呼吁，成立天津商会。天津商会的会长，和封疆大吏平起平坐，谁来了，也要把咱们当一种势力。咱们面前，谁也不敢轻举妄动。哎哟，二哥，还是二哥站得高看得远，我怎么早没想到这宗事呢？"

梧桐庭院

下

第九章 物竞天择

此前,从来不出门的余子鸥,每到春节,一定要去宁府给宁老先生拜年。如今,余子鸥没有了,春节到宁府拜年的任务,就落到了余宏铭的身上。

余宏铭十八岁了,仪表堂堂,神采非凡,宁老先生也听宁婉儿说过,大哥的儿子自幼聪慧,读书很是努力,果然承继了诗书传家的家风。自宁婉儿东去日本,不管余子鹏如何断了和宁婉儿的夫妻关系,余姓人家和宁府依然是相敬的姻亲。逢年过节,娄素云总要派儿子去宁府问安,金华送来什么稀罕东西,娄素云也派儿子给宁老先生送去一份,可以说,余宏铭是宁老先生看着长起来的。

那一年春节,余宏铭见到宁老先生,说起自己读书的情况,宁老先生趁机对余宏铭说,他的朋友严修先生在天津和从美国回来的张伯苓先生开设了一所学校,北京、天津一带新潮人家都送孩子到这所学校读书。宁老先生说:"如果宏铭有兴趣,我给严修先生写封信,你到严修府去求见,他一定会欢迎你去这所新潮学校读书学习的。"

余宏铭回家和母亲一说,母亲立即表示支持。娄素云操持家政,每天都看看报纸,社会上对于严修先生的美誉,她是知道的。严修先生和张伯苓先生创办的学校，地址设在英租界南端，校名叫敬业学堂；授课的教习，多是从美国或欧洲学成回国的学者、名流，其中教习英文的，还有几位英国人，除了文科课程，一些科学课程都是用英语讲课。

进入敬业学堂，余宏铭见到了校父严修先生，见到了面容和善、温文尔雅的张伯苓先生。

敬业学堂的创办，也曾引发过一场议论。前朝遗老，很是恼怒，怎么可以给孩子们讲什么地球是圆的呢？反了，反了，让孩子们读淫词反书，国不再国，民不再民，天之将倾了。

在敬业学堂，余宏铭学习很是努力，也很得校父严修先生喜爱，更成了严修先生翻译上的助手。

校父严修在敬业学堂成立了一个特修班，余宏铭被选进了特修班，一阵西风东渐狂潮，特修班的几位才俊，一起去欧洲留学。张伯苓看余宏铭年纪小，更看家里只有他一个男子，便劝他留下来，更对他讲习物竞天择的道理，开导他救国之路还是在自己脚下。

敬业学堂风尚良好，校长张伯苓先生和学生同桌用饭。一天中午，张伯苓将余宏铭唤到他的饭桌前，让余宏铭挨着自己坐下。余宏铭坐在校长身边，难免有些局促，眼睛只看饭碗，不好意思搛菜。

就在这时，坐在张伯苓右侧的一位先生，用筷子往余宏铭饭碗里搛了一块鱼，余宏铭立即站起来向这位陌生人致谢。张伯苓看着笑了笑，对余宏铭说："见过我的朋友，刚从美国回来，立志在天津创办实业。"

余宏铭极为礼貌地站起身来，向这位先生鞠躬致礼，这位先生更向余宏铭连连还礼，他对余宏铭说："我叫樊志东。听校长说，宏铭同学各门功课都极优秀。"

"老师过奖了，宏铭心智愚钝，误得校长错爱……"

"坐下坐下。"樊先生让余宏铭落座,极为知心地和余宏铭说起话来。

樊先生问余宏铭在敬业学堂读书几年,最大的感悟是什么。

"学生放肆,敬业学堂开启了宏铭的人生智慧,说到最大的感悟,就是知道了物竞天择的道理。"

"哦,物竞天择,你说说怎么就是物竞天择?"

"物竞,或存或亡,归于天择,生存竞争,适者生存。"

"好好,有道理。那你再说说,物与物争,适者生存,那么人与人争,再至于国与国争,又是一个什么道理呢?"

"先父大人生前的金兰手足苏伯成,在北洋海军服役,出海迎战日本,信心满满,不幸北洋海军最后全军覆没。苏叔虽然免于葬身海底,随败军回来,船到大沽口靠岸,只有苏叔不在队列中。众人回船寻找,终于在船舱里发现了他的遗体,他手里握着一张纸条,写着:江东父老宥我。

"苏叔自殁,不肯回来见他的弟兄了。

"学生放肆,甲午之败,据先父大人在世时开导,甲午之年,大清朝北洋海军不可谓不强大,清室兵马不可谓不勇武,但是,北洋海军的军舰,是几个不知军舰为何物的昏庸老朽到英国去买回来的破船;日本的战船虽然也是从英国买的退役战船,可是日本人买回来后,经过日本技师的修理改装,不仅修复了磨损的机械,更加大了战斗能力。清室呢,买来就买来了,朝廷派太监到船上督查,军机部的大臣到船上阅兵,清室大臣上船后,看见军舰正在装水,大发雷霆,说混账的奴才,军舰出海,怎么还要带水,那海水是留给谁人用的?

"人不强,国不强,还谈什么开战?北洋海军驶进大海,迎面和日本海军遭遇。日本战舰一开炮,炮弹还没落到船上,只一声震动,大清朝军舰的桅杆就被震断了,呼啦啦,船散了,阵也乱了,谁还顾得上打仗呀?这就是物竞天择了吧。"

"说对了，说对了，依才俊青年见解，如今应该如何办呢？"

"学生放肆……"

"嘻，你别放肆不放肆了，有话痛痛快快说。你就说，请你出来救中国，你有什么办法？"

张伯苓校长在一旁直截了当地对余宏铭说。

"改变国体，开启民智，兴办实业，教育少年。"

"好，好。"

樊先生看看余宏铭，向余宏铭问道："兴办实业，地要自己开垦，机器要自己开动，以宏铭才俊这样的富家子弟，能吃得了苦吗？"

"宏铭不才，愿为求生问路披荆斩棘。"

"好，你回家和母亲商量，若母亲放你出来，准备准备，你说什么时候可以出发，我就什么时候带你出发。倒是不远，就是天津往东五十里，一片滩涂，我早已选定，创办一家化学工厂。天津海域如此广大，千百年就是看着大海潮起潮落，无价的宝藏付诸东流呀。"

"宏铭，你追随樊先生创办实业吧。"

张伯苓校长激动地对余宏铭说道。

"樊先生肯收我吗？"

"宏铭肯吃苦吗？滩涂是个苦地方呀，喝的水都是苦的。"

"我相信自己，能够做一个有用的人。"

"好！"

"我做担保。"

张伯苓坚定地说。

樊先生对余宏铭说，除了一颗创办实业的雄心，他如今一无所有，就是赤手空拳带着一番非凡的抱负和一个有为的青年，去地处天津与塘沽中间的一个小小渔村，先做一番考察，再做一个计划，然后下一步，就是他们二人像码头苦工一样，脚踏实地地开始奋斗了……

梧桐庭院

好不容易找到了一间勉强可以叫作房子的地方,樊志东和余宏铭两个人住了下来。没有电灯,樊先生带来了一盏煤油灯、一桶煤油,还有一个从美国带回来的煤油炉。

　　海边滩涂中心的小村子,连稻草都找不到,樊先生将自己薄薄的被褥放在硬硬的木板上,再帮助余宏铭搭好几块木板;余宏铭也学着樊先生的样子,铺好了自己的床位。

　　"宏铭自幼养尊处优,这样的地方没见过吧？"

　　"宏铭虽然自幼锦衣玉食,但宏铭早就做好了为振兴中国吃苦献身的准备。"余宏铭说得一点也不勉强,看得出来,他并没有因为住在这样的地方而感到委屈。

　　"可敬可佩！"樊志东先生赞赏着说,"富家子弟,才更是人各有志的呢,没出息的,就知道吃老子的产业,坐吃山空,再不学好,日渐荒唐,那就用不了多少日子,他等就要败落不堪了。也有富家子弟,虽然出身富贵,但并不贪恋富贵,正是这样的人,才为救国救民前赴后继,也正是这样的一些人,才最肯吃苦。荣华富贵有什么呢？不就是山珍海味地吃着,绫罗绸缎地穿着,再有呢？再有就是吃喝嫖赌了,到头来一场空,白白地活了一世,什么事业都没做出来,你说说冤不冤？所以我说,还是要做点实事。中国就是缺少做实事的人,没有人做实事,中国什么时候才能有自己的实业呀！"

　　"樊先生说得极是,宏铭永志不忘。"余宏铭说着,心中充满着对樊先生的崇敬。

　　一间小草屋,草草地布置一下,放下了两张小木床,中间又放下一张小木桌,如此,这家未来的盐业公司就算是开始运作了。樊先生的桌上放着许多的小瓶子,小瓶子里装着余宏铭从海边取回来的海水,樊先生用这些海水做各种化学实验,每当有了一点什么结果,樊先生就让余宏铭记下来。两个人每天和这些小瓶子打交道,日子清苦,却也有趣。

只是，到了晚上，刺骨的海风吹进来，小草屋里就不那么美好了，这时余宏铭在小桌上点燃一支蜡烛，呼啸的寒风中两个人无法入睡，樊先生就给余宏铭讲自己的经历。

　　"当时，我在日本留学，一心要走实业救国的道路。正好那时梁先生在日本创办了一家《清议报》，在这家报纸上我读到了许多梁先生提倡维新的好文章，从此我就成了梁先生的一个崇拜者。有时我自己也写文章，寄给梁先生，梁先生不弃，在他办的报纸上将我的文章发表了。那时，我们这些学子得不到朝廷的资助，梁先生就把他写文章得到的润资捐给我们缴学费，所以我们这些人对梁先生是十分崇拜的。记得有一次，在梁先生的报上我读到了一篇文章，那篇文章宣传了实业救国的主张，我读后十分激动，当即立志一定要学好本领，以待来日报效国家。也是我过于幼稚，一个人独居在日本的千叶海滨，秘密地学造炸药，以图掌握军火制造技术，走坚炮利船的救国道路。谁知我的雄心被一位日本校长知道了，他把我好一阵训斥之后，又对我说，俟君学成，中国早亡矣！你说说这个日本校长是何等的狂妄！就这样，我一气之下，暗自立下誓言：实业救国，寡言力行，男儿男儿，勇往直前……"

　　"樊先生，宏铭虽然没有经历过先生所经历过的羞辱，但宏铭愿步先生的后尘，一心走实业救国的道路，不达目的，誓不罢休。"余宏铭听着樊先生的话，心中更是激奋万般，未等樊先生再说什么，他又对樊先生说道，"日本人说不等我们学成，中国早就亡了，这只是他们的一派胡言；只要我们学成了，中国就不会亡，倒是如果我们学不成，说不定中国就要亡了。"

　　"宏铭呀，你这话说得极是。"樊先生已经不再叫余宏铭是什么学子了，他索性直呼余宏铭的名字，推心置腹地又说了起来，"我们总说中国地大物博，但是，地大，要一寸一寸地爱护，而不是一寸一寸地卖掉；物博，更是要一点一点地开发，而不是一点一点地荒废。

　　　　　　　　梧桐庭院

就说这荒无人烟的海边吧,这里每一寸土地里都是盐,但是地面上却又寸草不生,不长树木,更无花草,只有几处破落渔村,一片凄凉景象。再经过庚子之难,八国强盗在这里登陆,早把这里践踏成一片疮痍了,如今莫说是开发实业,就是打鱼为生,人们也是不肯到这里来了。可是,你再想一想,人类只知从一片田里获得财富,却又忽略了占世界六分之一的海洋;中国人只知道海水中有盐,却不知道海水中还有许多金属矿物。开发海洋资源,才真是前途无量呀!孩子,你来看看,在许多发达国家,连牲口食用的盐,凡是氯化钠不足百分之五十的,都认为有害;而在我们中国,就连人食用的盐,其中氯化钠的含量都不足百分之五十,长此下去,中国人就要永远做'东亚病夫'了。一旦战事爆发,那时就连抵御外强的兵员都得不到了,难道我们还不应该早早地做一点实事吗?我们不能光看着那些军阀政客们杀来杀去,到头来,就是有人把天下得到了手又怎样呢?那时的中国早已经是国不成国,而民也早就不成民了。中国再没有人出来振兴实业,那才是没有希望了呢!宏铭,你说是不是这个道理呀?”

“是的,是的,樊先生说得极是。”余宏铭说着,但还是打了一个哈欠。或许是房里太冷吧,到底是一个少年,裹在被子里,没有多少时间,他就再也忍受不住困意了,信口答应着,已经是听不清樊先生的话了。

“睡吧,天已经不早了。”樊先生说着,只是余宏铭已经听不见了,一阵鼾声,倒把樊先生逗笑了,“也真是难为孩子了。”说着,樊先生把被子拉了一下,自己也慢慢地睡着了。

喝海边的苦水不到半个月的时间,樊先生和他的学生余宏铭两个人的嘴唇就泛起了一层白霜,吃什么东西都没有味道,只觉得口干舌燥,连说话的声音都变得嘶哑了。

“要么我们就先回去一趟吧。”是樊先生提出要回城休息一些日子的,余宏铭还想咬着牙再考验考验自己到底有多大的耐力,但一听樊先生说要回天津，一下子，他竟也支撑不住了。

从海边小渔村到天津也就是五十里路程，吱吱扭扭的运盐车，在坑坑洼洼的土路上，硬是走了四个钟头。等到余宏铭向樊先生告别回到自己家里的时候，一走进大门，吴三代几乎被吓得喊出了声来："可了不得了，大少爷，您这是到哪里去了呀？"

"从今往后再不要叫我大少爷了。"余宏铭对吴三爷爷说的第一句话，就是告诉吴三爷爷他已经再不是"少爷"了。"三代爷爷，这次我才知道什么是乡下，也才知道乡下人过的是什么日子，那里连井水都是苦的呀！"

"哎呀，我的大少爷呀，"吴三代听后大吃一惊，立即便对余宏铭说道，"大少爷以为我们乡下人也是每天精米白面、鸡鸭鱼肉地吃着，吃完饭后还有苹果香蕉大鸭梨，那样乡下人为什么还往城里跑呀？能喝上苦水的已经算不错的了，还有连苦水都喝不上的地方呢，大少爷你是不知道呀！"

陪着余宏铭走到后院，吴三代隔窗向娄素云说道："大奶奶，余府里可是出息了，出了救国救民的大人物了，奴才在余府里当了这许多年的差，头一回听见余府里的人说乡下人原来是喝苦水的。知书识字的人能有一副菩萨心肠，中国人也就有救了。"说着，吴三代感动得还真的就流下了泪水。

看着儿子黑成了那个样子，娄素云也是心疼。她一把将儿子拉过来，随着又凑过去嗅着儿子的头发，当即就对吴三代吩咐着说："快些烧开水吧，让宏铭洗洗身子。"吴三代闻声，立即烧水去了，这时娄素云才想起把儿子拉进了屋里。

"快对娘说，想吃点什么？"娄素云从来没看见儿子吃过这样的苦，她一边端详着儿子的脸，一边向儿子问着。

"娘，你别以为我是吃不了乡下的苦才回来的。娘知道，人家樊先生是先留日、留美，后来又去欧洲考察回来的一位大科学家呀。凭

梧桐庭院

人家这么大的人物,为走实业救国的道路率先吃苦,我一个铁血青年还有什么不能吃的苦呢?"余宏铭眼里闪动着光芒,看得出来,他已经被樊先生的精神感动了;再苦的日子,他也是能够坚持下来的。

余宏铭匆匆地洗过身子,在母亲的操持下换过衣服,这才向母亲说起了这些天的经历。娄素云听着,眼里涌出了泪珠,她既为儿子能实践自己的事业高兴,也为儿子吃了这样的苦心疼。儿子长大了,和他父亲不同,身上没有一点惰性,更不像他二叔、三叔、四叔那样自私贪婪,他最像他的五叔,血气方刚,朝气蓬勃,一腔勇往直前的志气,一种要做大事业的抱负。余姓人家能有这样出息的后辈,也真是家道中兴,有望了呀。

"这个樊先生呀,就算要走实业救国的道路,也犯不上吃这么大的苦呀。"看着儿子狼吞虎咽地一口气吃下了平日一天都吃不了的饭菜,娄素云心里真不是滋味。不让儿子出去吧,儿子已经这么大了,若说家里的境况,自然还没有败落到要依赖儿子养家的地步;可是就让儿子在家里吃祖辈留下来的钱财吧,到最后说不定也会和那几个叔叔一样,满脑子的唯利是图,一心只想着搂钱,什么良心,什么人情,一点也不顾了,到头来说不定就变成一个国贼,只留下一个骂名。

"娘,你还记得五叔在家时常说的一句话吧,"余宏铭吃过饭后,对母亲说,"那时,五叔最爱说当年谭嗣同说过的一句话,自古至今,地球万国,为民变法,必先流血。我国两百年来,未有为民变法流血者,流血请自谭嗣同始。今天我们也应该说,自古至今,地球万国,为民创业,必先吃苦,我国两百年来,未有为民创业吃苦者,吃苦请自余宏铭始。不,应该说是自樊先生始。"

"宏铭,看着你能出息成这样,娘心里高兴,不是娘舍不得你吃苦,其实我们这些诗书传家的子弟,并不把吃苦当回事,倒是那些暴发户家的子弟,才时时只想着养尊处优地活着。你父亲没有吃过苦,所以他的救国梦才没有实现；你二叔、三叔、四叔，更不想吃苦，他们一个个地都成了利欲熏心的小人。只有你五叔不怕吃苦，来日他必能成大事业。如今你不贪恋家里的富贵日月，一心追随樊先生走实业救国的道路，娘相信你来日一定和你五叔一样，会做出一番成绩来的。能有你这样出息的孩子，娘也就心安了。"说着，娄素云的眼里又涌出了泪水。

在家里休息了几天，到了第七天，娄素云早早地给儿子打点好了行装，天才放亮，她就送儿子走出了家门。按照事先的约定，余宏铭要早早地赶到樊先生家，樊先生说要雇一辆大一点的车子，多带上一些东西，早早出发，说不定这些天，那间破房子已经被海风刮跑了。真若是那样，他们还要重新动手再造一间房子呢。

余宏铭是坐自家的车子赶到樊家的，樊先生刚刚做好了准备。"你来得好早呀。"樊先生声音洪亮，远远地向余宏铭打过招呼，就匆匆地登车出发了。

坐到车上之后，余宏铭一抬头，看见在他对面坐着一个女孩子。这个姑娘十八九岁的样子，留着当今时髦的短发，一双大眼睛，大方地向余宏铭打量。最初余宏铭以为这位姑娘是樊先生的学生，把樊先生送到城外，然后再回去，谁料余宏铭和樊先生坐在车上，一直走出了天津城，已经走出十几里路程，那个姑娘还在车上坐着，一点要下车的意思也没有。车子又走了一段路程，那个姑娘还取出一个水壶，把水壶递给余宏铭，向他问着："你不渴吗？"

这一下，余宏铭倒有点不好意思了。这些年他一直在母亲身边，除了姐妹，还没有和女性有过任何接触，他第一次和一个陌生姑娘面对面坐着，已经觉得极为不自然，如今人家姑娘又把水壶递给他，余宏铭一下子脸就红了。

"爸，你瞧，你的这位学生脸都羞红了，哈哈……"说着，这位姑娘竟然笑了起来。

　　　　　　　　　　　　梧桐庭院

"人家不像你,疯得没有礼貌。"樊先生不客气地对他的女儿说,这时,他才想起对余宏铭介绍,"忘了告诉你,思南这孩子怕我一个人在外面受苦,一定要随我一同到渔村去。我说你就少给我添乱吧,她蛮不讲理,一步登上车子,再不肯下去了,你说有什么办法?"樊先生说着,脸上流露出对女儿的宠爱。留洋的学者,他们的身上已经没有老学究的迂腐气了。

"我叫樊思南。"不等余宏铭说话,樊家小姐就先向余宏铭说起了话来,真是大方,一点也不忸怩,这也使余宏铭轻松了许多。

"第一次见到樊小姐,如此失态,真是太放肆了。"余宏铭坐在车里,向樊小姐施了一个礼,然后才不好意思地对樊小姐说着。

"爸,你听,说话文绉绉的。"樊思南大方地笑着,向父亲说。

"宏铭太守旧了。"坐在一旁的樊先生向余宏铭说道,"什么放肆不放肆的,时代维新了,效法西洋,提倡女权,这里又只是我们三个人,来那一套没有用的老讲究有什么用呀?大家随便一点才好,我们还要在一起生活呢,总这样局促怎么行呀?"樊先生说着,努力想打消余宏铭的不安。恰这时,车子一摇晃,樊思南的身子几乎靠在了余宏铭的身上,直吓得余宏铭躲到了一旁。

"宏铭呀,考察告一段落,我会把你送到美国深造一段时间,一来学习西方先进的科学技术,二来你也要学学新的生活方式。要变一种方法生活了,封建的那一套崩溃了,完了,结束了,死了,不存在了。"樊先生说着,还用力地摇着双手,以证明他说的一切就是事实。

…………

樊先生建议娄素云送儿子去美国深造,娄素云又是百感交集,夜不能眠,拿不定主意。

找到一个假日,以看望读书的余琴心为名,娄素云带上余宏铭一起去北京,住在了宁婉儿的家里。宁婉儿和昔日的大嫂在一起总是异常高兴,有说不完的知心话,一说就是一个通宵。

"说起来呢，宏铭能够得到樊先生的器重，我心里是高兴的。樊先生想送他去美国深造，也让宏铭有了前程。"娄素云向宁婉儿说。

"大嫂的心情我理解，留住宏铭吧，怕误了儿子的前途，如今北京许多青年进清华园读书，就是要去美国留学。樊先生喜爱宏铭，宏铭是一个有出息的孩子，将来一定会有作为的。"宁婉儿鼓励娄素云说。

"宏铭若真是去了美国……"娄素云还没有说出心里的苦痛，眼窝里先涌出了泪水，哽哽咽咽地已经说不出话来了。

"这也难怪，迢迢万里，一去就要几年，做母亲的怎么舍得呢？"宁婉儿安慰地说道，"大嫂可以想想，当年子鹬毅然出走，家里不也是舍不得吗？大嫂还是应该坚强起来，不可为一己的疼爱误了宏铭的前程呀。"

"我明白，我明白。"娄素云拭着眼窝说，"只是，我还有一桩心事，宏铭去美国之前，我想给他娶妻成家。"

"哎呀，大嫂，你又古板了，现在时代进步，婚事已经不由父母做主了。"宁婉儿劝解地对娄素云说着。

"宏铭选择思想维新，他已经不需要父母之命、媒妁之言了。"说着，娄素云将儿子的变化告诉了宁婉儿。

…………

就在娄素云向宁婉儿说儿子到了成婚年龄的时候，时代进步，生活维新开启了新一代年轻人的心灵，让余宏铭发现了神奇的情感世界。板结的中国大地终于松动，被唤醒的生命会聚成巨大的历史洪流，中国开始了新一代的人生。

樊先生的独生女儿，十八岁的樊思南已经随父亲去过许多地方，从日本到德国，又从德国到美国，她的少年时代是在旅途中度过的。生在一个新式的家庭里，樊先生对女儿从来没有灌输过封建思想，又因到过许多地方，樊思南看到了西方人的生活方式，在她的头脑里，一点传统中国女子的旧观念都没有。樊思南会唱西洋歌，会跳

梧桐庭院

西洋舞,就是在海边小渔村里,在一盏昏黄的油灯下面,樊思南邀请余宏铭和自己跳舞,直吓得余宏铭跑到外面,好长好长时间都不敢进屋。倒是樊先生最后走了出来,把余宏铭拉回房里,然后才自己陪女儿跳起舞来。"哎呀,宏铭呀,你可真是孔家店里的好孩子呀!"樊先生一边和女儿跳舞,一边向余宏铭说着,把余宏铭说得满面通红。

为了帮助樊先生做实验,余宏铭常常要到海边去取海水,从他们住的小房子到海边,至少有两里多地,遇上退潮的日子,往返要走一个多小时。樊思南看余宏铭一个人去海边太孤单,有时就陪他一起到海边去。这时,总是余宏铭在后面一步一步地走着,樊思南跑在前面。跑一段路,樊思南停下脚步,回过身来向余宏铭招手:"喂!你怎么连跑都不会?"一个疯丫头,看着余宏铭这样的笨孩子着急。

也许是故意要余宏铭学会跑步前进,一次,樊思南故意走在后面,只是她不肯老老实实地走路,总不时地拾起一把沙子向余宏铭扬过去,余宏铭怕沙子迷了眼睛,只能往前跑。到底是一个在深宅大院里长大的孩子,没有跑出多远,余宏铭就累得喘不上气来了。

樊思南在后面扬沙子,余宏铭在前面奔跑,一口气跑到海边,余宏铭累得一下子坐在了海滩上。"哎呀,我再也跑不动了。"他说着就躺在沙滩上了。

天上,飘着一朵白云,没有去向,没有风,就是那样自由自在地飘呀飘呀,看着真让人羡慕;白云过后,刺眼的阳光投射下来,余宏铭闭上了眼睛。这时又一阵海鸥的叫声把余宏铭唤醒过来,再睁开眼睛,他看见成群的海鸥正在他的身边盘旋,鸣着,飞着,忽而飞上高空,忽而扑下海面,天空和海洋都是它们的世界,幸福、欢乐、生命原来竟有这样的一种存在。

余宏铭不说话,一双手放在脑后,一双眼睛久久地向天空望着,眼前是一片绚丽的景色。看着看着,余宏铭只觉得心间有一股热流正在涌动,不觉间,一滴泪珠涌出了他的眼窝;回头,他俯在海滩上,双手紧紧地捂住了面孔。

"宏铭,你在想什么?"坐在一旁的樊思南向余宏铭问着,她还在无意地玩着手里的沙子,信手又向余宏铭扬过来一把。这次余宏铭再也不躲闪了,他只是紧紧地闭上眼睛,用心听着海鸥的叫声,他觉得那叫声中有一种呼唤,使他感到充实,更使他感到温暖。

"我知道,你正在听海鸥的叫声,对不对?"樊思南看也不看余宏铭,只是自己一个人自言自语地说着,"多美呀,它们那样自由,又那样勇敢,无拘无束,整个天空都属于它们。天上的白云是它们的朋友,海上的风浪是它们的家乡,没有人要约束它们的生活,它们也不管自己该不该这样飞来飞去。宏铭,你羡慕不羡慕这样的生活?"

余宏铭没有回答,他也无法回答。过了好长时间,余宏铭才对樊思南说:"人能和鸟一样吗?"

"为什么不能呢?"樊思南向余宏铭反问着,"鸟自由自在地活着,人为什么就不能也自由自在地活着呢?"

"可是,把鸟放在咱们的家里,鸟会活不了;同样的道理,把我们放在海上,我们也活不了。"余宏铭困惑地说着,转过身来,又向天空望着,这时正好有一只海鸥从他的头顶飞过去,只把一声长长的叫声留在了他的心里。

"海上有自由,你的家里却没有自由。"樊思南说着,又向余宏铭扬了一把沙子。

"自由,自由。"余宏铭在心里重复着这两个字,一阵一阵热浪滚动着,使他久久地难以平静。

中国人,一个年轻的中国人,当他第一次听到"自由"这两个字的时候,就像盲人第一次睁开眼睛看见光一样,美丽的光,刺目的光,光描画出世上的一切,世上的一切因为有了光才有了色彩和形状。有生以来,盲人只听到声音,只凭借感觉走路,他们知道世界有光,"光"对于他们来说,只是温暖,只是遥远的向往,"光"不属于他

梧桐庭院

们,"光"只是诱惑。

自由,当余宏铭第一次说出"自由"两个字的时候,他觉得似被烈焰烧灼着嘴唇,这两个字烫疼了他的心,烫疼了他的生命,他觉得自己似是放了一把火,更似拨开了天上的阴霾。余宏铭,一个生在旧式家庭中的孩子,有生以来从来没有听到过这两个字,不知"自由"二字意味着什么,不知道自己和父辈们因没有自由失去过什么,更不敢想象一旦自己获得自由,生活将发生怎样的变化。自由,不仅对余宏铭来说太过陌生,对每一个中国人来说都很陌生。

"孙先生一场革命把皇帝推翻了,可是中国人并没有获得自由,中国人心上有一条铁锁链,宏铭,你敢砸碎这条铁锁链吗?"坐在余宏铭的身旁,看着层层涌来的海浪,樊思南向余宏铭问着。

"我心上也有铁锁链?"余宏铭不解地问道,"我的母亲很开明,她恨透了我们这个罪恶的封建大家庭,她从来也不要我们做封建家庭的牺牲品,是母亲送妹妹去北京读书的。妹妹在北京读书,住在我原来的二姨娘家里,这位二姨娘已经被我的二叔休掉了,哎呀,这些事情如何对你说呢?反正这样说吧,我母亲可不是那种旧式女人。"

"那……你们家也是一个主张维新的家庭吗?"樊思南又向余宏铭问。

"不,我的家庭并不像你想象得那样好,我们家只有我五叔一个人追求时代潮流,如今,他正在南方政府里做事,他已经好久没有和家里通信了。我二叔是一个商人,唯利是图,先是做棉纱生意,最近又听说要开大工厂,他的生意已经是越做越大了。听母亲说,他原来是从一个破落公子的手里通过打麻将牌,将一个行将倒闭的工厂赢过来的;为了拖欠债务,他还偷用我祖父的图章给债权人立下保证书,最后被人家发现,人家要我祖父承担责任,几十年的一番辛苦就全都败在我这个二叔的名下了。我祖父为此还生了一场大病。如今我的这个二叔摇身一变,竟做上了天津商会的会长,俨然正人君子,早先他的不轨行为也已经被人们忘记了。就是到了今天,他的生意中仍然有着不可告人的秘密。前几年,他又把我的二婶娘休了,还把一个和他姘居的女人打发掉,随后又娶了一位新夫人,也就是我的新二婶娘,图的是人家的美国势力。你说说这样的人,心里能有多少正义和善良呢?再有我的那个三叔,从小就不肯好好读书,只在家里玩鸽子,养蛐蛐,十足一个花花公子,可是最近他一下子就发财了。你知道他做的是什么生意吗?母亲说,他卖军火。如今中国各路军阀打仗用的枪炮子弹,全是经他的手从德国人手里买来的。你说这样的人是不是民族败类?还有我的那个四叔,也就是把我父亲打死的那个禽兽,他现在就在北京做政客,干着卖国的勾当。生在这样的家庭里,我感到是一种耻辱,我早就想从这个家里冲出去,像我的五叔那样,做一个为民族复兴四方奔走的人。可是,母亲的身边就只剩下我一个人了,我怎么能忍心把母亲一个人扔下远走高飞呢?"余宏铭说着,目光只看向大海,一种巨大的压力使他几乎喘不过气来。

"那……你想做一个怎样的人呢?"樊思南问着,目光紧紧地盯着余宏铭,只等着听他的回答。

"我只想着早一天自立,一旦我有了自立能力,我一定把母亲接出五槐桥,离开那个让她伤心的老宅院。我们虽然不能造福民众,但我们也不能和民族罪人生活在一起。我要带着我的母亲,带着我两个妹妹,从五槐桥冲出去,我要自由!

"我要自由!

"我要自由!"

大海从四面八方传回来余宏铭的喊声,余宏铭全身打了一个冷战,他被响彻寰宇的"自由"声惊呆了。

一个月的时间,余宏铭和樊思南天天在一起,去海边的路上,烧水煮饭的时候,樊思南总是对余宏铭讲述她在国外见到的一切。樊思南告诉余宏铭说,在外国,每一个人都有生存的权利,可以自己选择前途,可以自己选择信仰;每一个人都有发表自己见解的权利,有选择朋友和伴侣的权利。"就说你们家的二叔吧,他表面上是一个正人君子,但他骨子里却是一个恶人,这时你就可以向社会揭发他的所做所为。只要你揭发的是事实,全社会都会支持你,这时他也就不能再做他的商会会长了,因为人们全知道了他的丑恶行径,再也没有人相信他。再譬如你们家的那个四叔,他杀了你的父亲,只要你有证据,你就可以到法院去告他,只要法院判定他有罪,他就要受到法律的制裁。"

"自由,这就是自由!"

"我们再不能像老一辈人那样生活了。"

余宏铭在海边和樊氏父女一起生活了一个多月,有了自己的向往。

而且,最重要的是,在樊思南的身上,余宏铭发现了一个美好的世界,发现了生活的明丽。和樊思南在一起,余宏铭感到幸福,更感到全身热血沸腾。最初余宏铭不知道是什么原因,渐渐地他终于承认了,对于他来说,樊思南已经不仅仅是朋友了。

…………

出乎余宏铭的意料,当他将自己和樊先生的女儿有了感情的事情告诉母亲的时候,娄素云不但没有反对,反而激动得流下了眼泪。面对儿子的选择,娄素云万分高兴,趁着这次来北京,住在宁婉儿家里,娄素云和宁婉儿说起了儿子的婚事。

"孩子们终于不走我们的路了,如果我们早一天知道自己应该做自己命运的主人,也许我们就不会活成这个样子。我们已经受了一辈子的苦,我们为什么还要让孩子也像我们那样受一辈子苦呢?婉儿知道,就是宏铭的父亲,虽然表面上和我和和美美地生活了几十年,可是他对我并没有多少感情,他本来有自己喜爱的女子,只是那时候,老人们没有想过孩子们之间也会有感情,就这样断送了他们两个人的幸福。我虽然和他爸过了一辈子,可是两个人谁也没有感到过幸福。如今只要孩子们自己愿意,我们还有什么不可以的呢?"说起儿子的事,娄素云万般感慨地向宁婉儿说道。

随之,宁婉儿又向娄素云询问了樊先生家里的情况。樊先生是知识界名流,关于他的学识、履历,以及志向、作为,已经是有口皆碑了。只是关于樊先生家的这位小姐,娄素云和宁婉儿都没有见过。宁婉儿想了一个主意,对娄素云说:"找一个理由,让宏铭把这位小姐请到我这里来,大家相识,了解一下这位姑娘的性情。"

"还是婉儿想得周全,维新以来,常说婚姻大事不能再由父母做主了,找个机会,请樊先生家的姑娘和我们一起到北京来,也请婉儿帮我拿个主意。"娄素云高兴地说着。

娄素云选了一个风和日丽的日子,邀请樊家小姐和他们一起去北京游玩。樊家小姐是个大方姑娘,爽爽快快地就和娄素云母子到北京去了。

樊思南虽然年龄不大,但生在自由家庭里,举止甚是大方,来到北京见到宁婉儿,宁婉儿一下就喜欢上了这个姑娘。

娄素云、余宏铭和樊思南抵达北京,宁婉儿在一家饭店设便宴,大家坐在一起,愉快地度过了一个晚上。

席间,娄素云先向樊思南介绍了一下宁婉儿,对她说了婉儿和余姓人家的关系,又说了宁婉儿出走日本的过程,还说了宁婉儿回到天津办《民声报》遭到迫害的事情,这使樊思南越听对宁婉儿越是钦佩。最后娄素云对樊思南说:"宁婉儿,是中国第一代争取女子独立的先驱。"

"嘻,我也是被迫才毅然出走的,在余家大院几乎就要把我憋死了。至今想起来还感到可怕,我简直不敢想象自己怎么会和那样一个无聊的人过了那么多年。"宁婉儿说着,脸上流露出一种对于往事的憎恨。

"不能再像老一辈人那样生活了。我们这一代人,要创造自己的生活,不能再做旧时代的牺牲品。我们要做新时代的创造者,服务社会,做对民众有益的事情。"樊思南说着,目光中充满着坚定的自信。

樊思南的话感动得娄素云几乎又要流泪了。娄素云沉默了一会儿,才又对两个孩子说道:"你们今天的情形,使我想起昔日与我要好的一个女子。这个女子有自己的志向,只是那个时代太无情了,最后这个有志气的女子,被逼得选择了落发为尼。她说这个世界太脏了,只有遁入空门,才是自己唯一的去处。"娄素云说着,想起了自己昔日的好友苏伯媛,后来苏伯媛下落不明,或许早就不在人世了。

"女性的人格,不能依赖社会的恩赐,要自己去争取,要为自己去斗争;先要有女性的价值,然后才会有女性的地位。"樊思南果然思想开放,说出了上一代女人绝对不敢说的话。

"说得真好,我真要为樊小姐鼓掌了。"宁婉儿说着,拍起了手掌,这一下,轮到樊思南不好意思了。她低下了头,怪难为情地说:"思南放肆,在姨姨面前乱说了。"

"孩子,你只管说下去,我喜欢听。"娄素云心里按捺不住对新一代年轻人的喜爱,鼓励他们说下去。过了一会儿,娄素云又说了起来:"唉,我们这一代没有赶上你们这样的好时光呀,就这样窝窝囊囊地活了一辈子。真是白活了,看着你们有自己的好时光,我们从心里高兴的呀!"

四个人越说越投机,一顿晚饭吃了两三个小时,直到饭店打烊,还舍不得离开。

⋯⋯⋯⋯⋯

为准备儿子的婚事,娄素云犯了愁。

老太爷余隆泰去世,一晃十几年,余家大院没有多大收入。虽说老二余子鹏经营纱厂,发了财,如今成了天津首富,还建了新宅院,但老二的财产和娄素云没有一点关系。原来老爹留下的财势，早被这兄弟几人吃空了。老三余子鹤、老四余子鹬，哪个也没少"造"，天知道他们在外面有什么花销，反正是白花花的银子没日没夜地往外流，直流到老爷子留下的钱都花光了，老三余子鹤才迁出五槐桥，还闹分割遗产，切去了五槐桥的一个角落。

余宏铭和樊先生办实业，一时不会有什么收入，娄素云八方节俭，维持着余家大院表面的热闹。如今真的要为儿子准备婚事，娄素云为难了，真是一点钱也没有了。

到底考虑到五槐桥余家大院的名声，还想到市井间的风习，简简单单地就办了这桩婚事吧，委屈了宏铭事小，对不起樊家事大，无论如何也要有点气派。粗略地估算，少说也要几千银洋了。

只是，这几千银洋去哪里借呀？

走投无路，娄素云想到了侯怡君。

侯怡君是个痛快人，看到大嫂有难事，给娄素云出主意说："怎么就不向子鹏要钱呢？他现在已经是一方的首富了，还是大哥大嫂看着他长大成人的，如今大嫂为儿子准备婚事要用钱，他责无旁贷，应该承担下来。"

"唉，二婶娘，这余家大院的事情你是不清楚。大哥这里，承继着老太爷的财产，下面的兄弟都是不花白不花，身为大嫂，虽说我主管家政，可是弟弟们花钱的事，我只能照付，不能过问。哪一个要钱不是名正言顺？读书呀，做事呀，交际呀，那是要多少就得给多少的。老太爷归天之后，大账房渐渐没有了，剩下的一点钱交到我手里，没过几年时间也所剩无几了，加上子鹬去世，余家大院已经是一个空壳了。当年从大账房要钱，是儿子的权利，弟弟们有了钱，那是人家自己的本事，莫说我不会向他们张口，就是真到了过不去，向他们借债的时候，他们哪个也是不肯帮忙的。"娄素云对侯怡君说着，心情极是悲凉，余家大院，没有兄弟感情，这许多年，余子鹏赚了这么多的钱,从来就没向大嫂问过需要不需要钱。"人情冷呀!"娄素云又叹息了一声。

"这样吧,大嫂。"侯怡君对娄素云说,"子鹏经营纱厂,他从来没对我说过经济上的事,我也从来不过问,我自己倒是有些体己,还有我的陪嫁,宏铭的事。尽我所能,绝对不能让孩子太委屈了。"

"那真要感谢二婶娘了。"听侯怡君满口答应,娄素云极为高兴,随后又向侯怡君说,"宏铭的婚事,我自然是一切从简的,孩子也通情达理,没有什么要求。有了二婶娘的话,我就放心准备了,欠下的债,二婶娘放心,我会记在心间的。"

"大嫂说绝情话了,一起出力办宏铭的婚事,怎么还说到欠债的事上去了呢?"侯怡君安慰着娄素云,表示要帮助娄素云办好余宏铭的婚事。

第十章　兵荒马乱

入秋之后，五槐桥余家大院更显冷清，儿子余宏铭追随樊先生创办实业，住在海边滩涂一个叫不出名的小渔村，女儿余琴心在北京女子师范读书，五槐桥余家大院只住着娄素云和侄女余琪心二人。新二婶娘侯怡君很懂事，说是住在南门里大街余子鹏新宅院里太寂寞，与大嫂商量，迁到五槐桥余家大院来陪伴大嫂。侯怡君说，余子鹏外面忙，十天半月也不回家一次，自己又不会烧饭，五槐桥余家大院还有一位老厨娘，烧的饭菜很是可口，迁到五槐桥就为了吃一日三餐的可口饭菜。

侯怡君好像有什么预感，她迁到五槐桥没多少日子，外面就传来军阀要开战的消息。有人看见，从东北方向开来的军车，日夜不停地向西北方向跑；军车上操着枪的大兵，破口大骂，沿途看见路边有做家活的女子，随便说难听的下流话。子牙河畔五槐桥虽然不在城里，不是过兵的大道，但也一片肃杀之气。这也使余家大院失去平静，一片恐怖气氛笼罩在五槐桥的上空。

秋风乍起，娄素云忙着为儿子宏铭和在北京读书的女儿琴心准备衣服，新二婶娘侯怡君陪伴大嫂坐在灯下说话。虽说是两位居家的妇人，不关心世事纷争，只是女儿琴心在写给母亲的信中，告诉母

梧桐庭院

亲,北京情形极是紧张:市民们抢购粮食,有的胡同用砖头将胡同口封死。北京人感到强烈的硝烟味,一场军阀厮杀的大战已经迫在眉睫。

这世界怎么乱到这般地步?几个穷兵黩武的乱世豪杰个个都想独霸中国,从南到北,今天这里开战,明天那里打仗,可怜的中国人呀,家破人亡,流离失所,报上每天都有难民因饥饿、疾病死在逃难路上的悲惨消息。

说话间,远远地传来嗡嗡的人声,带着一种悲恐,像海啸,像风嘶,混浊而又悲凉,孩子的哭声,老人的呻吟声,人们相互的呼唤声混杂在一起,由远及近,一阵一阵涌了过来。

前几天报上说,天津老龙头火车站过兵,天津商会会长余子鹏率领各界贤达到火车站迎接慰问。兵车在老龙头火车站停下,余子鹏率领地方贤达登车,见到一位军阀的旅长,呈上一纸欢迎文书,将两百两黄金抬上火车。军令如山,不敢停留,急匆匆火车鸣笛,咕隆咕隆开走了,大兵们没有下车,万一大兵下车,呼啦啦将天津卫洗劫一圈,半个天津卫就没了。

嗡嗡的人声越来越近,娄素云和侯怡君越来越不安,这时住在前院的吴三爷爷走进后院,站在窗外,向娄素云禀告说:"少奶奶,大堤上下来饥民了。"

到底是侯怡君年轻几岁,胆大,安抚好大嫂,随吴三爷爷向前院走去。

走到前院,吴三爷爷将院门稍稍拉开,只见子牙河大堤上黑压压地拥过来成千上万的饥民。

黑压压的人流,缓缓地移动过来,孩子的哭声,老人的呻吟声,越来越近,侯怡君看着,被吓得全身颤抖。

吴三爷爷看着两位少奶奶被吓得面无血色,便安慰着对她们说:"历来是不怕灾民,只怕兵匪,灾民拥进天津卫,已经不是一次两次了。每逢灾年，山东大旱，河北大水，还有连年战事，总有十万八万的灾民拥进天津，逃难有逃难的规矩，乡里没有饭吃的老人，拖家带口，进城讨饭，挨家挨户乞讨，天津人行善，总会施舍些剩饭米汤。多少万灾民拥进城里，等着救济，灾民不骚扰民家，连挨家挨户讨饭都不行。少奶奶知道开粥厂舍粥的事吧？老祖宗在世时，平常年月，每到冬天都要开设粥厂，那场面可隆重了，就在善人牌坊外面，搭起大大的席棚，每天几担米，子牙河两岸的穷苦民众，每天都能讨一盆粥。有几年，还舍过棉衣呢，那时候子鹇先生还宣读一纸告天下书，连我走在子牙河堤上都有人向我致谢呢。"灾民从子牙河大堤上拥过来，发现了五槐桥余家大院门外的善人牌坊，好像有人对后面的灾民说了什么，灾民停下来，席地坐在善人牌坊下面。

听说灾民静坐在五槐桥余家大院门外的善人牌坊下面不肯走，娄素云慌了。前些日子市间就传着饥民"吃大户"，说是什么什么地方，被战争逼得逃难的饥民，拥进城市，闯进高门楼，不问青红皂白，找个地方就睡下；多少人聚在院里，找到什么吃什么，一直要把这家大户吃得颗粮不剩，然后再去吃下一家大户。好在饥民吃大户不骚扰民宅，一切金银细软，他们一概不要，对于家里人还格外尊重，吃过之后，全体饥民向这户人家下跪致谢，有的更给这户人家写下借条，保证来年大秋之后，如数归还，以示民匪有别。

侯怡君知道大嫂胆小，只能说些宽慰的话给大嫂壮胆，就是这样，娄素云还是紧张万分地向侯怡君问道："就是他们不来吃大户，院里没有一个男人，谁能出去劝说他们离开呀！"

"大嫂放心，饥民进天津，也不会像闯进小城小镇那样厉害，他们是不会轻易闯进来吃大户的。听说战事已经打到了北京长辛店，北京容不下这么多的灾民，灾民就奔天津来了。"

"事情就出在余家大院门外的这座善人牌坊上，早先老太爷在世，善人牌坊是余姓人家的荣耀，护佑着子孙平安。二婶娘不知，当初老太爷立这个善人牌坊也是有用意的。世上的事情,皆有道,立了善人牌坊,贼不偷,盗不抢,败兵不扰。善人牌坊就和状元牌坊、贞女牌坊一样,比什么都威风。只是如今余家大院早已经成了一个空架子,门外立着善人牌坊,灾民们拥来了,谁能拿钱来救济?老太爷在世时,每年开粥厂,舍棉衣,我操办过的,虽说也要数千大洋,但那时候不是家底厚吗?莫说是千把大洋,就是上万大洋,也算不得什么。如今灾民们聚在善人牌坊下面等着救济,莫说是开粥厂,就是舍上几袋高粱,也拿不出现钱来呀。"娄素云一筹莫展,只能哀叹家境的败落了。

灾民并不知道如今的余家大院已经是徒有其名了,维持日月尚且要节俭,至于救济灾民,实在是没有能力了。

灾民聚在五槐桥下不肯走,娄素云请吴三代出面去解释。吴三代来到五槐桥下,向灾民们说:"各位父老,战火之下,流离失所,也真是可怜可哀了。余姓人家过去慈善为怀,也是天下有名的,只是如今余姓人家不行了,老太爷早就过世,兄弟几人也没有什么财产。说到救济,请各位父老还是找到当局央求为好,余姓人家爱莫能助,大家万不要在这里耽误时间了。"

说了好大一堆央求的话,灾民就是聚在五槐桥下不肯走,倒是也没有提什么要求,但明明就是在等这户慈善人家的救助。

"怎么办?"吴三代从外面回来,向娄素云述说饥民们不肯散去的情形。娄素云没了主意,只得问向侯怡君。

侯怡君又能有什么好办法呢?不理睬五槐桥下面的饥民?虽说也不怕饥民有什么动作,但谁也不能看着这群饥寒交迫的人倒在五槐桥下。行善举吧,谁又拿得出这笔钱?

"你大哥去世,五弟不在身边,四弟更不知去了什么地方,子鹏、子鹤又看不到影……"

"找到他们也没用,他们才不管救济灾民的事,一个靠包办直奉两军的军衣发财,一个开洋行,靠直奉姐妹公司给双方卖军火。现在战火烧起来了,正是他们发财的机会,你指望他们救济灾民呀?没有灾民他们怎么发财呀!"

侯怡君知道余二爷、余三爷的品德,不会指望他们出来帮助大嫂想办法的。

"还是要请吴三爷爷出去,找地方上有威望的人出来维持一下局面,立即砌炉灶,买些米,先把灾民安抚住才好。"

"可是、可是……家里哪里还有什么钱呀?"

娄素云十分为难地说。

看着大嫂娄素云为难的样子,侯怡君迟疑了一会儿说道:"这样吧,前些天大嫂说要为宏铭准备婚事,我这里倒是筹措了一些钱,一时没有别的办法,就先拿出这笔钱来,请吴三爷爷去操办些粮食,送上五槐桥让灾民先喝碗粥……"

听侯怡君说想将为宏铭办喜事的钱拿出来救济灾民,娄素云摇了摇头,叹息地说道:"二婶娘真是菩萨心肠,二婶娘不知,救济饥民要一大笔钱的。"

"大嫂放心吧,钱的事,我再想想办法。实在困难,我回家让我老父亲出面,向美孚油行借点救济钱,也许还能办到。"

娄素云和侯怡君商量了一阵,最后请来吴三爷爷,让他出去联络地方上管事的老人,把炉灶砌上,再买些粮食,先解燃眉之急吧。

天津各处民居都有一位管事人,天津人叫作"地方"。地方不是官差,也不经过选举,就是一片居民里德高望重的老人,市面上有什么事,请他出面维持。

过了一些时间,吴三代回来,满面愁容地向娄素云和侯怡君禀报说:"二位少奶奶,外面的粮价一日三涨,奶奶们的钱,已经买不到多少粮食了。粮商们无论多少钱也不肯卖粮,市间的斗店都关门了。好不容易壮着胆子,说是五槐桥余姓人家派下来的人,才叫开一家斗店的大门,掌柜说,不收现钱,要担保。"

"怎么才是担保呢?"娄素云着急地向吴三代问道。

"斗店掌柜说,担保就是如今提出多少粮食,结账时按市价付钱。奸商呀,今天他们出仓一担米,明天赶在粮价最高的时候和你结账,那时候粮食什么价钱,你就得付他们多少钱。"

"你对他们说,我们是五槐桥余姓人家。"侯怡君还理直气壮地向吴三代吩咐着。

"二位少奶奶,我说过的,那些人是什么也不信呀!"

"吴三爷爷,"娄素云也无可奈何地对吴三代说道,"你去对斗店的掌柜说,我们余姓人家是不会赖账的。"

"我对他们说了呀。"吴三代也是着急地说道。

"他们怎么说?"侯怡君也向吴三代问。

"他们说这年月只认钱,不认人。"停了一会儿,吴三代又犹豫地对娄素云说,"我也对斗店掌柜说了,无论如何他也要将粮食送出来,眼下,余家大院里大少奶奶在家。唉,就像是求菩萨一样,我求了半天,他们才说出了一个办法,只是我不敢向少奶奶禀报。"

"哎呀,无论什么办法,只要将粮食送过来……"娄素云急着向吴三代说。

"斗店掌柜说,要粮食,还是看在余姓人家的面上,要立字据。"吴三代战战兢兢地说道。

"怎么立字据?"娄素云着急地向吴三代问。

"他们说,拿五槐桥余氏府邸的宅院抵押。"

"地契、房契都在我手里,只要他们肯拿出粮食,现在把我们撵走,我立时搬家。"

"有大少奶奶这句话,我就办去了。"

直到后半夜,吴三爷爷才回来告诉娄素云和侯怡君说:"事情都办妥帖了。"

地方出面找人砌起了大灶，火也拢起来了，斗店送来了几包粮食。几十麻袋粮食卸在五槐桥下，饥民们千恩万谢，对吴三代说了好多感激的话；趁着卸粮食的时间，吴三代更向灾民们述说主人家的一番苦心。

"父老们知道，如今的余家大院已经是今非昔比了，这点粮食还是奶奶们和斗店掌柜拿地契、房契做抵押才借出来的，好歹大家有碗粥吃。盼着战火早早平息，盼着大家早早还乡过平安日月去吧。"

饥民们看到粮食，许多人抽噎地哭了起来，饥民中几位老人，走到善人牌坊下面，一齐向善人牌坊跪下，连声地说着感谢的话："积德行善的人家呀，我们都是庄稼人，只吃自己地里长出来的粮食，没向人家伸过手的。知道吃人家施舍的粮食不体面，可是年月不太平呀，头上飞炮弹，家里住不下了呀，我们这才穷帮穷、邻帮邻地一起逃了出来，知道天底下总会有积善人家，我们这才来到了天津。谢谢积善人家的施舍，我们记着老爷奶奶们的恩德，只等着哪年日月平安，有了收成，我们一定回来把这些粮食还给你们。就是一时还不上粮食，过年的时候，我们也要抬着猪羊来给府上拜年的。"说着，几位老人又向善人牌坊磕了三个头，然后才转身向大堤走去。

子牙河堤上灾民喝上了一碗粥，立时哭声、喊声平息下来，余家大院里娄素云和侯怡君也不再感到恐怖害怕了。

夜已经深了，妯娌两人又说了一些闲话。娄素云说，总要有人出去找余子鹏商量救济饥民的事，和斗店立了字据，一定要早早送钱过去。

谁出去找余子鹏、余子鹤呢？娄素云怕自己不能应付五槐桥下的饥民，侯怡君自告奋勇，说自己留在五槐桥，让大嫂去找子鹏、子鹤，无论有什么困难，他兄弟总不能不管。

找余子鹏、余子鹤？

没那么容易。

报上说，直奉姐妹公司总经理余子鹤先生筹办天津商会，社会名流余子鹏先生参选商会会长，两位先生今天这里去演说，明天那里参加恳谈，一上午跑好几处地方。嘴巴没德的人说，你就是放出十只鹰，也捉不到这二位爷。

而且，就在一个月前，一条新闻，轰动了大半个中国：直奉姐妹公司总经理余子鹤先生结婚了。新娘是天津名媛安妮儿小姐，纯正血统的英国小姐，黄头发、蓝眼珠、白皮肤、瓜子脸、樱桃嘴，凡是英国人的优点，都落到这位小姐的身上了。

婚礼在天津著名的卫斯盾大礼堂举行，卫斯盾大礼堂设在老英租界卫斯盾路，是天津最大的基督教大礼堂。每到礼拜日，来卫斯盾大礼堂做礼拜的，都是各国驻天津的领事、督办，还有美孚油行高级职员。凡是有身份的人，才有资格进卫斯盾大礼堂来做祷告，没有身份的洋人，只凭黄头发、蓝眼珠，卫斯盾大礼堂里的上帝也不待见。礼拜日之外，卫斯盾大礼堂对外租用。各界名流，家里有什么喜庆大事，都可以来这里租用礼堂，譬如谁家生了个宝宝要举行百岁贺典，自然要来这里领洗，领洗同时，还有牧师给宝宝起名。著名的小爷，约翰·陈、河童·赵、大卫·于，都是在卫斯盾大礼堂受洗得名的。

哎呀哎呀，节外生枝了，堂堂天津宿儒、诗书传家余氏府邸的后人，怎么娶了一位洋媳妇呢？

已经节外生枝了，就必须交代清楚这桩节外生枝的故事。

安妮儿的父亲，原来是英国南洋烟草公司的高级技师，董事长是南博万(number one)，他是南博吐(number two)。安妮儿住在英租界的一幢小洋楼，自幼娇生惯养。

只是福寿天定，正在安妮儿父亲春风得意的时候，他发现自己好像有了什么小症候，去医院做了检查，医院说是胃癌，找到中医说是噎膈。

有病不怕，治吧，钱上不犯难，西医说要开刀，中医说要补气化瘀。这位大技师,怕开刀手术,又对中国文化颇有研究,于是先到上海做了手术,回来后请中医积极调理。

还是那句老话,医生治得病,治不了命,没过多久,大技师一命归西,抛下妻子女儿,撒手闭眼一去了之了。

老技师生前挣了不少钱,可是金山银山也有花光的时候,偏偏英国妇人又不会过日子,没有几年时光,衣食无着了。

养家活命的重任落在女儿安妮儿肩上。

安妮儿有什么本事挣钱养家呢?

摆小摊,卖豆腐脑,摊煎饼馃子,洗衣服,理发,再等而下之去做舞女,她全不行呀。

这时,英国老乡帮了她的大忙。

英国人比尔,在天祥商场六楼开办了一家天纬球社,是集健身、娱乐于一处的高级会所。老比尔先生和安妮儿一家是多年的邻居,看着安妮儿母女生活陷于困境,老比尔先生来到安妮儿家,和安妮儿母亲商量:"我呢,虽然是老技师的老朋友,可是让我负责你们一家人的生活,也没有能力。安妮儿也不小了,到我的天纬球社去吧,她不是圣功女子中学的优等生吗?英租界几次举办乒乓球赛,都是她拿第一。天纬球社聘请不到球艺高超的教练指导,安妮儿如果放弃圣功中学读书的机会,到天纬球社来,做教练指导,收入不低呀。"

每天到天纬球社学习玩乒乓球的人很多,有高手,有臭手,只要你有钱,随便什么人都可以来天纬球社练球。天纬球社还真出过几位高手,参加过菲律宾举办的乒乓球赛,还拿过大奖,《北洋画报》还做过专访,很是扬眉吐气了一把。

天纬球社是一处高级俱乐部,球社里有乒乓球、台球,还有更高级的地滚球,也就是后来的保龄球。玩乒乓球,花费不高,每小时,租台子四元,请陪练四元。第二个小时起,每小时三元,陪练也是三元。玩高兴了,不走,从下午三点到后半夜两点,包桌,包陪练,只要十元。至于台球、地滚球，那就是另一种价钱了。

玩台球，有人卖了老爹的房子；玩地滚球，据说有人卖了汽车，卖了工厂，最后离开天津，到保定府开小饭馆去了。

在天纬球社做陪练，每小时客人交四元，球社留一元八角，陪练有两元两角的分成，一天下来，不比南洋烟草公司技师的收入低。有人缘好的陪练球师，不仅能养一大家人，还把球友手里的小汽车兑了过来。

安妮儿进入天纬球社，第一个请她陪练的客人就是余子鹤。余子鹤向安妮儿学乒乓球，在天纬球社地板上爬了两个月，他手里握着乒乓球拍，像抓着一块菜板，安妮儿发过来的球，他一个也接不住，接不住球，就得遍地爬着去拾球。天纬球社的球友、教练送给余子鹤一个绰号——余望天。

满地爬，怎么叫望天呢？爬的时候，屁股朝上，如此众人才称余子鹤先生为余望天，绝对实至名归。

余望天先生自己也觉得整天在天纬球社满地爬有失斯文，好办，余三爷在英租界新建的小洋楼极为宽敞，一张乒乓球桌没有多少钱，第二天，就有人把乒乓球桌送到余三爷府上，安装完毕，只等着余三爷打球了。

乒乓球不能一个人玩，又是好办，将天纬球社的顶级陪练安妮儿小姐请来，陪着余三爷打球。不行，人家安妮儿小姐要按时去天纬球社。好办，她不是下午四点去天纬球社吗？余三爷每天上午将安妮儿小姐请到家来陪自己打球，安妮儿小姐在天纬球社陪练一小时四元，余三爷每小时给八元，好不好？

果然，办成了。

只是太累呀，每天半夜两点，安妮儿才从天纬球社回家，连个懒觉都睡不成，第二天又得早早地往余三爷府上跑，活活累死人。没关系，余三爷府上有的是房间，几时累了，随时可以休息。

一切一切极为妥帖，只是万万没有想到，不到一个月的时间，安妮儿小姐陪余三爷玩得高兴之余却稍感不适，不光是不能陪余三爷练球，连天纬球社都去不成了。

　　安妮儿小姐玉体欠安，她得的什么病呀？恶心，吃吗吐吗，看了医生，医生笑了笑，什么话也不说，只嘱咐说回家好好养着吧。回家路上，安妮儿看见一个小贩卖冰糖葫芦，天津人叫糖堆儿。

　　"我要吃那个。"

　　停车，余三爷下去买了一串，哎呀，你们中国有如此美味的食品呀，开车回去，再买十串，嘿嘿……第二个月，卫斯盾大礼堂就举办了一场隆重婚礼，直奉姐妹公司总经理余子鹤先生宣布和英国安妮儿小姐结婚，大报、小报，又是新闻，又是照片，天津卫第一新闻，中国男子娶洋妞儿，为国争光，余三爷可露脸了。

　　余子鹤举办婚礼，家长余子鹏主婚，五槐桥余家大院两位嫂嫂，谁也没有露面，人家余三爷也没给两位嫂嫂下请柬，不好意思了。妯娌们见面如何施礼呀，握手，两位嫂嫂不会；亲吻，吓死两位嫂嫂了，还是不去的好，反正日后有见面的机会。

　　果然，没过多少日子，余子鹤就带着他的洋太太坐着雪弗莱小汽车到余家大院来了。没有一点准备，娄素云慌手慌脚地不知道如何是好，这一桌认亲大宴如何安排呀。她找来厨娘，厨娘说家里已经没有什么珍馐美味了，老太爷在世时日本国送的官礼，还有一些鱼翅，都是五六斤重的干货，至少要泡上十几天才能使用；燕窝还有两盒，是暹罗国送过来的，也要泡发，还要清理绒毛。

　　哎呀，就是包饺子也要准备呀。

　　后来余三爷传话过来："不留下用饭，办完事就走。"

　　"办事？认亲还办什么事呀？叩拜列祖列宗，也要通知族里一声呀。认亲要办什么事，英国有什么礼节？"

　　"结算遗产。"

　　　　　　　　　　　　　　梧桐庭院

"天呀,什么遗产呀?"

"对,就是遗产。

"老爹去世之后,大哥承继一切,按照国际范例,老人去世,第一件事,就是结算遗产。有规定,长子独得百分之五十,其余百分之五十,各兄弟姐妹共分。安妮儿做了余姓人家的媳妇,她要得到她应得的一份。

"律师一会儿就到。"

果然,不多时,律师到了,还请来一位专业的会计师,一番结算,写下了一份遗产分割文书:

长子　余子鸥　已故
长媳　娄素云(长门未亡人)
孙子　余宏铭
孙女　余琴心

次子　余子鹏
次媳　侯怡君
孙女　余琪心

三子　余子鹤
三儿媳　安妮儿

四子　余子鹬(待归)

五子　余子鹣(放弃)

被继承人　余隆泰于××年××月××日因病身亡,留下遗产尚未分割，继承人在平等自愿基础上协商一致，达成如下遗产分割协议，以资共同遵照执行：

云云云云。

"云云云云"的结果，是余子鹤和他的太太，分到五槐桥余家大院固定房产的六分之一，面积算得清楚，自什么地点到什么地点；地上房屋几处，地上六十米，地下六十米，属于余子鹤拥有。动产，分得六分之一，共计银圆多少；被继承人余隆泰遗产部分中书籍、字画等零碎物品，余子鹤宣布放弃……

执行分割遗产文书条文，余子鹤将划归他所有的六分之一的南院房屋，用棕绳围住，窗子、房门贴上封条，连同六分之一的庭院也用方砖围好，看了看，万无一失，这才携妻子扬长而去。

余子鹤牵着妻子安妮儿的小手走出余家大院。走出院门时，安妮儿回头看看立在院里的娄素云和侯怡君，挥挥手嫩嫩地说了一句："拜拜。"

站在空荡荡的院落里，看着余子鹤刚刚用棕绳围住的南厢房，娄素云默默地落下了眼泪，双手捂着脸庞，肩膀剧烈地抽动，强忍心中的万般悲伤，哽咽地哭出了声音。

站在一旁的侯怡君靠近大嫂，搂住她的肩膀，轻声劝解说："大嫂不必伤心，过去的荣华富贵烟消云散，不是任何人的不是，能够做到的，我们都做到了，维护这个大家庭，大嫂更是大大的功臣。眼前发生的事，谁也没有力量阻拦，常说的力挽狂澜，只是一种梦想，呼啦啦似大厦倾，谁也扶不住。大厦未倾之时，大嫂日夜操心，唯恐有一天大厦会倾，如今大厦倾在面前，我们只能冷冷地看着，看着这大厦倾了之后，到底会是一个什么世界。只要有出息的后辈，他们总能再建一座新的大厦。也许他们建起来的新大厦，会是一个新世界，一片光明，正像大嫂盼望的那样，人与人相亲相爱的生活。大嫂看远些吧,四分五裂的旧大厦不倒,新大厦如何筑起来呢?"

"唉,怡君说得是呀,只是,我十九岁进这座大宅院,如今它在自己面前倾倒了,好像天塌了一样。难过呀,唉,难过有什么用。"

娄素云揉揉眼睛,无奈地说着。

这一切已经过去了,分割遗产之后,余子鹤再没了消息,新媳妇安妮儿,也不知道自己怎么就成了余姓人家的成员。试想如果安妮儿知道自己成了余姓人家的成员,余家墓地里将来还有她的穴位,她一定把余子鹤和她的空位划出来,盖座小洋楼呀什么的,也把不动产变成动产,立马就可以租出去,按月收取租金了。

....

子牙河畔五槐桥余家大院煮粥,灾民们喝了一碗热乎乎的粥,孩子们安静地睡了,老人的呻吟声也轻了。听着外面安静了下来,娄素云和侯怡君才放心了下来。

天津粥厂,历来被众人诟病,确实有不良人家,以开粥厂骗取慈善名声,而施舍给穷苦人的一碗粥,那才是勺子搅三搅,浪头打死人。人们诅咒那些伪善人,绝对是他们应得的报应。

五槐桥余家善人牌坊下开设的粥厂,浓浓的一碗粥,虽说未必能立起筷子,至少不会"一眼望穿"。

余姓人家夜半放粥,救济灾民,立即轰动了天津的大小报社。第二天一早,几家报馆就派来了记者,争相采写新闻,找到余家大院,只有两位女性,娄素云和侯怡君更不愿意和这些人说话。一时之间,很是尴尬。

就在吴三爷爷拦在院门口,不让记者们进院,记者们又围在院门口和吴三爷爷喊叫的时候,忽然一辆雪弗莱小汽车开过来,吱地一下,停在了五槐桥余家大院门前。

吴三爷爷以为自己不让记者进院,惹出了麻烦,才想退一步和两位少奶奶去商量办法。车门打开,余二爷余子鹏和余三爷余子鹤从车里走了出来。

记者们看到余姓人家的男人到了，立即围过去，架起照相机，举起镁光灯，啪啪啪，一阵阵强烈的闪光，给气度非凡的余二爷和神采奕奕的余三爷照了许多照片。

"余姓人家夜半煮粥，救济灾民，请问二位先生是出于何等慈善之心呀……"

一群记者围住余子鹏、余子鹤，请二人谈谈济世襟怀。"不忙，不忙，稍候片刻，我们将发表赈济灾民文书。"

哦，余家两位先生，还要宣读赈济灾民文书。

天时未明，余子鹏、余子鹤听说了子牙河五槐桥拥来灾民，娄素云、侯怡君请吴三爷爷联系地方连夜立灶煮粥救济灾民。

正在维格多利舞厅搂着舞女跳舞的余二爷，立即打电话找余三爷余子鹤："老三，赶紧穿上袍子马褂，五槐桥有事。"

"谁死了？"

老三余子鹤醉醺醺地询问。

"反正有事，天一亮，我去接你，立马回五槐桥。好事好事，这次天津商会会长算是非我莫属了。"

余子鹏阅历不凡，一听说五槐桥夜半舍粥的消息，立马就想到天赐良机，捞本钱的机会到了。竞选天津商会会长，要有强大资本，余子鹏只是恒昌纱厂老板，想做天津商界领袖，他还差点资历。如今五槐桥余家大院连夜救济灾民，一定会引起社会轰动，趁机捞个津门首善的美名，天津商会会长的宝座就是他余子鹏的了。

天刚亮，余子鹏、余子鹤就赶到了五槐桥，果然看见余家大院门外围着许多人，有的举着照相机，有的拿着大本本，等着采写五槐桥行善举的新闻。余子鹏、余子鹤二人下车，走进余家大院，不多时又出来，二人袍子马褂，一副严肃面孔。众记者退后，围起半圆圈圈，这时余子鹏和他的三弟，立在余家大院高台阶上，余子鹤展开一幅纸

卷,余子鹏咳嗽一声,清清嗓子,大声宣读起了救灾文书:

> 民国肇建,五族共和,于此国运通达之时,不幸天灾人祸不期而至,天津地处九河相聚,八方财富汇集津门。为报答八方民众于津门多年恩泽,每遇时艰,天津民众必伸出援助之手,尽力助我同胞手足。昨夜,避乱灾民暂聚子牙河岸,衣食无着,嗷嗷待哺,我余姓人家焉能袖手无视?唯我余姓人家,遵从祖训,虽无济世之能,仍当倾力以杯水车薪助我手足同胞于陈蔡之厄。天地知我,绵薄之力,拳拳吾心。谨此唯唯。余家子弟,余子鹏携三弟余子鹤敬启。

哎呀哎呀,当年宁婉儿骂她的丈夫余子鹏胸无点墨,不识真人呀,你瞧瞧,人家倚马可待,进屋更衣的一点时间,一篇救灾雄文便一挥而就,天津商会会长不选这样的俊杰,还选什么人?

嘿嘿,不瞒津门父老,昨天夜半余子鹏给三弟打过电话,立马派人跑到水西村,还记得往水西村里蹭饭吃的那位贺瑜声老先生吗?就是给余子鹏南门里大街新宅院看风水的那位贺瑜声老先生,十块大洋就让贺老夫子写了一篇救灾文书,连夜送回来。就在余子鹏坐着雪弗莱汽车接他三弟的时候,救灾文书已经揣在他口袋里了。

无论什么把戏吧,第二天,天津大报、小报轰轰烈烈登出了余二爷在五槐桥余家大院门外宣读救灾文书的照片,更全文登载了余二爷的救灾妙文。没过几天天津商会成立,选举社会贤达余子鹏先生为首任会长的消息,更是传遍了全中国。

第十一章　风云变幻

历史车轮不可阻挡。

天津商会成立，余子鹏荣任天津商会首任会长，名声大振，如今正参选天津参议会参议员，很是忙得不可开交。

天津参议会是个什么买卖？什么买卖也不是，天津参议会大院原是清朝时的王爷府，原原本本按照北京紫禁城皇宫建的，除了三大殿，绝对是皇宫模样。这位王爷因对大清入主中原有功，又不愿意住在北京，并和顺治皇帝有点不对付。顺治皇帝说，地点由你选，照着我住的这个地方，给你建一处王爷府。

行，就这么办，地点选在天津，离北京近，有点什么事，飞马禀报，不到一个时辰就到了。跑的时候，皇帝从北京出来，顺路就把王爷捎走了。于是大兴土木，一座和皇宫一模一样的王爷府建成了。清帝退位，民国政府不没收前朝财产，王爷府还是王爷府，只是王爷的日子不好过了。民国政府把王爷府买下来，正好南京一位开国元勋和中华民国现任大总统也有点不对付，选定隐居地，随手一点，就是天津，再远就荒凉了。大总统替元勋买下前朝的王爷府，元勋搬进去，立个名号，防止民间骚扰，再挂个半官府牌子，天津参议会。名正言顺，元勋住下了。

梧桐庭院

立了一个参议会,就得有人陪着议长玩呀,于是选举天津参议会代表。天津参议会有参议员六十五名,加上议长六十六人,取六六大顺吉言,行国泰民安大运。善哉善哉。

天津参议会每年开会一次,天津参议会大院没有客房,参议员入住皇宫大饭店。皇宫大饭店房间宽敞舒适,楼上大会议室,楼下维格多利舞厅,出了皇宫大饭店,沿街许多饭庄,鲁菜、川菜、天津菜、苏邦菜,西餐、日餐、印度饭,咖啡厅、居酒屋,五花八门,让人眼花缭乱。

会期十天,时间安排紧凑,每天下午三点从皇宫大饭店集合出发,四点进入会议大厅,参议员入座,相互握手施礼问候,五点开会,议长接见,鼓掌致辞,五点二十分休息,六点下午茶,七点散会,八点用饭。皇宫大饭店附近饭店轮番光临,饭后看戏,或有电影招待会,上演美国最新电影,散场后,夜宵,天纬球社包场健身打球,夜半回皇宫大饭店休息。

皇宫大饭店服务周到,童叟无欺,每套客房有一名美女全程服务。依翠偎红,老少咸宜。

天津参议会开会期间,中国大戏院延请京中名角来津献艺,最是辉煌。法国芭蕾舞团莅津表演足尖舞,大腿满台跑,目不暇接。常有颈椎病老年患者于会议期间病情加剧,连夜送医就诊。各种会议花絮,大小报纸每天都有披露,茶余饭后,花边新闻,倒也活跃社会。

如此一场大会,参议员诸君累得不亦乐乎,每年都有德高望重人士于会后给国家造成不可弥补的巨大损失,呜呼哀哉,鞠躬尽瘁了。

余子鹏竞选参议会议员之日,正有余先生一部书稿出版,鸿篇巨制《易经解疑》洋洋十数万字,厚厚一册,报纸每天报道售书盛况。天津崇文学校,认购一百部,赠予在校学生;学生联名投书报社,向津门大儒余子鹏先生鸣谢。这一番风光,竞选天津参议会议员够范了吧。

余子鹏什么时候知道中国有本书叫《易经》呀！

余子鹏不知道中国有本书叫《易经》，天津有人知道中国有本书叫《易经》。不光知道，还研究多年，颇有心得，写下了一部巨著，藏之名山，只等余子鹏出价买走，再签上余子鹏的大名，就出版面世了。

谁写下了这部巨著？

还记得深更半夜给余子鹏写下救灾文书的那位老学究贺瑜声老夫子吗？对了，余子鹏就是找到贺瑜声老夫子，对他说："人家竞选天津参议会议员的，都是社会贤达，此中有木斋中学校长、南开大学教授、中国独一无二的诗经专家、图书馆馆长，我、我、我、我算哪棵葱呀。"

"好办，我这儿有一部书稿，你拿去印书，写上你余子鹏的名字，立即，就是一棵葱了。"

"这书里写的是什么？好多字我不认识，人家若是问我，岂不要丢脸吗？"

"你当了天津参议会大议员，人们巴结你还来不及，谁敢和你找别扭呀。"

"圣明圣明。"

姜，还是老的辣。

如此这般，余子鹏先生的巨著《易经解疑》就出版了，而且大张旗鼓地就热销了。轮不到了，三天之内加印三版，印数高达多少多少。有找别扭的人说了几句酸溜溜的话，说是余子鹏先生巨著《易经解疑》，每一位天津人手中至少三册：一册带在身边，随时展读；一册珍藏家中，做镇宅之宝；第三册清明祭奠先人，墓前烧掉，送至先人冥灵面前，恭读解疑。

余子鹏先生当选天津参议会议员，第一次登台演说的题目，是《四个想不到》。什么事情让余子鹏没有想到？第一个想不到，原来天

梧桐庭院

津近年发生的变化如此巨大,历数发电厂、电灯房、电车公司、家家洋行、各国租界,数不胜数,琳琅满目,是不是没有想到?

第二个没有想到,余子鹏先生没想到原来天津人生活如此美好。你看各国租界,家家一套小洋楼,人人都有自家小汽车,家家饭店、餐厅日日满座,街边小摊的煎饼馃子更是人手一套,真是没有想到。

第三个没有想到,天津政府父母官对民众如此关怀,维持市容,每天向商户征收清洁费,再每天指派市民义务清扫马路,市民无不称道,算不算没有想到?

第四个没有想到,没想到天津市民对市政领导如此热爱,凡遇市政要人上街,市民一律静街恭让,临街居民家家紧闭窗户,绝不干扰领导出行,算不算是又一个没有想到?

鼓掌,鼓掌,热烈鼓掌。

由此,天津参议会议员余子鹏先生被推举为天津参议会第三位高级参事。

当选参议员,春风得意,摇身一变,余子鹏再不是一介商贾,再不仅仅是天津商会会长,而是一位有资格在议会发表演说、放谈国事、指点江山、左右政局、操纵经济的头面人物了。

只是,风云变幻,余子鹏万万没有想到,他才当选参议员没有多长时间,他的恒昌纱厂险些倒闭,幸亏有马富财在一旁出谋划策,这才渡过了一场大劫,他余子鹏不但没有倒下,反而因此捞了一大笔钱,纱厂更因此而得以发展。没多少日子,他又成为中国北方棉纱业的巨头了。

当然,他也为此付出了代价。

什么代价? 这可是万古不宣的秘密,只有余子鹏自己知道,还有那个开办直奉姐妹公司的余子鹤知道。

余子鹏当选参议员,去北京开会,代表天津参议会晋见段祺瑞,美滋滋地住在万国饭店共商国事。突然一个消息从天津传来，余子鹏星夜赶回天津，下了火车，直奔恒昌纱厂。正困在办事房里的马富财听见余子鹏熟悉的脚步声，立马跑出来，向着正往楼上跑的余子鹏哭喊着说："董事长，完了，完子，大势去矣了。"

"莫慌！"大难面前方见英雄本色，余子鹏不慌不忙地走进办事房，平平静静地坐下，这才向马富财问起了棉纱业的市场状况。

"不好了，不好了。"马富财一阵惊慌，抖动着一双手，向余子鹏禀报说，"日本人杀进来了！"说起日本资金涌进天津棉纱业的情形，马富财就似看到了洪水猛兽，不由得额上渗出了冷汗。

"早预料会有这一天。"余子鹏倒有心理准备，抿了一口茶，冷静地说着。

"董事长，这日本势力可真是太厉害了。"马富财越说越恐怖，他自己就先被吓得失魂落魄了。

天津纺纱业，三足鼎立，以中国企业为一方，此中余子鹏是最强的一位，他开着一家大纱厂，还开着一家大毛纺厂，背后有美国花旗银行的贷款，几年来所向披靡，也算是一帆风顺了；再加上这两年他又和北洋军阀搭上了界，吃上了军装生意，没多少时间，他就成了天津纺纱业的一员主将，也算是一个操纵市场的人物了。天津纺纱业的第二股势力，是依靠日本经济实力的工厂，这其中有裕元、华新、裕大和宝成等几家大纱厂，中国商人的资金很小，主要是靠日本人的经济支持。第三种势力，就是北洋军阀们自己开设的纱厂，全部是北洋军阀们投资，他们操纵着工厂的管理大权。但是，一夜之间，北洋军阀们从他们各自投资的纱厂里把资金全部抽走了，为什么？因为他们已经嗅出了强烈的硝烟味，一场内战迫在眉睫，早早地把资金从天津抽出去，免得日后鸡飞蛋打一场空。

谁料，就在北洋军人们准备打仗的时刻，日本人也在中国大地上嗅出了火药味。他们乘虚而入，一夜之间把原来北洋军方投资的

　　　　　　　　　　　梧桐庭院

纱厂都买了过来,随后他们向天津纱厂施加压力,迫使他们把经营、生产大权交到日本人手里。这些工厂的中国掌柜们虽然不肯轻易就范,可是他们的资金大多是日本方面的贷款,也只能乖乖地把工厂交给日本人。更何况这些纱厂原来就资金不足,他们每日的经营全依赖日本资金。有名的裕元纱厂,全部资金不足一千万,其中向日本大仓洋行东洋棉花株式会社的借款就有六百八十万,这样,只要日本人说一句话,立即,裕元纱厂就变成日本人的纱厂了。于是,就在余子鹏做发财梦的时候,第二天早晨一看,除了寥寥几家中国纱厂,天津大部分纱厂全落到日本人手里了。

“我是没有这么大的能耐了。”马富财看着恒昌纱厂的产品全都压在栈房里,一筹莫展,几乎哭出了声音,“余掌柜,经管着恒昌纱厂,我马富财不为不忠,除了你给我定的月薪,我没有多拿恒昌一分钱。中午这顿饭,我和工人们一起吃纱厂的饭,晚上二两酒,都是我马富财自己掏的腰包。山西人有山西人的脾气,俺们理财,不能让人挑出板眼来——爱财,不能爱上人家的财。可是如今咱们是孤军作战,咱一个人一张嘴,人家八个人八张嘴,一张嘴,就把咱们吞下去了。余掌柜,我是没有办法了。”马富财说着,无可奈何地抖着双手,他是一点办法也想不出来了。

每天早晨的报价,对于马富财说来,就是一道鬼门关。棉纱的价钱已经被压到了最低点,七八家日本纱厂一齐抛棉纱,一下子把天津棉纱市场压垮了。恒昌纱厂门外人烟稀少,一天也不见一个人来谈生意,找到厂来的人,全是催款讨债的,再有就是催着给人家腾栈房的。恒昌纱厂的货,在人家栈房里压着,卖不出去,再不见发货,人家就要把货给你送回来了,人家的栈房不能老由你占着。

“董事长,您老没有想到,美国银行的贷款利率,一夜之间,也上涨了一倍;这明明是和日本人一起设好的陷阱,趁火打劫,逼着中国工厂倒闭。”马富财几夜没合眼,眼睛里的血丝几乎要渗出眼窝。据马富财估算,恒昌纱厂如果半个月之内想不出对付日本人的办法,就是把恒昌纱厂全兑出去,也还不清美国银行的债。

天雷轰顶,余子鹏一下子要走到绝路的尽头了。

天下事瞬息万变,谁会想到堂堂天津商会会长余子鹏大人,居然就要在一夜之间破产了。日本人太恶毒,当余子鹏得知日本人几乎吞并了天津所有的纱厂之时,他早已经四面楚歌,再也没有一点反抗的力量了。天津几十家纱厂,北洋军阀们开的纱厂,资金全部被抽走了,他们如今只想着争天下,开一家小工厂,已经没有多大的意思了;招兵买马,赶早各自回到自己的老窝去,再恋着天津的财运,天下就不知道落到谁人手里了。得知北洋军阀从纱厂抽走资金,日本人一马当先,一下子把天津棉纺业抓到手里,随后,他们又向那些有日本债务的中国纱厂催债,天津纺纱业本来就在日本人眼皮子底下讨饭吃,如今日本人翻了脸,他们哪一个也不敢出面和日本人斗。不就是要钱吗?把工厂给他好了,明天就把工厂送过去,这些天津商人们全都被吓跑了。

洪水猛兽面前,只剩下一个余子鹏,日本人要收拾他,易如反掌。一夜之间,日本人把棉纱抛出来,美国人再看到天津银根吃紧,突然间又提高利率,祸从天降,余子鹏成了瓮中之鳖。余子鹏当然能想得出来,半个月之后,他会变成一个什么人物:那时,他就要从天津商界的首富,变成一个破产的穷光蛋。他经营多年的恒昌纱厂和恒昌毛纺厂,就要被日本人吞并,美国花旗银行还要逼他还债。为了还上这笔阎王债,他要卖掉南门里大街的房产,还要卖掉他的全部家当。那时他就要露宿街头,人们再见到他,不是称余二爷,而是老余、余大爷了,幸灾乐祸的人,还会看笑话:"姓余的,你也有今天?没想到吧!"

…………

喝酒,和所有的中国人一样,余子鹏大难临头,最后逃避的办

222　　　　　　　　　　　　　　　　　　　　梧桐庭院

法,就是喝酒。

"日本人,你好狠毒呀!"就在恒昌纱厂二楼一间小房里,余子鹏和他的老搭档马富财面对面地坐着。两瓶老酒,马富财酒量大,喝光之后一点事没有;余子鹏心乱如麻,只半瓶酒下肚,就满口胡言了:"马掌柜,咱们全是日本人的手下败将,你知道,我的老爹,当年也是败在日本人手里;还有你马富财,也是被日本人杀得落花流水。难道日本人就真有这么大本事吗? 不是日本人本事大,是中国人太没有本事,没有一个地方保护中国人。在中国的地界上,日本人想什么时候放货就什么时候放货,市场完全操纵在日本人手里,人家一压价,你就得赔着本钱卖,等到你卖出去了,人家再把价钱抬起来,里里外外是你吃亏,里里外外是日本人得便宜,你本事再大,还能把天扭过来吗? 再有就是银根,中国人要用钱,你就得向外国银号去借,中国就没有一个银号能够做中国商人的后盾,眼看着被人家欺侮,你就一点办法没有。假如现在真有一家中国银号有实力,我余子鹏就向那家中国银号把钱借出来,先把美国银号的钱还上,这时,我余子鹏若是再怕他们,我就是王八蛋!"余子鹏借酒消愁,没想到越消越愁,到最后他顾不得斯文,已经出言不逊了。

"余二爷,别喝了,想正经办法才是正道呀!"马富财在一旁劝解余子鹏说,"大丈夫能屈能伸,做生意哪有一帆风顺的? 人生一世也有个三起三落,咬紧牙关,没有过不去的火焰山,实在不行,你就先出去躲避几天,天塌下来,有我在这里顶着。我就不信他们还真能把一个光棍汉的脑袋揪下来。"

"算了吧,"余子鹏一挥手打断了马富财的话,随后又万般气愤地对马富财说,"还有那个美国势力,我算认识清楚了,他和日本人一样,都是乘人之危落井下石。明明知道日本人要吞并中国纺纱业,他不但不帮助中国商人共渡难关,反而提高贷款利率,这不明明就是和日本人串通一气,置中国商人于死地吗? 恨就恨北洋政府无能,他们眼看着中国商人被人吃掉,就是袖手不管。当然,他也管不了,他光顾着打内战了,还管什么商人?被日本人吃掉就吃掉好了,日本人手里的钱多了,他正好向日本人借钱买军火。完了,我算完了。我对不起我死去的大哥,我对不起人家宁婉儿,我把人家宁婉儿逼走了,和他们侯家结了亲,谁想到最后我就是败在了他们侯家的手里?若不是他们侯家牵线,我怎么就和美国搭上关系了呢?美国人不够朋友,眼看着我被日本人吃掉,他非但不帮忙,反而趁火打劫,再狠狠咬我一口。马掌柜,你看明白了吗?指望谁也不行,还得是中国人救中国人。我只恨自己没有跟着学生们一起干,早就该打倒帝国主义了,再不打倒帝国主义,中国人就没法活了!"余子鹏喊着闹着,一双拳头狠狠地砸着桌子。

"董事长说的都是官话,打倒不打倒帝国主义也不是咱们商人说了算的,眼下就是日本人要把咱们吞掉。董事长,你说吧,咱们是认输呢,还是豁出命来和他干?"

"你说什么?"余子鹏眼睛一亮,他从马富财的话里听出一线希望,立即放下酒杯,抖动一下身子,把三分醉意抖掉,瞪圆了眼睛向马富财问道,"你说还能和他拼?"

"怎么不能呢?"马富财说着,也来了精神。他走出小房,向两旁张望,没有发现可疑人影,这才回来,关上房门,凑到余子鹏耳边,极为神秘地向余子鹏说道:"魔高一尺,道高一丈,天下没有破不了的天门阵。"

"哦,怎么个破法?"余子鹏也向马富财靠近一步,更是压低了声音,诡诈地问道。

"董事长可豁得出去?"马富财面色冷峻地向余子鹏反问道。

"不就是一条人命吗?"

"好汉子,马富财就佩服英雄豪杰。"马富财一时放肆,竟然在余子鹏的肩膀上拍了一巴掌。

"这可是背水之战,成了,董事长别念马富财有功;不成,董事长也别怪罪马富财多嘴。"

"你说吧!"余子鹏已经孤注一掷,横下心来,他是做好鱼死网破的准备了。

"董事长,要对我说实话,你现在有多少家底?"马富财眼睛直逼着余子鹏问着。

"人头一颗。"余子鹏说了江湖话,表示他已经一文不名。

"这年月就是人头不值钱。"马富财摇了摇头说。

"就是这颗人头也不能在日本人面前奋拉下来。"余子鹏咬牙切齿地说道。

"好!有志气。"马富财赞赏地说。

"光靠志气救不活恒昌纱厂。"余子鹏又气馁了。

"只有钱才能救活恒昌纱厂。"马富财转弯抹角地向余子鹏说。

"要多少钱?"余子鹏冷冷地问。

"少说几千万。"

"啊!"余子鹏吸了一口凉气,对于余子鹏来说,几千万也是天文数字了。

"这就看董事长怎么个打算了。"马富财平平静静地说着,"董事长若是在日本人面前认输,恒昌纱厂倒闭,那也就一分钱也不需要了,好歹恒昌纱厂这些破机器还能顶几个钱,打发工人也还够用。"

"我若是不想倒闭呢?"余子鹏不服气地向马富财问道。

"那就要大宗地进原料,找英国人买机器,热热闹闹地在登瀛楼饭庄摆酒席,庆祝……"

"庆祝什么?"余子鹏着急地问。

"唉,想庆祝,词多着呢,什么庆祝恒昌纱厂扩大厂区呀,庆祝董事长五十大寿呀,庆祝恒昌纱厂门外大桥通车呀。想庆祝还愁没由头吗?"

"拿钱往大河里扔？"余子鹏疑惑地向马富财问。

"不扔钱，你就休想打败日本资本。你大宗地进原料，日本人一看，你要扩大规模，他先被吓一跳；你和英国订机器，日本人一看，你想把日本资金压下去，他又被吓一跳；你大摆宴席，把他吓破了胆，好家伙，余子鹏这是想干啥呀？就这时候，再如此这般的一动作，董事长，我保你化险为夷。"

"还有，还有，"马富财说到高兴处，口若悬河，接着给余子鹏出歪招，"他日本压价放货，咱买。你放多少，我买多少，把你的货全买走，等你手里没东西，我放。我放，可就不客气了，这一买一放，就把他日本人打趴下了。"

高见，高见。

"只是，去哪里借这几千万现金呀！"余子鹏叹息了一声，没有办法了。

…………

第二天晚上，登瀛楼饭庄大摆酒席，余子鹏请来天津商会全体商号的经理、董事，什么理由也没有，喝酒。

经理、董事们也不是非凡之辈，平白无故，余子鹏请的什么客？也有人猜测，天津棉纱业眼看着就要全军覆没了，余子鹏果然"风萧萧兮易水寒，壮士一去兮不复还"，他要背水一战，不成功便成仁了。

酒过三巡，余子鹏已经有了三分醉意，借着酒劲，他站起身来，向着满餐厅的棉纱业同仁，高高地举起了酒杯："各位同仁，各位朋友，一醉方休！"

不等众人回应，余子鹏先将一杯酒喝了下去，也不看席间有没有人举杯，又乘兴对席间的人说道："各位同仁一定想知道余子鹏何以今天宴请诸位？"

"子鹏热心交际，设宴的事，已经不是一次两次了。"棉纱业同仁中有巴结余子鹏的，先出来说好听的话。

226　　　　　　　　　　　　　　　　　　　　梧桐庭院

"不对。"余子鹏一摇脑袋,回答着说,"今天我设宴,是有事向各位同仁求助。"

"干杯,干杯!"人们还没有在意余子鹏今天设宴的原因,大家还是热热闹闹地高谈阔论。

"余子鹏宴请诸位同仁,只为了一件事情:酒席之后,今天在座的诸位同仁,都要将你们全部资金借给我。"

"啊!

"会长醉了,会长醉了。"

"子鹏没醉。"余子鹏冷静地向人们说着,"子鹏明白得很,子鹏只是要告诉大家,以天津棉纱业同仁个人的力量,在日本资金面前,不久就会全军覆没。说句不当的话,连我恒昌纱厂都支持不住了,大家还能支持几天呢?"

说到眼前的严峻现实,棉纱业的经理、董事们都呆了,一个个只举着酒杯,说笑的精神顿时没有了。人们只看着余子鹏,想听他有什么打算。

"日本资金来势凶猛,美国人袖手旁观,怎么办?是大家一个个地破产,还是拧成一股绳,破釜沉舟,背水一战?打退日本资金,大家都有前程,胜负在此一举;被日本人吞掉,咱们谁也休想有好日子过了。"

"子鹏有什么高见?"人们向余子鹏问道。

"子鹏没有高见。"说着,余子鹏举起几十双筷子,学着他老爹在世时对西北客商们的样子,向众人表演:一双筷子容易被折断,几十双筷子,再至于几百双筷子,就再也没有任何力量可以折断了。

"啪"的一声,余子鹏又将他刚才举起又没有折断的筷子重重地放回桌上,然后才大声地说道:"我就是咽不下这口气,天津是中国人的天津,天津棉纱业同仁怎么能一个个败在日本资金的手下?子鹏以为,只要天津棉纱业同仁万众一心,不计一厂一家的私利,眼光往前看……"

"子鹏，有话你说吧！"人们等得已经不耐烦了。

"从明天开始，天津棉纱业同仁的资金全部拨到恒昌纱厂名下，恒昌纱厂冲锋在前，把日本纱厂放出来的货一口气全买下。日本资金捉襟见肘，将货压上一个月，随后我们再放水，突然出手，必能转败为胜，从此大家立于不败之地。抵挡住日本资金，我余子鹏立即还钱，加息一成五，信得过我余子鹏，大家的钱，一文不少，比平日经营还有赚头；怕我余子鹏一败涂地，五槐桥老宅院，南门里大街新房产，老爹生前在三井洋行的股票……"

"好说，好说。"

天津商会同仁一片欢呼雀跃。

"祭酒盟誓，哀兵必胜，我余子鹏先把这杯酒喝下去了！"说着，余子鹏举起手中的酒杯，满满一杯酒，一饮而尽，眼泪涌出眼窝，余子鹏已经是孤注一掷了。

…………

五天之后，棉纱市场形势急转直下，日本人惊奇地发现，恒昌纱厂投入大量资金，大批原料源源涌进恒昌纱厂，恒昌纱厂的生产兴旺异常，市场上日本人倾销的货物，恒昌纱厂全部买断存进货栈。恒昌纱厂一股歪劲发疯，向日本资金反扑过来了。

而且最令日本人大惑不解的是，恒昌纱厂居然投下大笔资金，周转原料，更新设备，购进上海原料成品，一下子，将上海棉纱期货市场的价位抬上去了。

做生意，日本人绝对精明，不能和恒昌纱厂对峙，天津人敢鱼死网破，赌场里输急眼，剁一节手指押赌桌上，不算新鲜事。

日本人"尿"了，急转直下，日本人再不敢放货，吞掉中国资本的野心收拢了。

天助余子鹏也！

梧桐庭院

更有一桩意外事件,帮助余子鹏渡过了难关。直皖开战,战争历来是经济繁荣的强心剂,打仗了!

化险为夷,余子鹏松了一口气。为了感谢马富财的仙人引路,余子鹏特意为马富财备下一桌丰盛的酒席,两个人开怀畅饮,放松放松这一阵紧张的心情。

酒过三巡,马富财向余子鹏说道:"董事长看见了,马富财早就预测,这战事迟早要打起来的。"

马富财说的战事,正是如今直系军阀段祺瑞和皖系军阀吴佩孚之间的一场战争。这两个大军阀,摩擦了好几年,今天段祺瑞扬言要收拾吴佩孚,明天吴佩孚扬言要收拾段祺瑞。段祺瑞和吴佩孚交恶已久,有人预言这两个人最后一定要动家伙,只是军阀兵痞,不到最后关头谁都不愿意轻易出手。当今之时,群雄割据,打仗,两败俱伤,螳螂捕蝉,黄雀在后,军阀之间无论有什么深仇大恨,谁也不敢轻易动手。

"到底打起来了。"余子鹏舒出一口气,分明是为终于等到了这一天而欢欣鼓舞。

打起来了,打起来了!五槐桥下的灾民饱受战火劫难,妻离子散,四处逃难,就在娄素云于五槐桥下施舍灾民不久,余子鹏却在为终于开战兴奋不已,天下寒暑,不同的人,真是感受不同呀!

"我早就说,你段祺瑞莫要和吴佩孚作对,明明鸡蛋往石头上撞,吴佩孚就是一个无赖,他是什么事情都干得出来的,为什么他联合奉系?明明就是冲着皖系来的。董事长,你莫看富财是个商人,军界政界的事都瞒不过我。不就是抢地盘吗?大炮一响黄金万两,打仗比开纱厂赚钱多了。唉,可怜段祺瑞,经营多年,好不容易拉出来的队伍,碰上直系,几下子就被打得落花流水,听说死的那些人呀,堆成了山,哎呀,太惨了太惨了。"马富财说着,打了一个冷战。

"直系绝对胜了?"余子鹏向马富财问着。

"稳胜了,稳胜了,段祺瑞大败,从此之后,天下就是吴佩孚、曹锟的了,北京国会也是吴家的天下了。"

"好!好!"余子鹏连声喊了两个"好",果然天助余子鹏,他的生意到了。

直皖战争,使得直系、奉系连成一股势力,皖系从此一蹶不振,已经是大势去矣了。

奉系势力和直系势力独霸天下,奉军进京,更要借势发展。果然没有多少日子,天津棉纱业市场大振,奉军紧急征购军需,天津物价暴涨,余子鹏的生意火起来了。

"也是董事长平时太忙,顾不来战事,富财闲得难耐,每天纱厂下工之后,就买张报纸看着消遣。我天天看报,莫看今天直系奉系合起来打皖系,说不定哪天这两家还打仗哩。俺们乡下人有见识,别看今天黑狗咬黄狗,明日黑狗黄狗,合起来一起咬老狗,这就是太平盛世,狗不咬狗叫什么世界。马富财不是粗人,有点学问着咧。"

"就是就是。"余子鹏极是赞赏地感叹着。

说到得意之时,马富财掏出一张报纸,找到一篇文章,戴上老花镜,饶有兴趣地给余子鹏念了起来:"董事长,你听听,奉军进关,昭告天下,告示说:慨自国体改革以来,干戈满地,灾歉连年,国濒于难,民不堪命。现在浙有水患,苏有米荒,直豫鲁奉,赤地千里,天灾示警,民不聊生,稍有人心者,岂堪再启兵戎,害我无告之黎遮?哎呀呀,这文章写得好,凡是打仗的文章都写得好,诸葛亮发兵之前写了《出师表》,世世代代,学生们不是都得背诵?"

"行了行了,留着你的好文章回去看吧。"余子鹏不想研究学问,打了个哈欠,听厌了。

"打仗的事,咱就是看个热闹,只是这仗一打起来,生意就好做了。奉军进关之后,头一件事,就得操办军需,一人一套军衣,董事长算算,那该是多少匹布呀?一匹布市价四十,回扣他二成,咱落三十

梧桐庭院

二,再加上送礼、请客,董事长,日本人错过好行市了。"马富财收起报纸,和余子鹏说起了生意上的事。

…………

得意扬扬,余子鹏和马富财促膝谈心。更请马富财开洋荤,余子鹏拿出一瓶洋酒,关上房门,倚坐在沙发上,一边哼着京剧,一边慢慢地品着洋酒的美味,神仙般,好一番人间的无限享乐了。

"佩服,佩服。"马富财给余子鹏倒上一杯酒,脸上笑得活似绽开了一朵鲜花,马富财已经是按捺不住心中的高兴了。

转败为胜,余子鹏今天兴高采烈,渡过一场生死劫难,日本资金砸在他手里了。

"马掌柜,实话对你说,恒昌的生意,分毫无损。"余子鹏狡诈地向马富财说着。

"这,富财怎么会不知道呢?"马富财是何等精明的人,生意道上的鬼点子,那是骗不过他的。全天津多少家商号的资金全划到恒昌纱厂的名下,虽说只是一个姿态,但恒昌纱厂购进了大宗原料,确实用了大家的钱。恒昌纱厂的成品货,压在库房里,棉纱市场价格上扬,引动日货南下,再赶上直皖战争爆发,日货走了,恒昌纱厂的存货出来,余子鹏起死回生,他把日本资本挤出天津棉纱市场了。

"兵不厌诈,做生意就要敢唱空城计。"马富财不无钦佩地向余子鹏说着。

"靠马掌柜仙人引路,子鹏才渡过了这道生死关头。"余子鹏不忘马富财的恩德,感激地说着。

"富财不敢当。"马富财谦虚地说,"做生意靠的是运气,谋事在人,成事在天,靠的是福分,有时候看着似是不行了,可是人家有那么大的造化,就是天塌下来,人家也扛住了。有的时候,明看着是一笔发财的生意,可是到了他的头上,鸡飞蛋打了。天下至理,无毒不丈夫,舍不得孩子套不住狼,还有还有,往下怎么说的,那就不好听了,哈哈哈哈。"

余子鹏击败日本资本吞并天津棉纱业的事情,轰动大江南北,天津商会声名大振。余子鹏一条好汉,居然敢和日本资本对抗,男子汉大丈夫,遇事敢作敢当,把全天津商会的资金汇集在一起,对抗日本资本,只有余子鹏有这个胆量。从此,余子鹏不仅成了天津棉纱业的巨头、天津商界的主心骨,连日本人也没有想到,中国人当中还真有人敢于带头和日本资本较量,日本人更没有想到,天津商人团结一致,众志成城,起死回生,筑牢了天津实业界的铜墙铁壁。

天津棉纱业商会,登瀛楼饭庄大摆酒宴,余子鹏向众人致谢,众人更向余子鹏致谢。一场生死战,打得漂亮。

"感谢诸位同仁大力鼎助。"余子鹏举着酒杯,满面春风地站在众人面前讲着,"这次天津棉纱业同仁能够渡过难关,真是一招险棋。想当初,日本资金铺天盖地而来,那真比洪水猛兽还要可怕,天津同仁当中,只怕谁都没有力量扭转乾坤,抗击日本资金,保住天津实业。子鹏虽首当其冲,站出来迎击,但也知,一旦失手必是身败名裂,此时此际,余子鹏不下地狱,谁下地狱?"

一片掌声打断了余子鹏的讲演,稍事安静之后,余子鹏又向众人说道:"那一天,子鹏表明众志成城,才成千钧之力。二十年前,先父大人供职于日本三井洋行时,鼓励中国商人团结抗击日本经济入侵。彼时日本商人飞扬跋扈,低于市场价格四成强买中国土产。中国客商敢怒不敢言,求到先父大人门下恳请帮助。那时候子鹏还小,只记得先父大人先取过一双筷子,稍一用力,就将两根筷子折断了。随后先父大人又取过一把筷子,无论如何用力,几十双筷子放在一起,谁也折不断。"

"令尊大人圣明。"众人齐声说道。

"可是后来呢,先父大人帮助他们创立了商会,希望他们结成壁垒,与日本资金对抗,只是没有想到那些商人只图一己的私利,明着

梧桐庭院

对抗日本资金,暗中一个个地和日本做生意,商会如同虚设,最后一个个全败在日本资金的手下,三井洋行大获全胜,中国商人全都破产了。"

"教训教训。"众人更是一片唏嘘。

"所以,渡过难关事小,大家一心事大,今后只要大家同舟共济,共谋发展,中国实业就可以永远立于不败之地。"一片掌声之中,余子鹏结束演说,很是为自己一番宏论得意万分。

余子鹏在众人面前正发表演说,抬起头来,突然看见马富财出现在大厅门外,远远地向他招手,分明是有什么紧要的事情要向他禀报。

马富财是个无事不露面的人,而且有好事时,他不着急,几时看见你,几时告诉你;马富财突然出现,一定是遇到了什么难题,而且十万火急,大多时候不会是好事。

余子鹏匆匆走下讲台,向马富财走过来,还没等余子鹏走近,马富财就赶过来向余子鹏着急地说:"董事长快到纱厂看看去吧。"

余子鹏心里一跳,猜想一定是纱厂遭遇了意外。这些日子余子鹏心惊肉跳,刚渡过难关,心神还没有稳定,马富财赶来找自己,凶多吉少。

"什么事?"余子鹏当即向马富财问道。

"余四爷回来了。"马富财禀报说。

"哪个余四爷?"余子鹏没听明白,向马富财问道。

"四先生,就是府上余四爷余子鹪呀。"

"呸,小王八蛋,他回来干吗?"

余子鹏恶狠狠地骂了一句。

"唉,灰头土脸的,看神色没混好。这两年余四爷在段大帅手下得意,现如今段大帅跑得无影无踪了,吴大帅抓着段大帅的人就地正法,我看余四爷的意思是想回来避避风险。"

"让他滚蛋。"

"嘻,兄弟手足,不能见死不救呀。"

"滚他的蛋去,死有余辜的孽障。"

老四余子鹩,在大哥余子鸥遇害之后,一走便没有消息,去年回来了一次,撺掇他三哥余子鹤做军火生意,只听说投奔到段祺瑞名下,混得很是可以。今天他怎么突然回来了呢?四土匪历来不是好东西,从来没做过好事,大嫂对他恨得咬牙切齿,他回到天津,又找到恒昌纱厂,一定不会有好事。

随马富财匆匆赶回纱厂,客厅里余子鹩果然一副倒霉德行,正无精打采地等着他二哥呢。

"二哥。"余子鹩欠了欠身子,无力地唤了一声余子鹏,又瘫坐在椅子上了。

"你怎么回来了?"余子鹏看了余子鹩一眼,冷冷地问道。

"完了。"余子鹩没头没脑地说着。

"什么完了?"余子鹏也是没头没脑地问着。

"段将军完了。"余子鹩说的段将军,就是皖系军阀段祺瑞。一场直皖战争,段祺瑞大败,形如丧家之犬,向吴佩孚求和,如今已经被吴佩孚追得无处藏身了。

"段祺瑞完蛋和你有什么关系?"余子鹏冷冷地向他的四弟余子鹩问道。

"哎呀,二哥不知,自从袁世凯隐退之后,子鹩就投奔在段将军门下……"余子鹩委屈地说着。

"谁让你认错了庙呢?"余子鹏无情地说。

"哎呀,二哥不知道,段祺瑞不是袁大总统的亲信吗?大总统手下的人全归顺到段将军的门下了。"

"如今段祺瑞完蛋了,你再投奔吴佩孚去呀。"余子鹏讥讽地说。

"没那么容易。"余子鹩为难地说,"吴佩孚、段祺瑞两套人马,本来就是你想掐死我，我想咬死你，段将军门下的人投奔吴佩孚，那不是找死去吗？"余子鹬向他的二哥解释着说。

"你想怎么办？"余子鹏终于问到了正事。

"回天津。"余子鹬垂头丧气地说着。

"回天津？和你三哥联手做军火生意呀？"余子鹏向余子鹬问道。

"跟他？"余子鹬恶狠狠地向余子鹏说，"我就是从他那里来的，做生意时'四弟四弟'地唤着，他的直奉姐妹公司是我给他拉的外国资金，更是我在北洋政府给他拿到的特批文书。军火生意发财，他没给过我一分钱，如今我走投无路，找到他，还没等我说话，他冲我喊了一声'滚'就将我轰出来了。"

"直奉姐妹公司不是你们两个人的生意吗？"余子鹏向余子鹬问道。

"怪就怪我当初太相信他了，我身在政界，为避嫌，不能做军火生意，对内对外一切只是余子鹤一个人署名。如今他说直奉姐妹公司没有我的份，无情无义，将我踢出来了。"说到和三哥做军火生意，余子鹬一阵哭腔，说自己被三哥骗苦了。

"那就怪不得别人了。"余子鹏更是无情地说。

"二哥帮帮我。"余子鹬向余子鹏央求道。

"我怎么帮你？"余子鹏向余子鹬问道。

"我回天津。"余子鹬气馁地说。

"回天津，我养活你？"余子鹏冷冷地向余子鹬反问道。

"我再没有地方好去了，回天津躲避几年，看看风声，也许我还会有出头之日。"余子鹬无精打采地说着。

"你想回天津？"余子鹏瞟了余子鹬一眼，从齿间发出一丝声音，又向他的四弟问道。

"我没有别的地方可去了。"余子鹬低头回答。

"做梦！"出乎余子鹬意料，余子鹏想也没想，当即就回绝了他四弟的恳求。

"二哥。"余子鹤不敢相信自己的耳朵,疑惑地只向他的二哥唤了一声。

"你想回天津,天津能有你的立足之地吗?"余子鹏站在余子鹤的对面,冷冷地向余子鹤问道。

"我只在天津躲避些日子。"余子鹤忙着解释说。

"实话对你说,天津没有地方能够藏你。"余子鹏沉着脸对他的四弟说。

"二哥。"余子鹤又哀求他的二哥。

"五槐桥你敢回去吗?你做下的罪孽,大嫂会饶恕你?意租界栅栏口外,你带着青帮的人将大哥打死,就算大嫂慈悲,孩子们也放不过你。南门里大街,能包藏你吗?你的新二嫂,也不是糊涂人。你躲进南门里大街,她会活活将你饿死。别的地方还有哪里可以藏身?虽说天津民众杂处,连下野的军阀都可以回来做寓公,只是他们可以,你不可以,他们可以买通当局,租界地也会派警察给他们在门外站岗,就算你租到小洋楼,你的仇人会找不到你?捉不住段祺瑞,正好拿你去当替死鬼。这些年,你也算风光过了,为保袁世凯做皇帝,你当了十三太保四大金刚,在天津替袁世凯铲除异己,心毒手狠,欠下了几条人命。袁世凯倒台,你摇身一变,又投靠到段祺瑞门下,为他买军火,为他收罗死党,如今吴佩孚会放过你吗?你自己惹祸事小,将你藏在天津,你想株连我呀?告诉你,死了那份心,你自己找地方去吧。"余子鹏越说越无情,明确告诉他的四弟,休想在天津藏身。

"二哥,你真见死不救吗?"余子鹤还是抱着一线希望,恳求他的二哥救他于危难之时。

"念在手足兄弟的情分上,我手头只有这几百元钱了,你带上,走吧。"余子鹏掏出一沓钱,放在桌上,等着余子鹤去拿。

"余子鹏,你好狠毒呀!"余子鹤终于忍无可忍,腾地一下,从椅子上跳起来指着他的二哥破口大骂。

"你放肆！"余子鹏也不示弱，站在余子鹬对面，向他喊道。

"你以为今天你办了纱厂，当上了商会会长，就可以抹掉你欠下的孽债吗？大哥虽然最后在意租界外面遭遇不幸，可是，是你害得大哥心灰意懒，大半生把自己关在房里失去人间享乐的。你好像忘记了，就是你造谣往大哥头上泼污水，逼得大哥当年的知心女子远走他乡；是你偷出老爹的印章，向债主立下字据逃过了破产之灾；又是你偷老爹的印章，以三井洋行的名义顶债款，被三井洋行的日本人发现，老爹才被你气病的。你还在牌桌上设陷阱，将一家纱厂赢到自己手里；逼着一位名门的女子远走日本，又写下休书，败坏她的名誉；抛弃了多年和你一起的姘头，置她于死地，你、你、你……"盛怒之下，余子鹬将他二哥半生做下的恶事，都翻出来了。

听四弟一桩一桩历数自己的罪孽，余子鹏不但没发火，反而从头到尾静静听着。直到余子鹬骂得词穷了，余子鹏才向他的四弟问道："还有别的事吗？"就像余子鹬骂的不是他余子鹏，而是另外一个人似的。

余子鹬被问得哑口无言，只是低着头，等着听他二哥的咒骂。

余子鹏倒没有骂余子鹬，反而声音平和地对余子鹬说："你呀，你说的都是事实，可是你忘了一个道理，成则王侯，败则寇。我余子鹏如今纱厂办得兴旺，又是天津棉纱业巨头，身兼天津商会会长、天津参议会参议员，谁还记着我过去做下的那些恶事？再说，就是我欠下什么人的孽债，我可以回报，大嫂面前我赎过罪了。大哥遇害之后，一堂丧事，是我一手操办的；前些日子大嫂救济灾民，也是我出面宣读救灾文书的。大嫂知道我品行不端，可我还是余姓人家的余二弟，你呢，你敢回五槐桥见大嫂去吗？至于从一个破落公子手里赢了一家工厂，那是他想设圈套骗我，结果反败在我的手下。再至于别的事，我都能说出道理来。人们现在围着我，哄着我，巴结我，我想听什么，人们就在我耳边唱什么，我就是礼义廉耻，我就是仁义道德，我就是圣贤……"

"我知道你是什么变的！"余子鹬还是恶狠狠地骂着。

"没有用，你知道了也不敢说，你说了也没有人相信，你再放肆，就有人出来收拾你，那时候就会逼着你承认陷害好人！"余子鹏理直气壮地说着。

"好，我走！"说着，余子鹬转身就往外走。走到门边，他又回过头来，恶狠狠地向他的二哥咒骂道："别以为从此我就一蹶不振了，砖头瓦块也有个翻身的时候，谁也料不准哪块云彩有雨。咱们走着瞧，有一天，你余子鹏变成兔子王八，我也对你不客气。只要一披上老虎皮，我立即就是救国救民的英豪……"

"你呀，死了你的贼心吧，你以为我只是一个商人吗？天下大事我已经明白了，天下总不能永远由着混世魔王们作乱，中国总会有太平的一天！"余子鹏说着，眼看他的四弟灰溜溜地走出房门去了。

…………

第十二章　爆竹声里

公元一九二四年,阳历二月四日,除夕。

子牙河畔,五槐桥余家大院,一片冷冷清清。除夕夜,年饭摆在大花厅里,一张八仙桌,只坐了六个人,正座上是坚守在余家大院的大嫂娄素云,另五个人围着娄素云而坐,包括在滩涂协助樊先生创办实业、回家过年的余宏铭,以及放假从北京回来的女儿余琴心。

顶门的大哥余子鸥走了,二爷余子鹏当然要回五槐桥辞岁、祭祖,新二婶娘侯怡君一直陪大嫂娄素云住在五槐桥余家大院。一直和大娘住在一起的余琪心,更是家庭的主要成员,今天琴心姐姐回来,余琪心最是高兴,从姐姐一进家门,妹妹就寸步不离、如影随形地跟着姐姐出来进去。一张八仙桌,娄素云对面就是这一对姐妹,她两人只顾叽叽喳喳地说着笑着,也不和别人说话,更不看餐桌上摆了什么酒菜。

只有二婶娘侯怡君善解人意,怕大嫂回想昔日余家大院除夕夜的热闹情景,便想着法地调节气氛,一会儿举杯给大嫂敬酒,一会儿给两个女孩说故事。最为反常的是,嫁进余姓人家之后,一直和丈夫冷冷相处的新二婶娘在席上也和丈夫余子鹏说了许多话。当然,侯怡君不问余子鹏纱厂、商会、参议会的各种传闻,只说最近又有了什

239

么新电影之类的闲事。

无论大家怎样强颜欢笑，但与当年余家大院过年的情景相比，已经是今非昔比了。

已经到了敬香时刻，还不见三弟余子鹤和三婶娘安妮儿的影子。无论华人还是洋人吧，既是一家人，过年习俗，年三十夜里，燃灯之前，一家人一定要团聚，向去世的前辈敬酒，再一起辞岁。平时大家难得聚在一起，再有各种的规矩、礼貌，只有到了今天，大家解放了，大声说话，放声大笑，还可以说些玩笑话，孙子揪揪爷爷的胡须，爷爷也可以给儿孙们唱两段《二进宫》，气氛真是喜庆欢乐。

往矣，往矣，一去不复返了，冷冷清清，酒也不醇，饭菜也不香，连摆上餐桌的鸡鸭鱼肉，也显得呆呆板板。一片覆盖在中国天空上的乌云，压在每一个的心头上，一切一切似乎都预示着什么更大的灾难，也预示着更大的动荡。

大嫂娄素云说："大年夜，三弟和安妮儿还会不回家吗？洋人不知中国春节除夕，不知辞岁，但三弟肯定知道家里准备了酒席，总能引得回家来，品尝品尝这丰盛的大餐吧。"

早在两个小时之前，吴三爷爷就在院门外恭候余三爷和三少奶奶的大驾了，等烦了的两姐妹一次次出来询问："看见影子了吗？"说是刚才听见汽车声，一阵风漫过去了。

"什么神圣，犯得着这么等吗？有你不多，没你不少。"

两姐妹气呼呼地回来了。

最后余二爷说话"不等了"，余宏铭才开启酒坛。余子鹏举起酒坛给大嫂斟满酒杯，侯怡君走过去，站在她平时不肯理睬的丈夫身边，一起向大嫂敬酒。

今年春节的年夜饭，是二婶娘侯怡君操办的。侯怡君说，每年都是大嫂操持，今年让大嫂歇歇神吧，让他们也学着些规矩礼法，免得总不成器。

　　到底侯怡君出身名门，大户人家对规矩礼法很是谙熟，刚过了小年，各门各户的年礼就一一地送出去了。唯恐有什么差错，一家一家，什么规格，什么品位，侯怡君一一地问过大嫂，后院佛堂、列祖列宗灵位、公婆灵位和余子鹏灵位前面的祭品，也都摆好了。家里用的宫灯，是吴三爷爷找老工匠定制的；孩子们的新衣、门外的彩灯、正月十五的花炮、年夜燃放的鞭炮，一切一切都准备万无一失。娄素云连连赞叹，到底是出身名门的女子，有修养，许多细小的事情，真是太周到了。

　　酒席上，余子鹏满面春风，给每人一份满满的福袋。女儿余琪心极其不屑地从父亲手里接过福袋，看也不看，信手放到远远的条案上，看着姐姐琴心向余子鹏致谢，更酸溜溜地在一旁问着："这钱干净吗？"问得余子鹏险些溜下餐桌。

　　侯怡君看着气氛尴尬，赶忙往宏铭小菜盘里搛了一只娄素云腌制的小醉蟹，更向宏铭说道："吃只母亲亲手腌制的醉蟹，到了外国就吃不上了。"

　　话题自然转到余宏铭留学的事上。

　　和樊先生一起在滩涂创办实业，樊先生看余宏铭肯吃苦，学习上更加努力，便建议他去美国留学。樊先生说，做化学，要有专业知识，只靠肯吃苦是不行的。樊先生在美国读书时的一位朋友，现在是名教授，樊先生介绍余宏铭去美国向他朋友学习。

　　余宏铭征得母亲同意后，樊先生帮助他办理各种手续，更向美国朋友介绍了余宏铭的情况，一切准备妥帖，余宏铭只等择期登船赴美读书去了。

　　想着儿子就要离开自己，远渡重洋去美国读书，三年两载不能回来，娄素云不免又是一阵心酸，抿了一口金华送来的状元红，眼泪涌出了眼窝。侯怡君看见大嫂含泪的样子，又风趣地向大家说："早知道宏铭要留洋读书，当初真应该埋下一坛老酒，等宏铭做上状元，再打开来庆祝。"

坐在一旁的妹妹余琴心趁机也打趣哥哥，她接着二婶娘的话向大家说："状元红不是当状元才喝的，是男孩子娶媳妇时喝的，哈哈哈哈。"

"我哥哥要娶媳妇了。"

两个妹妹起哄喊闹，羞得余宏铭想逃跑。

倒是余子鹏将余宏铭拉住，半开玩笑地说："娶媳妇怕什么，她两个还要嫁婆家呢。"

"哈哈哈哈……"一对姐妹跑过来，使劲拍打余子鹏肩膀，还是娄素云向两姐妹劝说，才让一对姐妹安静下来。大家又重新坐好，等着厨娘送来除夕饺子。

"宏铭什么时候动身呀？"余子鹏喝下一盅状元红，向余宏铭问道。

"过了年就出发。"余宏铭回答说。

"好呀，远走高飞吧。"余子鹏感慨地说道，"我们这辈就这样了，人鬼难分，身不由己。想救国的，报国无门；装正人君子的，坏事做绝，乱世出奸雄呀。有功的，也是时势造英雄；遗臭万年的，也是形势所迫，大家都看得淡些吧。今后，就看你们的了。"

"虽说是天下大乱、人妖难分，可是好人不会做坏事，恶人也做不来好事，一时的成败在于力，千秋的功过在于理，人心一杆秤，公平着哪。"侯怡君在一旁酸溜溜地说着。

听着侯怡君的话，余子鹏觉得不是滋味，岔开话题。余子鹏继续询问余宏铭的事，他向大嫂敬了一杯酒，说了好多感激大嫂成全一家人的好话，更夸奖孩子们的长进，还感激侯怡君对女儿琪心的宠爱。余子鹏向娄素云说道："大嫂原说要给宏铭办过婚事之后，再送

梧桐庭院

宏铭去美国的。大嫂放心,宏铭的婚事包在我身上了。"

"真要感谢二叔了。"娄素云回答着说。过了一会儿,娄素云又说:"人家樊先生是个新派人士,樊家姑娘也是个开明孩子,樊家姑娘说了,婚事要等宏铭从美国学成归来再操办,就是到了那时候,也不能让二叔破费。"

"话虽是这样说,终身大事,我们也不能委屈孩子。长嫂如母,子鹏自幼得大嫂关爱,别无报答,这件事,就包在我身上了。"

果然手足兄弟一番情义,娄素云说过感激的话,众人又一起说笑了起来。

"三弟不来祭祖,真是不应该呀。"娄素云自言自语地说着。

"唉,那个混账东西。母亲在世时骂他是三秦桧,一肚子坏水,天知道他这阵又鼓捣什么去了。"余子鹏骂道。

子时已到,祖宗祠堂焚香燃烛,余宏铭在前,余子鹏随后,一家人向祠堂走去。又是传统习俗了,长子承继,大先生余子鹍不在了,老二余子鹏也不能代表余姓家族,法定的继承人是长门长孙。大年夜祭祖,跪在最前面的,只能是长门长孙余宏铭。

佛堂里祭祖仪式刚刚结束,侯怡君扶着娄素云走出佛堂,砰砰几声震耳巨响,吴三爷爷已经着人在五槐桥余家大院门外燃起了鞭炮,喜庆的鞭炮声,冲散了人们心中的忧伤,大家一起祈祝来年的好日月。

大年初一,余子鹏穿好袍子马褂,在大厅里正襟危坐,等着亲朋好友贺拜新春,谁会第一个来五槐桥余家大院恭贺新春呢?

吴三爷爷匆匆跑进正院,向余子鹏禀报说:"铁公子到!"

余子鹏心中一震:他今天怎么来了?

真是太阳从西边升起来了,铁公子何以跑到民家来给一介商贾余子鹏贺拜新春呢?他老爹在世时是朝廷的重臣,如今民国了,前朝中遗老们的威风没有了，八旗子弟也都引车卖浆了，只有极少个前朝人物，还在军阀后面左右时局。铁公使生前是驻俄国公使，如今一些和外国打交道的，原都是他的部下。铁公使死了，他的儿子铁公子人缘还在，再加上他的直奉姐妹公司，和当今各路豪杰的关系，军界、政界通吃，依然是个叱咤风云的人物。本来，余子鹏还要去铁公子府上给他请安，何以这位铁公子竟然屈尊到五槐桥来恭祝小民余子鹏万事如意呢？

余子鹏心中一震，一种可怕的预感掠过心头，诚惶诚恐，匆匆迎出来，先向铁公子行了一个大礼，然后走下台阶将铁公子搀住，一步一步地往院里走："子鹏尚未到府上请安，反劳烦铁公子屈尊先来寒舍，子鹏有罪，子鹏有罪。"

"维新了，民国了，平等了，自由了，什么公子不公子的，都是同胞了。"铁公子不习惯新词汇，胡乱堆在一起，听着甚是别扭。

余子鹏鞠躬哈腰地迎铁公子走进大花厅，着人献上茶来，又向铁公子说："铁公子屈尊寒舍，余子鹏有失远迎，有罪有罪！"

铁公子，生来半个傻蛋，八旗子弟，吃喝玩乐之外，人间事一窍不通，举目也不知看了看什么，便愣头愣脑地向余子鹏问道："府上都好吧？"

"托公子的福。"余子鹏毕恭毕敬地回答着。

"我不好！"不等余子鹏询问，铁公子倒先抱怨起自己的倒霉运来了。

"哎呀，铁公子玩笑了，若是铁公子还有什么不称心的事，全中国谁还能有好日子过呀，大家托的不都是铁公子的福分吗？"余子鹏谄媚地说着。

"少和我耍嘴把式，说真格的吧，我被你们余姓人家给坑了。"铁公子声音里带着哭腔，看来他是遇到麻烦事了。

"哎呀，我的铁公子，您别吓唬我了。"余子鹏还以为铁公子是在和他开玩笑，便打岔地说道。

"你家老三余子鹤呢？把他唤出来，我有话问他。"铁公子向余子鹏说。

"子鹤已经去各家亲朋贺拜新春去了。"余子鹏没敢说大年夜余子鹤没有回家的事，只托词说余子鹤拜年出去了。

"余子鹤，不够朋友！"没有见到余子鹤，铁公子愤懑难平，拍了一下桌子，愤愤地说道，"余子鹤呀余子鹤，他将我的钱存进了大来银号，又以大来银号的账号开办直奉姐妹公司，向德国克虏伯公司买了军火。军阀混战，他发了财，如今正是军火的好价钱，好歹他也得让我占点小便宜呀！我也有妻子儿女，我也要每天吃饭穿衣，没有钱我怎么活呀？"

"铁公子说得极是，生意上再忙，不能忘了股东们的收益。等子鹤回来，我一定让他立即给公子把钱送过去。"余子鹏以为铁公子匆匆找上门来，是年前余子鹤没有将红利给铁公子送过去，便好言哄着铁公子说。

"你择好听的说是吧。"铁公子打断余子鹏的话，怒气冲冲地说，"他还给我送红利？他将我坑了！"

"不能够，不能够，子鹤初涉经济，不知规矩的事可能是有的，子鹏当初也嘱咐过他，唯有这'诚信'二字，是须臾不可忘记的。"

"别以为我光知道架鹰玩鸽子，我心里也有一把铁算盘。"铁公子气呼呼地说，"几年军阀混战，我在家里算过，直奉姐妹公司发了大财，前年结账时，就说是净赚五百万大洋，比我当初投在大来银号里的资金多出了五倍。那一年子鹤没有委屈我，他高高地给我送上来三成的毛利。可如今呢，我在家里等了两年，不光没见到一分钱，连个人影都没看见。余子鹤，他跑得了和尚跑不了庙，我就在这儿等他，我看他出来不出来。"

"铁公子放心，和尚跑不了，庙也跑不了，大来银号还有，直奉姐

妹公司还在,子鹤这几天忙得没露面,迟早他也要回来……"余子鹏
还是劝说着铁公子。

"余子鹏,"铁公子突然抬手指着余子鹏的鼻子大声地问道,"你
是蒙在鼓里,不知道余子鹤的生意,还是故意和我装傻?实话对你
说,大来银号还有,可是余子鹤的襄理职位已经被除名了。再至于那
个直奉姐妹公司,那是皖系军阀的产业,已经被北京政府查封了。余
子鹤为段祺瑞买的军火,刚在塘沽码头上岸,还没报关,就被直系没
收全拉走了。余子鹤完了,人没了,我存在大来银号的钱飞了,大来
银号只留下余子鹤押在那里的一张保险单。完了,完了,我老爹好不
容易留下的这点钱,全让狼给吞了。日后,我可怎么活呀!我外边还
欠着一大笔债的呀!"说着,铁公子几乎哭出声来了。

"铁公子,你说什么?"听铁公子一番哭喊,余子鹏也被吓坏了,
还以为铁公子得了什么怪病,满嘴胡说八道。他不敢相信几天时间,
直奉姐妹公司就成敌产了?几天时间,何以余子鹤向克虏伯公司买
的军火,就成了直军的战利品,被全盘没收?一夜之间,余子鹤所有
的财产全泡汤了。

"余子鹏,你还蒙在鼓里呢,你三弟完蛋了,人跑了!"铁公子还
在向余子鹏吼叫着。

"跑了?子鹤跑了?"余子鹏还是不相信自己的耳朵,他重复铁公
子的胡言乱语,似是向自己问道。

"哎呀,余子鹏呀余子鹏,亏得你还是商会会长,怎么连这么大
的事都不知道呢?"铁公子摇了摇头对余子鹏说着。

…………

铁公子,八旗子弟,身无一技之长,肩不能挑担,手不能提篮,不
知道糖从哪儿甜,醋从哪儿酸,若不是他老爹给他留下的那份财产,
进入民国第二年,他就沦为乞丐了。北京的八旗子弟,如今已经成了
一道风景,食不果腹,衣不遮体,就这么着,还提着鸟笼子,揣着蛐

　　　　　　　　　　　　　　　　　梧桐庭院

蛐,终日游手好闲,只等着冻馁而终了。

铁公子这样的八旗子弟,和那些破落公子哥不一样了,江山没有了,权势丢了,但钱财还有,凭着他们老祖宗留给他们的财产,只要不抽鸦片,不赌不嫖,至少三辈之内不愁吃穿。何况八旗子弟也有精英,有些精英摇身一变立即又人五人六地成了气候,靠着关系再混进新政,仍然叱咤风云,混好了,说不定还能重振家风。

铁公子没有野心,只求不让他自食其力,他就凑合一天乐一天。将钱存在大来银号,再划到直奉姐妹公司名下,由余子鹤出面做军火生意,一本万利,他就享乐人生了。

铁公子看破红尘,每天只和一帮狐朋狗友鬼混。他倒不是那种败家子,从来没玩过票友,也不花天酒地挥霍,至多也就是凑一伙人在戏园子里泡泡,再或者几个人凑一起尝尝西洋玩意儿,破费不了几个钱——如今他再也不打麻将牌了。

铁公子没有正经事,但交际多,每天东奔西走,忙得不亦乐乎。前响,说是一位贝勒爷到天津来了,大家一起去请安,晚上,哪位寓公有堂会,大家再一起去赶热闹。虽然都是屁事,但日子过得有滋有味。

这一天,突然传来消息,说是靳大爷回来了。哦,靳大爷不是正在北京做国务总理吗?好多日子见不着他的面了,过年请安,都只能递帖子,靳大爷连个回话都不给,怎么突然就回天津来了呢?还说是不走了。

天下有变!

铁公子感觉时局要大变了。

靳大爷这些年春风得意,从袁世凯倒台就没闲着,先是做山东都督,后来又得段祺瑞重用,代表北洋政府和日本签订军事协定,直到出任陆军总长、国务总理。人们看好靳大爷,有人说靳大爷来日是做大总统的料。

何以靳大爷突然回来了呢?

皖系完蛋了。

靳大爷回津之后，闭门谢客。话是这样说，侄子辈的铁公子还不敢不登门请安，当初铁公子和余子鹤联手做军火生意，还是从靳大爷手里拿到的特准手谕，不能过河拆桥。人家得意的时候巴结人，没皮没脸求人家办事，如今人家下台了，来个翻脸不认人，铁公子不是那样的人。

准备了一堂官礼，递上帖子，铁公子求见靳大爷，虽然靳大爷经历了一场风云动荡，刚被直系、奉系赶下了台，但靳大爷心胸宽，没拿这当回事，本来也不想救国救民，当一天官，刮一天地皮。徐世昌当大总统，住进中南海，连中南海池塘里的鱼，都由办事房卖给了鱼贩，收入全进了徐世昌的腰包；再至于原来皇帝读书房里的珍玩，大总统说放在宫里不保险，就迁到自己家里。做几年国务总理，搂够了，下台就下台，靳大爷巴不得早早还乡颐养天年呢。

靳大爷记性好，多少年没见面，一眼就认出了铁公子："哦，你都这么大了。"

"前次给靳大爷请安，我是跟着先父大人一起到府上来的。"铁公子毕恭毕敬地对靳大爷说着。

"还行吗？"靳大爷没头没脑地问道。

"托靳大爷的福。"铁公子回答说。

"你不是做生意了吗？"靳大爷还记着铁公子找他要特准手谕的事情。

"那是一个朋友要做生意，我在靳大爷面前求个恩准。"

"好好，你是个聪明孩子，咱们犯不着为挣那点钱，把脑袋瓜子别裤带上冒险。军火生意虽然赚钱，但风云变幻，你军火还没有运到，时局就变了。就说如今吧，原先和克虏伯公司签的生意合同，通通被定为是敌方军火，北洋政府一个钱不花，通通没收，听说还要抓人呢。"

　　　　　　　　　　　梧桐庭院

"啊!"铁公子倒吸一口长气,险些昏过去,接下来靳大爷说的话,他一句也听不见了。

"靳大爷,"停了一会儿,铁公子缓过气来,又向靳大爷说,"这事可是有点不对了。当初从您那里求得特准手谕,只是允许做军火生意,那就是一纸执照,又不是给哪一个派系代买军火,如今的北洋政府得了天下,他怎么能把和克房伯公司做的生意看作是敌方军火没收呢,这也未免太不厚道了吧?"

"北洋政府什么时候讲过厚道?连年战事,多少百姓流离失所,妻离子散,家破人亡。败的,不说了,胜的,得了天下,谁向百姓说一声对不起了?那生意不是别人做的吗,就是挪用了你的钱,那好办,损失落不到你的头上,将钱要回来就是了。"

"这回,真不知道又该有多少人跳大河或上吊了。"铁公子说着,打了一个寒战,他预感到一桩可怕的事情已经无可避免了。

从靳大爷家里出来,铁公子直奔直奉姐妹公司去找余子鹤。迟了,直奉姐妹公司门外,一张大封条写着"敌产"。大门外站着四个持枪荷弹的大兵,楼里黑着灯,余子鹤已经不知去向了。

离开直奉姐妹公司,铁公子跑到大来银号,大来银号平安无事。他找到经理提钱,经理回答说,铁公子的存款早就被襄理余子鹤提走,这里只保存着余子鹤押下的一张保险单,余子鹤说清理过债务之后,再来取回保险单。

走投无路,铁公子来到五槐桥,要见余子鹤,他还以为余子鹤躲进五槐桥,由他二哥护着呢。

…………

余子鹏这里正听铁公子说直奉姐妹公司被封的经过,五槐桥余家大院传来一片哭声喊:"你们救我!"随声一个洋妞跑进来,披头散发,安妮儿哭着喊叫,已经痛不欲生了。

娄素云将安妮儿扶到房里,安妮儿顾不得坐下,哭着闹着向娄素云说起了余子鹤失踪的事情。

昨天晚上，余子鹤对安妮儿说，春节除夕对于中国人来说，就像他们英国人的感恩节一样，无论身居何处，都必须赶回家里，于是让她赶紧准备，说是一起回五槐桥，吃年饭，祭拜列祖列宗。

突然间，外面一群人闯进余子鹤的小洋楼，一个个惊慌的样子，七嘴八舌地对余子鹤说了一大堆话。话没说完，余子鹤就和那些人一起走了。

余子鹤跑出去了好长时间，安妮儿惊异万般，越等越不见其踪影。外面响起了鞭炮声，一声声似是告诉安妮儿，一桩可怕的大事已经发生了。

余子鹤一去不回，安妮儿越想越害怕，急匆匆叫了一部小汽车，说是有个地方叫五槐桥，那里住着一户姓余的人家……

开车的司机说，知道知道，那可是天津卫大户人家呀，门外立着善人牌坊。

一阵风，小汽车将安妮儿送到五槐桥余家大院。安妮儿哭喊着闯进院来，让一家人惊恐万分，不知道发生了什么事情。

余家大院里众人正安抚安妮儿，吴三爷爷跑来禀报说，有个叫黄闲人的破落市民，求见余子鹏。

"见。"余子鹏也不问来的是什么人，立即吩咐吴三爷爷将黄闲人请进院来。

余子鹏和大嫂一起走进大花厅，黄闲人被请了进来。他先向余子鹏、娄素云规规矩矩地请过安，随之靠墙恭立，等着余子鹏问话。

黄闲人闯进余家大院，求见余子鹏，真是夜猫子进宅，无事不来。余子鹏预感到天有不测风云，看见黄闲人，没说客套话，劈头便向黄闲人说道："我忙，有话就这里说吧。"说着，余子鹏还掏出一个小红包，那是过年准备给孩子们的压岁钱，暗示黄闲人不会亏待他。

"余先生,董事长,会长。"黄闲人不知道如何称呼余子鹏,就把余子鹏所有的称呼都叫了出来,余子鹏也没有反应,只等着他往下说正事。

"新春佳节,万象更新,府上都好。"礼多人不怪,黄闲人先向余子鹏问候全家安好。

"哦哦。"余子鹏齿间渗出声音,算是对黄闲人的回答。

"余先生知道,黄闲人是个社会闲散,天津市面上出了什么奇事,当局一定要先向闲人询问……"黄闲人转弯抹角地说着。

"有话你就直说吧。"余子鹏没有心思听黄闲人东拉西扯,催促他有话快说。

"是这样,是这样,余先生,这话我不好说呀……"黄闲人还是吞吞吐吐地不敢直说。

"你就快说吧,不就是余子鹤的事吗?他在哪儿?"余子鹏早猜出黄闲人到余家大院来是禀报余子鹤的事。刚才铁公子已经把余子鹤的事情对自己说过了,又听大嫂说,安妮儿刚刚说过余子鹤昨天晚上跑得不知去向,余子鹏猜想,一定是余子鹤出了什么事,直奉姐妹公司被封,他走投无路,一个人又跑到外面喝酒,酩酊大醉,在外面打架惹事,必是把什么人打伤了,等着拿钱了事吧。

"余先生,余先生,按情理,这样的事是不应该今天给您报信的。"

"迟早不也要知道吗?"余子鹏着急地说。

"话虽是这样说,可是春节过年,大家都欢欢喜喜的……"黄闲人一副无奈相,就是不敢将事情说出来。

"给你。"余子鹏将装压岁钱的小红包递给黄闲人,"这里面是四元钱,说完,早早出去买件棉袍。"

"黄闲人谢谢余先生了,黄闲人知道余先生心胸宽广……"

"哎呀,到底是什么事呀?"余子鹏几乎是跺着脚向黄闲人追问。

"府上的四爷……"

"他在哪儿？"余子鹏迈上一步,直逼着黄闲人问道。

"他现在……在万国大桥下边……"

"哎呀,大年初一,他跑到那儿干什么去呀?"余子鹏狠狠地咒骂着他的四弟。

"不是他自己跑到那儿去的,是水上警察从河里捞上来的。"

"啊!"余子鹏一声喊叫,来不及扶住桌子,身子一歪,倚墙缓缓地溜倒在地上了。

第二天早晨,一艘德国轮船驶离天津大光明码头,缓缓地向渤海湾驶去,轮船上几个青年,扶着栏杆,目光炯炯地凝望着渐渐远去的故乡土地,心中唱着告别家乡的歌曲:

> 今日里别故乡,
> 横渡过太平洋;
> 肩膀上责任重,
> 手掌里事业强。
> …………
> 回头祝我中华,
> 万寿无疆!

汽笛声划破早晨的宁静, 浓浓的黑烟缓缓升起,在天空画出一道长长的直线,远去了,远去了,黎明降落到年轻人的脸上,海浪吞噬了年轻人的泪水,穿过波涛向远方驶去,驶去。

附　记

　　弱冠读书,学习写作,志大才疏,曾立志为天津写一部百年全景巨著,及至动笔,方知学养不足,文才嫩弱。为时晚矣,第一部《买办之家》已经完成初稿,又因一些地域生活特色得到编辑赏识,很快得以出版,出版后更得到师友鼓励,颇受读者喜读,一家电视制作部门抢先购得电视剧制作权,不久制作完成。和大多电视剧一样,制成即成热播,此时作者已处于骑虎之势,既然放言写作天津百年系列,《买办之家》从清室衰败写到民国肇立,读者期待下一部天津市井又该是什么景象?如此,不仅读者困惑,作者更为困惑。此时已无退身之地,只得拖延遮羞,及至无可拖延之时,只能祈求天助我也了。

　　沉寂十余年忽觉茅塞似开,天津百年故事找到新的发展线索,《买办之家》写清室没落时代风云,第二部应该发展至新旧时代碰撞,更到了中国先知先觉一代才俊寻求真理觉醒献身的壮举。如此似有灵感驱动,下笔似也有神,一年之久,竟得一部长篇小说,名为《家家明月》,小说完稿先在南方一大型文学杂志发表,天津报纸全文转载,读者似也有印象,只是当时未能得到出版机会,一放又是二十年之久,师友们再三催促续写天津百年系列,更询问《家家明月》何以不得面世,近日老来得暇,重读《家家明月》旧稿,决心将《家家明月》旧稿重新改写，又是一年时间，新稿完成，觉得原名已不能包容新作内容，便更改书名为《梧桐庭院》。

  《梧桐庭院》书稿，呈交百花文艺出版社，承蒙编辑读后不弃，立即进入出版程序，改正许多错字、语病，更发现一些时空错位之处，百年著作，时代风云，市井变化，再涉及书中人物境遇，避免出现此类时空错位情况，很是困难，于此，祈盼读者诸君只以虚构小说视之，此中有虚有实，切莫做深入核实。

  唯唯此情，敬请诸君体谅。

  作者敬拜，再拜，又拜。

  是为附记。